科幻文学馆
Science Fiction Museum

人之初

王元 著

MAN AT BIRTH

天津出版传媒集团
百花文艺出版社

图书在版编目（CIP）数据

人之初 / 王元著. -- 天津：百花文艺出版社，2025.1. -- ISBN 978-7-5306-9008-6

Ⅰ.I247.5

中国国家版本馆 CIP 数据核字第 2024WT6853 号

人之初
RENZHICHU
王元　著

出 版 人：薛印胜
丛书策划：成　全　　责任编辑：成　全
美术编辑：丁莘苡　　营销专员：王　琪
出版发行：百花文艺出版社
地　　址：天津市和平区西康路 35 号　邮编：300051
电话传真：+86-22-23332651（发行部）
　　　　　+86-22-23332656（总编室）
　　　　　+86-22-23332478（邮购部）
网　　址：http://www.baihuawenyi.com
印　　刷：天津联城印刷有限公司
开　　本：710 毫米×1000 毫米　1/16
字　　数：200 千字
印　　张：24.25
版　　次：2025 年 1 月第 1 版
印　　次：2025 年 1 月第 1 次印刷
定　　价：68.00 元

如有印装质量问题，请与天津联城印刷有限公司联系调换
地址：天津市宝坻区新安镇工业园区 3 号路 2 号
电话：(022)29937958
邮编：301800

版权所有　侵权必究

目 录

材料	/ 001
0. 方岩的一夜	/ 009
1. 标记	/ 015
1.1 王越的一天	/ 041
2. 蜜蜂	/ 061
2.1 石文杰的一天	/ 089
3. 教徒	/ 109
3.1 陈斌的一天	/ 145
4. 舆论	/ 161
4.1 方灵的一天	/ 195
5. 草原	/ 209
5.1 韩晶的一天	/ 249
6. 死亡	/ 265
6.1 老范的一天	/ 299
7. 正义	/ 311
7.1 穆梁的一天	/ 335
7.2 死者的一天	/ 341
7.3 林迈的一天	/ 355
7.4 方岩的一天	/ 367

创作谈
人之初？   王元 / 371

评论
当自由灵魂
冲破躯壳的束缚   游者 / 375

评论
大道   齐然 / 379

· 材料 ·

材料一：

警钟长鸣："福田孝行杀人案"的反思

佚名

从题目中第一个左引号开始，我的心便开始泣血。然而，就算血尽了，我也要以笔代刀，刻下这出罄竹难书的罪恶。

1999年4月14日下午2时许，福田孝行装扮成水管工人，骗取受害人本村弥生的信任，进入其家中。福田孝行假装在厨房检查水管和水表，趁本村弥生不备，将其扑倒，侵犯，遭到反抗后，将本村弥生掐死，对尸体进行侮辱。本村弥生仅有的十一个月大的女婴哭泣不休。福田孝行将婴儿狠狠摔在地上，将其勒死。福田孝行并不急于逃离现场，而是翻箱倒柜，找到一些纸钞和值钱的东西，感到肚子饿了，吃掉本村弥生为一家人准备的晚饭，躺在沙发上，直到——用他自己的话说，有点烦了。才不慌不忙出门。当天稍晚些时候，本村洋下班回家，跟往常一样抖落疲惫，准备投入与妻女的温存中，推开门，看到的却是两具正在变冷的尸体。

本村洋愣了几秒钟，发出撕心裂肺的"啊"声，音量之大、持续时间之久，超出常人阈值。

福田孝行非但没有忏悔，反而将残杀本村弥生母女的经过当成一桩功勋告诉狐朋狗友。警方很快逮捕福田孝行。1999年6月11日,检方以杀人罪、强奸致死罪和盗窃罪三大罪名,对被告福田孝行提起公诉。开庭前,本村洋先生抱着妻女的遗照出庭,主审法官以影响犯罪嫌疑人的心理和情绪为由制止。本村洋多次提起抗议,当地媒体纷纷为本村洋发声,向法院施压,最后本村洋才被准许携带妻女遗照出庭,前提是用黑布遮住照片。

整个案件,事实清晰,证据确凿,福田孝行对自己的所作所为供认不讳,但判罚并不顺利。

穿着拖鞋的福田孝行站在被告席上,就像在自家客厅中一样,经辩护律师提醒,他才向本村洋鞠躬致歉,用毫无感情色彩的口吻说:"实在抱歉,我犯下了无法被宽恕的罪行。"

2000年3月22日,山口地方法院一审认定,福田孝行在意图强奸本村弥生时遭遇反抗,将后者残忍杀害,为防止罪行败露,摔杀其女。一审法官以"被告人的未来仍有无限可能性,并已有悔意"为由,判处福田孝行终身监禁。

福田孝行被宣判无期徒刑的那一刻,他觉得逃过一劫,朝本村洋比画出胜利的手势。

在狱中,福田孝行给好友写信:"这世界终究是恶人才会胜利的,等七八年后,我能出狱了,你们一定要办一个隆重的聚会欢迎我……一只公狗在路上走,刚好碰到一只母狗,这只母狗极为可爱,公狗就骑上了母狗,这件事公狗有罪吗?"这封充满轻蔑与挑衅的信件成为他自掘坟墓的铁锹。

一审判决后，检察官和本村洋同时提起上诉，上告到广岛高等法院，要求对被告处以死刑。2002年3月14日，广岛高等法院驳回检方死刑的上诉，维持无期徒刑的判决。

检察官和本村洋上诉到日本的最高法院。开庭公审的时候，福田孝行的辩护律师由最初的两名变成二十一名，主任辩护律师为安田好弘。面对法官讯问，福田孝行和他的辩护律师团否认此前的指控。

对于本村弥生遇害，安田好弘如是说："福田孝行从小缺乏母爱，他母亲在他很小的时候自杀了，当他看到温柔贤惠的本村弥生，瞬间联想到过世的母亲，自然而然想要与她亲近，不料铸成大错。"对于本村弥生不满一周岁的女儿被虐杀，辩护律师又是这样说的："当时她在不断喊叫，为了安抚小孩的情绪，福田孝行在她脖子上系上了一个蝴蝶结，没有照料过小孩的他，因为力度太大，酿成惨剧。"

安田好弘的证词漏洞百出。首先，福田孝行进入本村弥生家的目的是想要与被害人发生关系，与所谓的"母爱"毫无关联；其次，福田孝行有摔打婴儿的行为，没有一个正常人会用这种粗暴甚至恐怖的方式"安抚小孩的情绪"，至于在小孩脖子上系蝴蝶结的说法更加离谱，任何一个心智正常的人都清楚这是谋杀。安田好弘的说法明显是在美化福田孝行的恶魔行径。

2008年4月22日，广岛高等法院判决福田孝行死刑。福田孝行提起上诉，与本村洋展开了拉锯战，直到2012年2月20日，日本最高法庭最终对此案做出维持死刑的终审判决，也为此案画下句号。这是日本自1966年有记录以来，被判处死刑的最年轻的犯人。

看完这个案子,大家做何感想？愤怒？震惊？无奈？笔者想聊聊案件之外的东西：一个好人如何变成坏人,或者一个坏人能否变回好人？笔者认为,从来都不存在洗心革面一说,所谓的改变不过是本性如此。回到"未成年的未来有无限可能"的议题上来,笔者的观点呼之欲出,即,未来的确有无限可能,但从一个人的现在可以推演出他的未来。可能有读者会说,像福田孝行这样的罪犯是社会的少数,大部分人都是善良、正直、热情、勇敢的,起码对社会无害。纵观我们身边的亲朋好友,谁都难免有些毛病,小偷小摸、爱占便宜、得理不饶人、肥水不流外人田等,但杀人放火、打家劫舍的不法之徒少之又少。笔者想说的是,人们之所以表现出这些毛病,是因为没有惩戒措施,或者惩戒力度较低。不是法律,而是触犯法律的后果让人们望而生畏。

人生来本恶,是家庭、学校、社会以道德和法律的名义规劝并压制恶的表达,可我们必须时刻警醒,一旦有机会反弹,恶就会张牙舞爪、无孔不入。谨记,人不是变坏,而是露出本性。这个观点虽然悲观,却也现实,如果你和笔者一样,每天都要跟各种各样的罪恶打交道,你就会感同身受。关于我的身份,在此不便多叙,我并非自诩正义之士,居高临下地好为人师，只是近日来的所见总结出的所感。就在刚刚过去的四月,明城发生了一起比福田孝行案更让人怒不可遏的暴力行为,四名犯罪分子潜入一对新婚夫妇家中,本想趁二人度蜜月偷盗财物,见到婚纱照中的新娘,起了歹意,潜藏在新房,等待二人归家,击晕新郎,轮奸新娘,最后残忍地将二人肢解。笔者只是笼统地复述就感到心在泣血,不忍回顾犯罪细节。此案与福田孝行案另外一个共同之处是犯罪分子中有一人也是未成年,仅有十三岁。十三岁,许多青少年还没有性的概念,他已是臭名昭著的强奸犯。

须知,人性不是天生的,但兽性是。

材料二：

一个思想实验。

设想一下，你被赋予了不用对自己行为负责的权利，即是说，你可以为所欲为，所有你需要面对的只有你自己的监督与所谓良心的谴责，当然，你完全可以选择无视，这些阻力不会影响你的行为，更无法宣判你。

你是否会做以下事情(可多选)?

☐ 得到一笔数目可观的不义之财，或可直接成为全球首富。

☐ 诅咒讨厌的人死亡，或无差别杀人。

☐ 与高高在上的某个明星共度良宵，或多个。

☐ 从鸡毛蒜皮的家庭琐事中全身而退。

☐ 跟一直讨厌又虚与委蛇的同事当众翻脸。

☐ 开快车。

☐ 抢劫银行或者金店。

☐ 痛打熊孩子。

☐ 在熙来攘往的街上裸行。

☐ 随地大小便。

☐ 随地吐痰。

☐ 使用假钞。

☐ 在地铁上视奸异性(同性)，或者揩油。

☐ 插队。

☐ 逃单。

☐ 侮辱警务人员。

☐ 作弊。

☐ 生产假冒伪劣产品，以次充好。

☐ 家暴。

☐ 陷害同事。

☐ 打小报告。

☐ 做任何你想干却违法乱纪的事情。

0. 方岩的一夜

最好有月亮。

夜里一两点钟,建筑与街道谧然入睡,偶尔几声鸣笛是城市遥远而零碎的梦呓。最好有月亮,月光坠落水面,随河水漂流,摇曳一波又一波碎银似的寒光,仿若落凡的天河。

然而今晚没有月亮,待眼睛适应黑夜,方岩隐隐能够视物,可以看见河边柳树垂下的丝绦,可以看见在水面立正的夜光浮漂,可以看见对岸护栏的缺口——定是同好所为。他们为了一己钓鱼之私,便破坏公物。方岩顶瞧不起这种人,耻于跟他们为伍。野钓者素质普遍堪忧。道理很浅显,野钓被视为违反社会公约的行为,环城水系岸边竖着"严禁游泳和钓鱼"的警示牌,人们视而不见。大部分野钓者并非消费不起私人渔场或者公家水库,他们只是迷恋郊野的随意与旷然,即便环城水系也是人工开凿。

顾名思义,环城水系是环绕明城挖掘的人工河,有点像古代的护城河,但环保意义远大于城市卫护和防汛排涝,水系等于给干燥的明城加配了一副人工肺脏。水系建成后,沿岸孵化出十数座公园,供市民休闲、赏水、健身。环城水系介于二环和三环之间,周边多是农村,配套公园白天鲜有游人光临,晚饭时分才能笼络到几批次广场舞爱好者。因此,公园越是硕大,越显得死寂和森然。综合下来,最大受益者是野钓选手。明城网络上流传着一张无人机拍摄的照片，不长的河段密密麻麻扎满了钓鱼的人，二十出头、三四十岁、退休的，人们聚精会神盯着河流，仿佛即将有怪物浮出水面。

这是一个黏腻的夏夜，没有月亮，隐约有几颗害羞的星，时而闪烁，时而隐灭，像几个闲谈的巨人在云端抽烟。

方岩端坐便携马扎，手握钓竿，纹丝不动。蚊香呼出袅袅白烟，驱逐着不断轰炸的蚊群，仍有不少蚊子渗透防线，在他裸露的脖颈轰炸出斑驳的红点。鱼儿正在咬钩，方岩不敢妄动，奋力忍耐瘙痒。水系的鱼儿都成精了，剽窃饵食，却没有上钩，方岩空欢喜一场；也不能说空欢喜，方岩跟其他钓鱼佬不同，他单纯享受垂钓的过程，从不为鱼儿的数量与个头着魔，更不会钓到大鱼四处显摆，光宗耀祖似的。

钓鱼跟吸毒一样上瘾，欲罢不能，尤其是夜钓。周围没有人声，只有蛐蛐聒噪，把寂静的夏夜唱得更加空旷和幽静。身处其中，很容易跟自然融为一体，天地间开阔了，有种"孤舟蓑笠翁，独钓寒江雪"的意境，越是经典流传的好诗，越容易落地。

不远处有座水系公园，方岩刚刚来到岸边时，还能听到嘈杂的歌声，附近居民在跳广场舞。方岩不喜欢那个，既不喜欢热闹，也不喜欢扭动，他热衷于驻扎在静谧的夜里，一杆鱼竿，垂钓天地。他的思想可以飘忽到天际，也可以聚精会神到浮漂上。鱼儿的收获还在其次，心灵因此得到洗涤和充实。旁人以为他在受罪，熬夜忍受蚊虫叮咬，钓上的鱼大多也不能烹饪，更无法换钱，图什么呢？没有人懂得他在精神层面的提炼。每当邻居见他带着渔具出门,便用调侃的语气说:"老方,又去思考人生啊!"方岩笑而不答。他四十岁的时候明白一个道理,不要试图与人争辩,在不涉及切身利益的情况下,别人爱怎么说就怎么说,没必要争个高低对错,但人都有倾诉欲和好胜心,方岩的做法是跟自己打辩论赛。

每次夜钓,方岩都要拾掇一个主题,依托于此,推演、假设、论证。今晚,他预备的主题是:性本善。他本身支持这个论点,老祖宗的经验鲜有偏颇。回溯自己的大半生,好人好事占多数。

一味肯定显然没什么乐趣,方岩一分为二,兼任对方辩手,寻求理论上的拉扯,举出性本恶的例子,比方说,连环杀手就是怙恶不悛之徒,但这些人毕竟是极少数,无法拧成一股力量,不足以推翻性本善的观点。思来想去,方岩想起年轻时候犯过的错,也不能说是他犯的错,应该归咎于那个年代,当时,有些年轻人会失去理智。那些平日里乖巧、腼腆的好学生,纷纷露出蔑视尖牙,撕咬社会与道德,越是崇高的、伟大的事物和人物,遭受的火力越猛烈。这件事可以对立看待:性本善,时代的阵风吹得人们只能趋同;性本恶,一旦有了掩护,人们便卸下伪装。性本善,即使在疯狂的年代,也有很多人维系着秩序与传统,尤其是一些年长之人,孩子们心智不成熟,容易受到蛊惑罢了;性本恶,年长之人不是善良,而是胆怯,被几千年的公序良俗和几十年的人生经验桎梏了,年轻人没有那么多顾虑。

方岩正在辩论,鱼竿一端突然传来阻力,他下意识挑杆,从水中抽出一条大货。视线不是很好,只能勉强看到一个发白的轮廓,像是一条翻了肚子的死鱼。方岩打开强光手电筒照看,水面上漂浮着一具脸朝下的裸尸。在手电筒光芒的加持下,白花花的尸身分外瘆人。

手电筒掉在地上,他忙不迭往河岸上跑,以与他这个年纪不相称的迅疾。

这一夜,方岩思考的主题有了坚实的反面论据,就像一记耳光,扇疼他活过的七十多年。

1. 标记

林迈自噩梦中惊醒,冷汗淋漓,又一次。他在床边稍坐,站立,感应到压力的地面灯控系统溢出柔和的橘光。林迈赤脚走到厨房,打开冰箱,掏出一盒水牛奶,仰脖鲸吞,喉结有节律地鼓动;仍不解气,把脑袋塞进洗菜池,用清凉的自来水降温。他两耳后面各有一只鼓起的黑色半球,在水流冲击下闪烁金属光泽。林迈习惯裸睡,浑身上下唯一的装饰是一条黑色腕带,那是最近几年流行的穿戴设备,称作腕机,柔性屏幕折弯后扣在手腕,更智能,更轻便,接近饰品;颈部和后背刻满触目惊心的疤痕,像一片微型丘陵,那是烧伤痊愈后的"纪念",每逢阴雨天气,像有成千上万只蚂蚁啮咬,提醒他当初的痛苦遭遇。

回到卧室,坐在床沿,林迈复核适才的梦境:行在寂静的深夜长街,身后突然奏起脚步声,他想回头而不能,想快跑而不能,只能保持匀速,就像物理课本上那颗不受摩擦力寻衅的金属球。他的额头渗出豆大的汗滴,顺着脸颊逶迤,砸在地上,溅出一朵朵泥坑。终于,他艰难地勒停脚步,奋力拧转脖子,却空空如也。他继续走,脚步声再次紧密地响起,如影随形的恐惧笼罩着他。他闻到烧焦的味道,味道越来越浓,几欲窒息。他再次转身,看见一条黑影,瞬间,黑影簇成一团燃烧的火焰。梦境以火影将他扑倒、他大声呼救收尾。

今晚没有月亮，但有霓虹和路灯从窗口偷渡，足够雕出房间的陈设和林迈虬枝般的肌肉线条，以及他起伏的胸口。林迈知道，一旦惊醒，只能熬到天亮。多少年颠扑不灭、无法摆脱的恐怖梦境，隔三岔五勒索他的睡眠。林迈看过心理医生，甚至服用过一段时期中药，于事无补。噩梦是匍匐在他神经上的一个念头，你要如何扼杀一个念头？

林迈伸手一挥，顶灯乍明，屋内的黑暗被驱散。客厅不设沙发和茶几，一只折叠马扎、一张蛋卷桌就是全部家具。客厅中央铺了一张米色地毯，摆放着一幅两米见方的木板拼图，四边的图案渐已成形，但内部还有不少空缺，大概完成三分之一，难以窥见图案的具体内容。林迈点击腕机，调出参考图案，伸手一划，投影到半空。他席地而坐，比对图案，着手拼凑。濒临不惑之年，林迈平时除了看电影，没有其他可以称为爱好的事情；看电影也不是消遣，是为了训练逻辑能力。他看几分钟就会暂停，推演随后的剧情。看电影对他来说更像特长。林迈在看一部讲述机器人、佛法和莫高窟的科幻电影时，接触到"坛城沙画"的概念：

坛城是诸佛、菩萨聚集的空间。

两千五百多年前，佛陀教导弟子制作沙坛城，十一世纪，由古印度传至我国。坛城多数是用沙子或岩石粉末作为制作材料，由佛教弟子捻撒而成。沙粒掺入五色染料，有红、黄、蓝、绿，还有天然的白色，这五色代表五方佛。

据佛经记载,印度密教修法时,为防止外道"魔众"侵入,在修法处划定界线或修建土坛,并在上面设置诸佛像,表示诸佛聚集或轮圆具足。后来,修法时设置的坛和划定的界线被称为坛城或曼陀罗。坛城以立体或平面的方、圆几何形塑绘神像法器,表现诸神的坛场和宫殿,比喻佛教世界的结构。坛城是"治"的象征,"治"的反面是"乱"。恶劣的天气、身体的疾病、荒凉的土地、野蛮民族、异教徒之国皆是"乱"。通过建立坛城可以变"乱"为"治",因此坛城可以表示几乎所有真实的或意念中之物:人的躯体、一个寺庙、一座王宫、一座城市、一片大陆、一个念头、一个幻景、一个政治结构。

坛城沙画最为特别的不是创造,而是毁灭。仪式结束,坛城会被僧人们扫去,象征世界瞬息的变幻。[①]

林迈从坛城沙画受到启发,开始做拼图,每每拼完,便将完整的作品弄乱,致敬坛城沙画的创作流程。

他刚拼了几块,腕机开始震动,是王越。

这时候打电话准没好事。

腕机是代替手机的柔性终端,耳后的半球类似骨传导耳机,半永久地埋进耳后,铸成身体的一部分。他轻轻抚摸耳机,接通电话。

"头儿,出事了。"

[①] 摘自《领略一沙一世界的绝美——坛城沙画》一文,文章来源于"岩彩艺术馆"公众号。

案发现场做了警戒,由于是后半夜,且远离市中心,倒没有聚集群众,只有几个民警簇拥着一位老人。警戒线像现实与梦境的结界,圈外是太平盛世,圈内是阿鼻无间,跨过去,就是渡劫。林迈俯身撩开警戒线,步入罪恶的黑暗,浑身湿透的王越凑上来打了一声招呼。

"头儿。"王越说完抽了抽鼻子。

"什么情况?"林迈看着草地上的尸体问道。

"中心接到报警,环城水系南段发现死尸。"王越抬头,用下巴颏一指,"报警人在岸上,受了点惊吓,小石头正陪着问话。尸体被遗弃在环城水系,我刚打捞上来。水真他妈凉!"王越说着激了个寒战,为自己的结论佐证和邀功。

"别跟这杵着了,赶紧去换身衣服。"林迈随口说,他的注意力集中在死者身上。这是一具年轻女性的胴体,被水泡得浮肿,有种软绵绵的丰满,左手手腕处有一款粉色腕机,喉咙印着一道绛紫色勒痕,肚脐上方一掌宽的位置刻有一处"十"字伤口。从警以来,林迈见过十数具尸体,早已对陌生的死亡免疫,他只是理性客观地从尸体中寻找凶手的解,就像临考的中学生对待数学题一样单纯和严谨。

"死者身材不错。"王越不知何时回来,边说边用一次性浴巾擦拭湿发。

"死者为大,积点口德吧。"

"我可没乱说,兴许死者正是因为不错的身材遇害,见色起意嘛,要不怎么把衣服都给扒了。老话说得好,'色'字头上一把刀。"王越高谈阔论。

"老话是这个意思吗？"

"不是这个意思吗？"王越咕哝一句,"要我说……"

"先说报案人是干什么的,后半夜了,在河边溜达？"林迈抢白王越。

"我把小石头喊过来。"王越边招手,边扯着嗓子喊,"小石头,小石头,这边,这边。"

被王越称为小石头的同事本名石文杰,是春节后分配到中队的新手,中等个儿,分头,戴一副黑框眼镜,脸上还有淡淡的痘痕。石文杰的特长是信息技术,如今网络犯罪占比越来越高,一些传统犯罪也越来越离不开网络,石文杰这种警员非常吃香。他们与一般网警不同,网警主要关注线上的动态和风向,石文杰和其他刑警一样下沉到侦查前线。听到王越召唤,石文杰连跑带跳从岸边下来,一是天黑,一是临近河岸泥地湿滑,石文杰没站稳,差点窜河里,多亏王越眼疾手快,拽住他的胳膊。饶是如此,石文杰一只脚还是陷进淤泥中,颇为狼狈。

"稳当点。"王越说,"我刚从水里出来,你要掉进去,我还得救你。"

"谢谢王哥。对不起王哥。"石文杰又是道谢,又是道歉。

"行了,你都把我弄晕了,头儿有话问你。"

"林队请指示。"石文杰板正身子,两手贴齐裤缝,就差敬个礼了。

"那位大爷是做什么的？"林迈想让他随意点，又怕说完石文杰更紧张。林迈看着石文杰，仿佛瞧见年轻时的自己，那时候他跟石文杰一样刚到刑警队，顶头上司是陈斌，陈斌说什么，林迈像小学生服从班主任一样认真和用力。

"哦，钓鱼的。"石文杰指了指岸边没来得及收拾的马扎和鱼篓。

"大半夜跑荒郊野外钓鱼？"林迈不解，也不信。

"报案人是这么说的。"石文杰摸摸脑袋，似乎为没有过滤出有效而真实的信息抱歉。

"这也不算荒郊野外，刚出二环嘛。"王越说，"钓鱼的人都有瘾，才不在乎时间地点，只要能钓到大货，无所不用其极。"

"好，我知道了，带他去警队录口供。"

"我去安排。"王越说。

"安排啥啊，你带过去。"

"不是，我刚才的推理还没推完呢。"

"推完了，没理。"林迈斩钉截铁。王越悻悻离场，临走拉上石文杰。林迈继续蹲在死者旁边。一丝不挂的女性尸体也不会影响他一丝不苟的态度，尸体是破案的关键，它会告诉林迈许多信息，关于死者生前最后的挣扎，关于凶手。以往，林迈总能在尸体和案发现场收获颇丰，但今天一无所获，泡过水的尸体缄默了，而此地明显不是第一案发现场。死者头发黏连成片，手电打过去，有些反光，像抹了发胶。林迈蹲下来，轻轻拨动死者脑袋，用戴了橡胶手套的手撩开长发，看见她后脑扣着一块半嵌入式的电磁贴片，这是脑感游戏无线接收器,俗称"脑贴",是一种用来与虚拟实境游戏机互联的接驳设备,相当于给大脑安装了Wi-Fi(无线联网技术)。在此之前还有一种类似头盔的接驳设备,俗称"脑盔",更笨重,而且有线,不过市场占有率比"脑贴"更高,道理很简单,相比"脑贴","脑盔"更便宜,更安全,也更传统,不是所有人都能接受在脑袋里加装电子设备这种事。死者面部浮肿得很厉害,像一只充分发酵的馒头,喻体一旦在林迈脑海中成形,死者的脸就真的变成一只硕大的馒头,刚出锅的,喧腾腾的,散发着诱人的锅气,让人忍不住想咬上一口。

  林迈使劲揉揉眼睛,幻觉消失了。

  东方天空露出一丝曦光的时候,警队勘查完现场。林迈笼出一个悠长而饱满的哈欠,直接开车来局里,蜷在后座躺会儿。兴许是太累了,兴许是变换环境,他暂时摆脱那桩噩梦,这算是因祸得福。

  醒后,林迈第一时间拿到报案人的笔录。

询问笔录(一)

(根据询问录音生成,仅供内部参考;下同)

询问时间:2034年7月15日9时23分

询问地点:明城市公安局江祐区分局第三审讯室

询问事由:被询问人于2034年7月15日深夜2时报案,于明城市环城水系南段发现一具女尸,现对被询问人进行常规问话。

询问人:王越

记录人:石文杰

被询问人:方岩;性别:男;出生日期:1964年8月25日

住址:明城市冬冶区红旗大街紫薇苑8号楼二单元1502室

邮编:0X0000

身份证号码:1*****19640825****

联系电话:139****2231

询问人告知:我是明城市江祐区分局的刑警王越,警员编号005***,根据相关规定,现采取询问方式了解、核实有关情况。您的谈话内容将被记录,作为有关情况的书面证明材料。因此,应当如实陈述。

询问人:姓名?

被询问人:方岩,正方形的方,《红岩》的岩,哦,就是岩石的岩。我们那个年代名字都喜欢沾点经典著作。我有个哥哥,也叫方延,延安的延。外人都说我爹起名没水平,两个孩子同音不同字,怎么区分?其实非常简单,平时在家里,我哥叫老大,我叫老二。

询问人:与审问无关的话不用说。出生日期?

被询问人:1964年8月25日,农历。抱歉警官,我有点紧张,一紧张就嘴碎。

询问人:职业?

被询问人:退休了。哦,(我)之前是药厂工人,生产对乙酰氨基酚,就是人们常说的"扑热息痛"。

询问人:2034年7月15日,也就是昨天晚上……

被询问人:警官同志,这我得打断您一下,应该是今天凌晨,昨天晚上是7月14日。我小孙子刚上三年级,数学第一课就是二十四小时制。

询问人:再提醒你一次,不要说与审问无关的话。7月15日凌晨2时许,报警服务台接到电话,于明城环城水系南段发现一具女性尸体。请问是您报的警吗?

被询问人:没错。

询问人:请您详细说明一下当时的情况。

被询问人:我电话里都说了,你们应该有录音吧。

询问人:按照规定,我们需要对您进行问话,请您配合。

被询问人:配合,配合。是我报的警。我有两个孩子,一个儿子,一个女儿,儿子结婚早,大孙子都上初中了,小孙子上三年级,女儿不结婚,我们老两口规劝不动,就随她去了,怕管得太严,适得其反。我老伴喜欢打麻将,上午一场,下午一场,四季不断……

询问人:与案子无关的旁枝末节不要讲,说重点。

被询问人:说重点,说重点。我没别的爱好,就是喜欢钓鱼。刚开始,我早上出门,中午就榨菜啃凉馒头,天黑回家。后来,我觉得白天太吵,岸边扎满了小年轻,我对年轻人没有偏见,只是他们经常一边钓鱼,一边刷短视频。重点来了,开始是为躲避人群,选择夜钓,再之后,我恋上夜晚的安静。关于我晚上在水系边钓鱼的始末就是如此。我知道这样不对,不应该在水系钓鱼,如果有什么行政处罚,我甘愿认领。昨天晚上至今日凌晨,我跟往常一样在河边钓鱼,浮标一沉,我以为是鱼儿咬钩,拽近,却是一具尸体。我吓坏了,撇掉竿,转身就跑。我本想直接回家,后来还是决定报警。这是我作为一个良好市民应尽的责任。

询问人:现场有没有发现可疑人员?

被询问人:我想想。(约十秒钟)周围就没人,我特意避开热门河段,寻一个安静。

询问人:好的,我们知道了,多谢您对警方的信任。您现在可以离开,我们已经留下您的联系方式,需要的话会跟您核实,您想到其他事情也可以随时跟我们联系。

被询问人:我需要保持二十四小时待机吗?我一般睡觉和钓鱼会静音。老年人觉少,又浅,吵醒了很难续上,钓鱼就更忌讳被打扰,"怕得鱼惊不应人"。

询问人:不用,如果事态紧急,我们会及时找到您。

被询问人:那就好。警察同志,我能问个问题吗?

询问人:您说。

被询问人:那个地方,就是案发现场,还能去钓鱼吗?

询问人:暂时不行。(停顿片刻)您为什么会这么问?

被询问人:那是我好不容易做的鱼窝,可惜了。不过可惜就可惜了,让我去也不敢去,晚上要做噩梦的。除了这位死者,我这辈子只见过一个陌生人的尸体,那要追溯到我的中学时代,当时对我的震撼不比这次小。你知道,大多数人只能见到亲人的遗体……

询问人:好了,问话到此结束。您请过目,确认无误后签个字。

以上内容均为事实。

被询问人签字:方岩

7月17日上午,明城市公安局江祐区分局三楼会议室,副局长陈斌召开并主持"7·15浮尸案"第一次研讨会,与会人员有明城市公安局江祐区分局刑警大队第二中队队长林迈,刑警王越、石文杰,法医方灵,另有办公室人员若干。分局共三个副局长,分别主抓刑侦、治安和后勤,陈斌负责刑侦。会议决定,成立"7·15浮尸案"专案组,由林迈担任专案组组长,成员为方灵、王越、石文杰等人,会议记录由石文杰负责。说是记录会议,其实根本不用动笔,只需打开名为"会议"的程序,就能拾取所有人的发言,并自动整理成文本,上传至云端。那句话怎么说来着,科技解放人类。

"我们检查了死者胃部和肺部,没有发现浸水现象。死者窒息而死,脖子有明显勒痕。初步推断,死者是被人杀害后抛尸水系。死者肚脐上方有一个十字伤口,刀口又细又直,足见凶手当时非常镇定,且拥有相当丰富的用刀经验。根据刀口判断,凶器应是极薄的利刃。

由于死者在水中浸泡过一段时间,无法检测到尸体表面的指纹,同样因为浸泡,死者指缝干净,没有提取物。根据尸体浸泡程度,初步认定死亡时间在五天左右。尸体勒痕处也没有发现任何纤维痕迹,勒死死者的凶器应该不是常见的织物和麻绳。尸体会阴部有损伤,推断死者曾遭受过性侵,但并没有从死者阴道内提取到精液、阴毛,死者犯案时应佩戴了避孕套。"汇报人员是一名女性,表达干脆利落,没有感情色彩。此人正是方灵,常驻江祐区分局的法医。

方灵讲话时,林迈可以跟其他警员一起肆无忌惮地聚焦,不必像平时那样躲闪,生怕被人发现什么似的。事实上,他们之间并没有值得深挖的绯闻,林迈有意于方灵,但小心翼翼地镇压在心底,不给任何起义和冒头的机会。两人同事六七年,从未单独约会,顶多被裹挟进分局的聚餐,坐在长桌的两端跟众人一起举杯庆祝或者缅怀。对林迈而言,方灵就像电影明星——没错,就是电影明星,看得见、摸不着,天然有一段无法逾越的距离;也像远处的山峦,感觉很近很低,真要走到山脚下却需要铺垫一段漫长的路途,到了山脚才发现这是一座巍峨的高峰,根本没有攀爬和登顶的信心。基于以上原因,每次看到"高山仰止"这个成语,林迈的脑海就不自觉地带出方灵。

"能不能确定生前,还是死后?"林迈打断方灵。

"什么?"方灵问道。

"死者遭受性侵的时间,是生前还是死后?"

"目前无法确定。"方灵看了林迈一眼,继续汇报,"以上是对尸体的常规解剖,另外还有一点比较特别的发现:我们在死者大脑高级皮层和第五层锥体神经元中检测出 5-羟色胺 2A 受体压型,死者生前疑似服用过量致幻剂。"

"怎么判断'过量'?"林迈敏锐地抓住方灵的措辞。

"这涉及致幻剂的作用原理,解释起来可能需要很久。"

"你赶时间吗?"林迈说完有些后悔,女人都喜欢温柔体贴的男人吧,他就是不会拐弯,甚至,这几乎成为他的伪装,用假意掩盖真心,好像喜欢一个人是见不得人的事。

"我知道了,"僵持中,王越做出推理,"死者生前肯定嗑药了,做药检了吗?"

"做了,没问题。"方灵回道。

"会不会是死亡时间太长,没有验出来?"

"人死后半小时左右血液停止流动,继而凝固,毒素会封印在血液中,一般可存留两周。"

"这就奇了怪了。"王越摸着脑袋说。

至此,方灵还是没有回答林迈的问题,林迈也没有追问的打算。

"死者身份确定了吗?"陈斌发挥主持作用,向王越发问。

"已经通知最近半年报失踪案的人员认尸,来过三四个家庭,都说不是。"王越说。

"我的问题是什么?"陈斌盯着王越。

王越愣了一下,重新作答:"哦,还没有。"

"我最烦答非所问。"陈斌说完点上一根烟,使劲嘬了一口,烟头泛出烧红的铁的颜色,"林迈,谈谈你的看法?"

不等林迈开口，王越抢先道："我觉得是仇杀，脱光衣服是为羞辱死者，我推理凶手是追求死者未遂的男性，很有可能是她的同事或同学，要不就是网恋奔现失败，过激杀人。再不就是见色起意的邻居，对，熟人作案的可能性极大。还有一种可能就是变态杀人狂，如今人们压力大，一不留神就崩溃了，一崩溃就报复社会。"

"你说这些等于没说。"方灵冷冰冰地飘出一句评价。

"怎么是没说呢？我把几个可能的方向全都分析到位了。"

"全都罗列了，可不就等于没说吗。"

"不是仇杀。"林迈直截了当地否定王越，这是他身为一名刑警的直觉和判断，但也有点替方灵出头和踩王越一脚的嫌疑。

"我同意林迈的看法。"方灵说。

"他都没推理！"王越对方灵跟林迈的一唱一和感到不满，"拿出证据。"

"腹部的十字切口。"林迈说，"昨天晚上见到尸体第一眼我就在想，有什么必要在尸体上划两道伤口？想来想去只有一个合理解释：标记。"

"什么标记？"陈斌夹着烟问。

"凶手的标记，类似产品的商标。凶手是要将死者当成自己的专属作品，向外界展示和炫耀。这是连环杀手的秉性。"林迈分析道。他当刑警快十年了，破过不少大案奇案，但还没有遇到过连环杀手。当然，这只是他关于案件的第一反应，他倒希望自己猜错。

"不管是不是连环杀手，作案的手法非常残忍，抛尸的性质非常恶劣,已经引起社会面的关注和恐慌,上峰下达了指示,督促我们尽快破案。弟兄们这些天辛苦辛苦,争取早日把案子拿下。大家表个态吧。"陈斌把烟头摁进烟灰缸,身体微微后仰,大概是想从下属那里收获"保证完成任务"的承诺。

结果没有人呼应。林迈跟方灵小声交流尸检报告的疑点,向后者求证,能否通过技术手段查明死者到底是生前还是死后遭受性侵,按照目前掌握的情况,林迈倾向于这是一起奸杀案。另外,他还在介意"过量",再次向方灵请教,此时的他眼里只有案情,方灵也不再是座巍峨的山,而成了一条林荫小路。林迈仔细跟方灵确定,她刚说的那些羟色胺之类的物质会不会跟"脑贴"有关。方灵否定了他的猜测,至少从目前社会上的反馈来看,"脑贴"没有产生过这么严重的副作用,之前只有一些连续使用时间过长而致晕的报道,但不排除这种可能。林迈扭过头找王越,本想吩咐他顺着"脑贴"这条线搜集一下资料,却发现他竟然打起了电话。

"行了行了,知道啦,你先去看看,我正开会呢,没法请假。我还骗你不成,陈局在呢,要不让他跟你说?"王越把腕机伸向陈斌,后者轻车熟路地清了清嗓子,绘声绘色地吼道:"王越,干什么呢你?!"

"不跟你说了,领导生气了。"王越说完转了一圈耳机,挂断电话,长舒一口气,跟在场的同事抱怨,"现在的房价跟催了尿素似的,噌噌往上涨,咱们这点工资杯水车薪啊。"

王越不止一次跟林迈讽刺甚至咒骂居高不下的房价,同时也对于楠关于房子的执念一道抨击。于楠几乎每个周末都会拉着王越去明城大大小小的售楼部和中介公司"打卡"。于楠和王越是大学同学，都说毕业季分手季，但他们毕业就结婚了，当时没有买房，等他们反应过来，房价已经高不可攀。有了以上背景，林迈可以还原出整个对话，大致就是于楠去了一家售楼部，让王越过来研判，要不要下手。不，他们不会说"下手"，他们习惯把买房称为"上车"。

"我好歹还在这呢，就算你们不尊重我，能不能尊重一下我的警衔？"陈斌又掏出一根烟，盯着几位得力下属。

林迈等人一齐望向陈斌，愣了两秒钟，像按下暂停键，之后继续刚才的讨论和埋怨，只有石文杰坐得端正笔直。

陈斌见怪不怪，点上烟，悠然吞吐，等待他们自行研判破案方针，他更重要的任务是政治站位，以及协调各单位、各部门的统筹工作。曾几何时，陈斌也跟林迈一样冲锋陷阵，扑在前线，而现在，他是他们的后方。等陈斌手里的烟燃尽，林迈等人刚好梳理出结论和方向。

凶手有一定反侦察能力，将尸体抛入河中，导致警方取证困难，指纹、脚印都无法采集，也对确定死者死亡时间产生了一定干扰。干刑警的都听说过一句话：尸体是死者的诉状，写满了对凶手的指控。被河水浸泡数日的尸体跟被河水浸泡过的诉状一样难以辨认。

环城水系是人工开凿，流速较慢，尸体被打捞上岸的河段不是抛尸地点，更不是第一案发现场，需要循着水流溯游。当务之急是确定死者身份，这也有助于锁定案发现场。绕了一圈，又回到原点。

陈斌听完，略一沉思，说："跟户籍那边的同事沟通一下，用他们的系统进行面部辨认。"

面部辨认的原理很简单,但是系统匹配的成功率并不高,往往需要人工复检,毕竟许多人身份证上的照片都与本人相去甚远,而人工智能在图片识别上的技术可谓是原地踏步,时至今日,它们仍然无法分辨出一个黑块是阴影还是石头。户籍部门一直很讨厌这样的对接,他们觉得这是工作范围之外的差遣。再一个,户籍中心刚刚脱离公安部门,就像刚刚离异的两口子,彼此间有种斥力。

"好的,我去安排。"王越说。

"安排啥,你自己去。"陈斌下了命令。

王越一副不情愿的样子,看了林迈一眼,想让林迈安排新的任务,把他置换出来。林迈却视而不见,继续跟方灵讨论案情,只有借着案件的掩护,他才能游刃有余地跟方灵交流。

"林队,你不是还给我派了活?"王越挤眉弄眼地暗示林迈。

"咦,你怎么还没走?"林迈装傻充愣。他也知道去户籍部门很难得到好脸色,但办案从来不是你情我愿、言笑晏晏的社交活动,必须时刻揣着一颗牺牲的心,有时候牺牲的是时间,有时候牺牲的是人情,有时候牺牲的是亲情,有时候就是牺牲,牺牲生命。

"让小石头去吧,得给年轻人锻炼的机会。"王越干脆把石文杰推出来。

"行,你带他一起去。"

"那还是我自己遭罪吧。"王越拍拍石文杰的肩膀,"小石头,记住哥对你的好,回头请我吃饭。"

石文杰一脸茫然,匆忙道谢。

这时,有人敲门。陈斌说了请进,是一位同事,告诉他们,有一对老夫妻来认尸。王越就像中彩票一样高兴:"太好了,说不定他们就是受害人的家属,省得我跑一趟了。"

"王越,注意一下你的形象和措辞。"陈斌提醒王越。

王越跟同事往外走,根本没听。林迈也追出去,和王越一起接待了两位老人。他们相互搀扶着,似乎缺了谁,另外一个就会跌倒。林迈见过很多受害者家属,除了愤怒和痛苦,他们脸上更多的是麻木,情绪都耗干了。

王越揭开覆盖尸体的白布,两位老人只看了一眼,就摇摇头。他们神情复杂,但还是能从中分辨出一丝稍纵即逝的明媚。没有消息,就是好消息。

"你们仔细看看。"王越难掩失望之情。

"不是。"他们说,"我女儿是短发。"

阳光凶猛。

林迈极力伸展双臂,来缓解肩膀和后背的酸痛,却释放不了腰部积攒的僵硬。前两年,林迈腰疼得厉害,去医院拍了CT(Computed Tomography,即电子计算机断层扫描),检查出腰椎间盘膨出。方灵介绍林迈去明城市人民医院做过一段时间理疗,用干扰电、激光之类的设备治疗,效果不错,但他好了伤疤忘了疼,这两年高强度工作,腰痛反复。

"腰又疼了？久坐记得起来活动一下。"方灵走到他身后。

"老是记不起来,一坐下去,就想把活干完。"

"还是注意一下吧,身体垮了,什么活也干不了。"

"我知道了。"说完,林迈打了个哈欠。

"半夜出警,回去补个觉吧。"

"跟出不出警没关系,失眠了。"

"又做那个噩梦了？"方灵向前走了两步,与林迈并齐,"任何品行端正的警察都会做出跟你一样的举动。旁观者可以轻松说出许多大道理,对当事人来说却没有那么简单,否则也不会深陷其中。从来不存在真正的感同身受,也没有谁能拯救谁,你要学会自己走出来。"

"谢……"林迈理所当然地想跟方灵道谢,又从她最后一句话里听到冰冷的鞭策,一时不知如何言语。

"这个给你。"方灵递来一只没有贴标签的白色药瓶,"我托同学配了点中药,益气养血、强脑安神,每天睡前服用两粒。"

"……谢。"林迈续上刚才的表达。他从方灵手中接过药瓶,很想跟她多说几句,却突破不了自设的屏障,好不容易张开嘴,却没有得到回应,扭过头发现方灵已经离开。林迈无奈地笑了笑,把药瓶揣进口袋。

林迈眯着眼望向太阳,眼前一片明亮的黑暗。

林迈上了车,系好安全带,听见有人敲击车窗,一瞥之下,是位女士的倩影。林迈以为方灵去而复返,降下车窗玻璃才发现是一个有些眼熟、却想不起在哪儿见过的女人。

"你好,林警官。"女人一身格子套装,利落、干练,把手伸进车窗。

"你好?"林迈与她草草地握了握手,注意到女人的腕机,通体银色,静态屏幕上面有三颗不停运动的圆球。

"这是《三体》联名款,限量一千条。"见林迈打量自己的腕机,女人颇为得意地说,"林警官想不起来我是谁了吧?《明城报道》,我是节目主持人韩晶。"

林迈想起来了,两年前,林迈破获一起入室杀人案,警方联合电视台将案件制作成几集普法宣传节目,陈斌让林迈配合韩晶做过几次采访。

"韩女士,你好。"

"我能上车说吗?"韩晶手搭凉棚,遮挡似火的骄阳,"外面好晒啊。"

"我有事要出门。"

"正好,你捎我一段。"韩晶不由分说绕过车头,要上副驾驶。

车落着锁,韩晶尝试两次无果,露出无辜又可爱的表情。林迈也不便在警局停车场跟她过多纠缠,打开门锁,放她进来。韩晶拿出面巾纸,抽出一张轻轻擦拭额头和脖子上的细汗。车厢内立刻弥漫开馥郁的香味。林迈开车出门,刚好看见方灵站在警局门口,嘴里咬着一根雪糕。换作以往,林迈肯定停车跟方灵打声招呼,但今天实在不方便。林迈祈祷方灵没有发现车内的韩晶,说不上来基于什么心理。

"我不在市电视台了,跟几个合伙人运营一家自媒体,主要追踪民生热点。你可能没有听过我们公司,但一定看过我们的栏目——《明事儿》,我们的订阅是明城第一。我们帮助老百姓解决过不少麻烦,像什么合同纠纷啦、索要工资啦、烂尾楼维权啦,避而远之的麻烦,我们迎难而上……"韩晶上车后自顾自说。

"你去哪儿?"林迈叫停她的龙门阵。

"我听说环城水系捞上来一具女尸?"韩晶凑过来,香味倾轧。

"无可奉告。"林迈踩了刹车,请韩晶下车。

"你听我说完。这样吧,我请您吃饭,边吃边聊。许多自媒体为赚取流量大书特书,恶意揣测死者身份,有说她是妓女,有说她是小三,还有说有凶手专门杀害穿白丝袜的妙龄少女。我是想通过对你的采访,厘清来龙去脉,以正视听。我知道警局有规定,我也不会强人所难,让你把所有与案情相关的边边角角都告诉我,我就了解一个真实的大概。当然,不是无偿的。"

"警情上都有。"

"警情写得太模糊。"

"你要去哪儿,我可以送你过去,再提案子的事,我只能请你下车了。"

"那你送我回家吧。"韩晶目不转睛地盯着林迈的侧脸,"上次采访时,我记得林警官还是单身,现在有女朋友了吗?"

"地址。"

"林警官还是这么锋芒毕露啊,像你这样一身正气、一心为公的人物现如今凤毛麟角,可以算是当代侠客了。"

"地址。"林迈提高音量。

"半岛名邸。"

林迈猛踩油门,发动机发出阵阵低吼,韩晶被加速度推到靠椅上,略显狼狈。

"林警官好念旧啊,没安装自动驾驶系统吗?"韩晶迅速调整状态。

林迈专心开车,没有回答。韩晶波涛汹涌,林迈滴水不沾。到半岛名邸,林迈停好车,韩晶解开安全带,却不着急下车:"都到家门口了,上去喝杯茶,认认门。"

林迈解开安全带,突然起身,倾向副驾驶,拉开车锁,推开车门,坐回去,扳直腰身。韩晶只好下车,即使经过林迈一系列的冷漠对待,脸上仍挂着和煦而职业的笑容,举起腕机:"差点忘记留联系方式,我们碰一下吧。"

"不用。"

"那好吧,反正你想找我肯定不在话下,我想找你也有门路。"

韩晶走出去两步,突然听见林迈喊了一声"喂",连忙回头:"改主意了?"

"把门带上。"

"林警官,我们还会再见面的。"韩晶关门前说。

林迈轰了一脚油门,汽车颤抖着发射出去,汇入车流。林迈对韩晶没意见,只是厌恶媒体对于案件的态度,不仅仅是媒体,还有把案件当成新闻甚至热闹的读者和观众,对他们而言,就是猎奇,死者只是一个遥远的符号,他们顶多产生几分钟同情,几分钟之后,这个符号便模糊了、消匿了。没有人在意所谓的死者曾是活生生的人,有父母,有童年,有学业,有工作,有家庭,有快乐,有烦恼,有理想,有欲望……

回到家中,林迈点了一份外卖,几分钟后,无人机送达窗口。林迈敷衍了肠胃,盘腿坐在地毯上,一边拼图,一边拼凑案情,不禁想到,假如死者活着,会度过怎样的一天:跟往常一样起床,上班,和同事开玩笑,吃午餐,下午刚开始那一个小时最难熬,总是打盹,撑到三点多有了精神,度过匆忙嘈杂的下午,濒临下班时又鼓足干劲,会不会加班呢?普通的工作日晚上,该怎么打发呢?看电影、玩游戏,或者和男友一起吃饭?她这么漂亮,应该有男朋友吧?和男朋友一起住吗?如果有男朋友,女友失踪一周,他肯定报案——她可能没有男朋友,如今流行精致的利己主义,一切以个人意志为转移,什么传统理念,什么情感需求,全都不值一提。

林迈强迫自己将注意力集中到拼图上,差不多两个小时,他只找到十几块,打眼一看,拼图的空白处像一具尸体。不知为何,林迈最先想到的是尸体,而非人体,或者人形轮廓,这是一种职业病。没治。尸体开始扭动,挣脱平面的束缚,身上不断掉落血肉一般的图块,挣扎着朝林迈走来,他猛地站起,向后退了一步。尸体突然停止向前,喀啦啦碎裂。

1.1 王越的一天

南美洲亚马孙河流域热带雨林中的蝴蝶，偶尔扇动几下翅膀，两周后，可以引起美国得克萨斯州的龙卷风。这是广为人知的蝴蝶效应，王越多少有所耳闻，但从未预想自己会跟这个听上去很美的效应产生联系。最近两年，他频繁地邂逅这只蝴蝶，并后知后觉地发现人生是比气象更加混沌的系统。每个人的人生都是如此，更不用说人类堆积而成的社会与世界，那些所谓的秩序、准绳以及规范，不过是用来约束普通大众的樊笼。

　　早上七点，不近人情的闹钟把他从美梦中拽出来。这是真真切切的美梦，他梦到偶像莫文蔚。在梦中，莫文蔚来明城奥林匹克中心开演唱会，他负责安保，因此得以进到内场，演出结束，莫文蔚突然从舞台消失，当他以为这是大变活人的舞台效果时，娘娘①下一秒出现在他身边，让他帮忙掩护，去明城大街小巷逛一逛，就跟电影情节一样②。梦境至此中断，又或者，他忘却了部分内容，总之，莫文蔚上了他的车。

　　"车不错嘛。"莫文蔚说。

---

① 莫文蔚因演唱的一首歌曲名为《娘娘驾到》，此后便有歌迷称她为娘娘。
② 此处指《诺丁山》，该片讲述了一位到英国拍片的好莱坞大明星，偶然跑到诺丁山的小书店买书，跟个性腼腆的店主擦出爱情火花的故事。

"还可以是吧,但这辆车是我们婚姻不和谐的始作俑者,当年不买车,先买房就好了。你看,我跟你吐槽这个做什么?我是你的超级粉丝,你的歌我都能哼哼两句。"

"个人有个人的烦恼,明星也是个人,也不例外。"

"那你的烦恼是什么呢?"

"我的烦恼就是——"莫文蔚沉默,车载音响播放熟悉的前奏,莫文蔚唱歌,"指尖以东,在你夹克深处游动,能抱拥便抱拥,下次用好友身份过冬。街灯以东,白雪吻湿双眼瞳孔,能放松便放松,泪比飞霜沉重……"

这是一首粤语歌。为听懂莫文蔚的粤语歌,王越上大学时特地学习了广东话,觉得不过是方言,怎么也比外语简单,但广东话对他这个土生土长的北方汉子来说无异于外语,最后不了了之,只能笼统地模仿歌词的发音。这首歌名为《冬至》,收录在《一朵金花》专辑,自从他开始使用手机,就以此设置为铃声,十几年没有换过。不仅如此,《冬至》还是他的闹钟铃声。有个观点是,假如你想讨厌一首歌,就设为闹铃,保准两天就对这首歌不胜其烦。王越用实际行动证明这个观点并不通用。当年他跟于楠表白,唱的也是莫文蔚的歌,当然不是《冬至》,而是更为应景的《爱情》。《爱情》的歌词里有:"若不是因为爱着你,怎么会夜深还没睡意,每个念头都关于你,我想你,想你,好想你。"《冬至》却是:"我每次快分手总见雪花涌涌。"

王越正在琢磨,莫文蔚为何在车上唱歌,她突然发狠,抽了王越一个耳光,王越猛地惊醒,看见笑嘻嘻的女儿王梓晗。

"爸爸流口水了。"

"你竟敢以下犯上。"王越一把搂住女儿,把她拽到床上。王梓晗笑得更欢实了。

"都几点了,还闹,赶紧起来吃饭。睡得跟猪一样,破歌都响八遍了。"于楠一把扯掉王越的被子,露出只穿了一条红色内裤的王越。王越今年三十六岁,本命年。

"你能不能温柔一点,女儿在这呢,影响多不好?"王越拉过被子盖到胸口,女儿弓着身子,往被子里面钻,"前天晚上半夜出警,昨天晚上又忙到凌晨,身体真有点吃不消。"

"行了,谁工作不累呢?赶紧起来吃饭,送晗晗上课。我先过去排号,你忙完去找我会合,今天必须把这事给结了。"于楠说完就走。

"你把她弄出去啊,不然我怎么穿衣服?"两人昨天晚上商量,今天去交定金,王越也想赶紧落停,这几年为买房操碎了心。

于楠从床上带走王梓晗。王越这才下床穿衣,回忆着刚才的美梦,嘴角不由得荡漾出一丝似有若无的笑容。

早饭是豆浆、馒头片和煮鸡蛋。馒头切成片后丢进空气炸锅,炸得焦黄酥脆,豆浆开水冲兑。

"又是三件套啊?"王越随口抱怨一句,"哪怕把煮鸡蛋换成煎鸡蛋呢,煮鸡蛋容易噎着,也没滋味。"

"你天天吃现成的,就别废话了。"于楠懒得理他。

"你这就是强词夺理了,就好像看足球比赛,球员失误,球迷批评一句,就被回一句'你行你上'。我就是提个友好的建议。"

"赶紧吃,吃了赶紧走,早读都快赶不上了。"

虽然是暑假,但女儿一点儿不比平日松快,于楠给她报了数学、英语补习班,还有游泳、古筝和舞蹈课,每天塞得满满当当。英语班有十五分钟晨读。匆匆吃过早饭,王越和女儿坐电梯下到停车场,女儿落座后排,刚出地面,王梓晗大叫一声"忘记拿书包"。王越数落女儿两句:"上辅导班不带书包,跟上战场不拿枪一样。"王梓晗让他别啰唆:"赶紧掉头。"王越绕了一圈,回到停车场,王梓晗自己下车上楼。赶上早高峰,用电梯的人一波接着一波,上去容易下来难,一来一回差不多十分钟出去了,把王梓晗送过去,已然迟到。王越忍不住又数落她两句,王梓晗一下没绷住,哭了。王梓晗一哭,王越愈加心烦意乱,大声吼了王梓晗两句。吼完立马后悔,后悔不是说怕吓到孩子,而是担心女儿跟于楠告状,也不是怕告状,而是于楠知道了难免会跟他拌嘴;因为这事,夫妻没少置气,王越自己也做过几次决不再犯的保证,最后无一例外地食言,包括这次。每一次,他都觉得自己无辜,但只要吼出来就是有罪。王越下车,拉开车门,好言劝慰,哄王梓晗去上课。回到车上,王越猛击方向盘,骂了一声:"妈的!"骂自己,也骂×蛋的日子!

王越上午要去户籍中心核实受害者的身份,但他并不着急上路,而是在车里浏览短视频。腕机的投影画面可以自动适应光照。王越左手扶着方向盘,不停用语音操作:"过,过,过。"他在一个介绍明城房产的视频前停留时间较久,大数据拾取了这个细节,接下来推荐的视频多涉及房产相关，正看到专家介绍房价马上迎来拐点时，林迈的电话切进来。

"查到了吗？"林迈问。

"什么？"

"死者身份啊。"

"哪儿这么快，我还在路上呢，堵车。"忘记从什么时候开始，这种无伤大雅的谎话已经不假思索，脱口而出。久而久之，王越都不觉得自己在说谎。

"那你先别去户籍中心，帮我出席一下'4·14案'庭审。"林迈说，"我现在正在接受调查，不便出面。"

"得嘞。"王越答应林迈，把目的地从户籍中心改到法院，"头儿，别怪我多嘴，你也是的，都副队长了，怎么这么不稳重，跟那些人渣一般见识干吗？"

"我先挂了。"

"我还没展开呢。"耳机中传来忙音，王越叹了口气，继续开车。路上，王越一直在播放莫文蔚的歌。他想起一个浪漫的说法，梦见的人，醒来就要去找寻。可他怎么去找莫文蔚？想到这里，王越一阵莫名感伤，平时那张嘻嘻哈哈、没心没肺的脸上愁云惨淡。

"你怎么了？"莫文蔚再次出现在他的副驾驶。

"我这辈子恐怕也见不到你了，以前有机会的时候没去找你，以后连机会都没有了。"

"现在不是见到了吗？我就在你身边啊！"

"你怎么还是跟'好·莫文蔚'①时期一样光鲜亮丽,身上完全没有岁月流淌的痕迹?实不相瞒,看那场演唱会时我才十二岁,那是我第一次有恋爱的感觉。"那个时期的莫文蔚兼具少女与熟女的双重魅力,一头茂密的黑色长发,生机葳蕤。

"那是千禧年。那时候我已经三十岁了。我也常常梦回从前,感觉身体里好像有两个我在博弈。"莫文蔚说完开始唱歌,这次是首新歌,《哪吒5·混天绫》的片尾曲《两个我》,"一个我沉着内敛,一个我无法无天,一个我意兴阑珊,一个我却被烦恼丝纠缠。一个我心无杂念,一个我流连忘返,一个我万语千言,一个我沉默得犹如远山。一个我一马平川,一个我崎岖峻险,一个我一往无前,一个我裹着自缚的虫茧……"

如今人们注重保养,加之医美行业越发进步和完善,只要肯花心思和金钱,年岁完全能媲美半个世纪前。莫文蔚唱到副歌时,以肉眼可见的速度枯萎,飞扬的黑色瀑布变成冰川……王越愣了一下神,幸亏防追尾系统及时发挥作用,紧急制动,否则就与前车亲密接触了。

回过神来,莫文蔚消失了。

到达法庭,王越坐在旁听席,聆听审讯。被告席有三个男人,看上去二十出头,正是一生中最好的时候,其中一个略胖,另外两个稍瘦,都是一副无所事事的样子,并不知道即将到来的审判对他们意

---

① 莫文蔚举办的演唱会。

味着什么。那个略胖的犯罪嫌疑人脑袋上胡乱缠着几遭纱布，乍一看，像印度人裹的头巾。

这是林迈和王越前段时间侦办的重案。四位凶嫌溜入一对新婚夫妇家里行窃，除了审判席上的三位，还有一位叫付辰骁的未成年人。他们知道新婚夫妻都有钱，再穷，也有几万块钱礼金，四人搜刮一番，准备离开时，墙上的结婚照吸引了他们的注意力，他们对美貌的新娘产生非分之想，当天晚上，新郎新娘并没有回来，他们想到小两口应该是去度蜜月了。几人便在房屋里住下，完全当成自己家，每天点外卖，等夫妻回来，他们迅速控制两人，将新郎用床单捆住，当着他的面轮奸新娘。四人在他们的新房居住长达一周，一开始叫外卖，后得知新郎是高级厨师，他们便出去买菜买肉，逼迫新郎做饭，新郎不愿意，他们就咬掉新娘一个乳头，新郎只得就范。为防止他们喊叫，四人剪掉夫妻的舌头，并将男女主人手机里的钱全部转走。最后将两人折磨得不成人样，又模仿电影中的碎尸情节，将男女主人用菜刀剁碎，装进垃圾袋，丢进小区的化粪池。只是原告的陈述人回顾案情，王越就气得快要爆炸：天底下，怎么会有这么灭绝人性的人？身为刑警，王越知道不仅有，而且层出不穷，他们每天都要面对如此凛冽的寒意。案犯丧心病狂，但不像那种制造连环杀人案的凶手心思缜密，现场布满指纹、脚印、毛发、精液，警方很快锁定其中一名有偷盗前科的犯罪嫌疑人，只用两天时间便将三名凶嫌抓捕归案，抓捕过程中，林迈失手将其中一名嫌疑人的脑袋开了瓢，为这事，陈斌让林迈手写了一份两千字的检讨。根据三名被捕的案犯交代,在逃案犯付辰骁还是初中生,他们三人的关系比较简单,案犯A和案犯B是邻村居民,两人一起外出打工,在工厂认识案犯C,三人都爱好打游戏,另有案犯D,即付辰骁,是他们玩游戏认识的同城网友。他们主动交代了杀人抛尸的经过,警方很快找到所有尸块。三名案犯异口同声,称他们当时只是想偷钱,强奸和杀人的邪念都是付辰骁散布,他才是主谋,他们都是从犯,理应宽大处理。法官当庭宣判三人死刑,他们提出上诉。

案子破了,但又没有全破,那个逍遥法外的初中生至今下落不明。

从法院出来,坐在车上,王越从口袋掏出装口香糖的盒子,打开,倒在左手手心一颗,右手敲击左手手腕,口香糖飞入口中。

"头儿,我从法院出来了,判了,死刑,那三个畜生要上诉,想苟延残喘几天。"

"好,我知道了。"

"我觉得你不用自责,付辰骁那个小兔崽子跑了就跑了,就算抓住也没用,我们不是查过他的户口吗,还不满十四周岁,不用负法律责任。而且,我还是坚持之前的推理,他很可能已经被他们杀了,动机简单明确,就是把责任推到未成年人身上,为自己开脱。一个初中生怎么可能这么丧尽天良,还是三个成年人的领导者?"

"又是畜生,又是小兔崽子,注意点措辞。我们是人民警察,必须严于律己,一举一动、一言一行不光是代表本人,更是代表警方。"林迈批评王越。

"这些人可不就是牲口吗,连牲口都不如。"王越越发没有收敛,"杀人就杀人,轮奸、酷刑、碎尸,哪样是人干出来的事?还让被害人给他们做饭,他们怎么能吃得下去?!当时要是我先找到这几个家伙,一定找地方把他们关起来,让他们也尝尝施加在被害人身上的痛苦。不,他们永远也体会不到深爱的人在自己眼前被人折磨的痛苦,那不仅仅是肉体的拷打,更是灵魂的地狱。"

"你什么时候变得这么愤世嫉俗,又跟于楠吵架了吧?"林迈一语道破天机,每当王越心情不好时就特别容易放大善恶观,而他心情不好至少有百分之八十是因为和于楠吵架,另外有百分之二十源自王梓晗考试成绩不理想。婚姻中,他好像失去了存在感,以丈夫和父亲的身份支撑着家庭。

"你天天就不盼我点好。"

"有一说一,你们最近吵架频率有些密集。"

"羡慕吧,你这个孤家寡人想吵还没人吵呢。"

"赶紧去户籍中心吧,去晚该关门了,你又不是不知道,他们特别恪守章程。"

"那叫死板。"挂了电话,王越扭头对"莫文蔚"说,"看到了吧,这就是我每天的工作和生活,是不是特没劲?"副驾驶空空如也,王越自讨没趣,深深叹了口气。工作、生活、婚姻都因为房子或者说没有房子变得风雨飘摇。每每想到这个问题他就觉得心塞,只是要一套普普通通的三居室或两居室,不要求豪宅不要求地段,就是刚需,撑死了刚改,怎么就这么困难?这当然是因为他判断失误,买车买房的先后顺序搞错了,但归根结底还是钱的问题。人的问题,绝大多数都是钱的问题;有钱,就没问题。

王越开车去户籍中心的路上,明城交通广播正在播放一档名为《房产家天下》的节目。王越增大音量,听主持人与楼盘负责人一唱一和介绍项目。这些词他听得耳朵都起茧了,不外乎户型方正,南北通透,交通便利,再就是紧邻学校、商业、医院、公园配套齐全。广播里的项目位置有点偏了,紧邻环城水系,被负责人描述成世外桃源,直线距离一公里的水系公园被他"霸占"为项目的后花园。经过一年多的摸排和对比,王越总结出一条置业的真理:跟网友奔现一样,眼见为实。甭管销售说得多么天花乱坠,眼见为实;不要听中介忽悠利率要涨折扣要收回,眼见为实;公号抖音号的大V(指粉丝较多的用户)分析也要打个问号,眼见为实;像这种电台广告更是听听算了,眼见为实。仔细听下去,王越发现这个项目距离打捞尸体的地点不远,假如购房者知道这个案件,多多少少会有所顾忌吧?说不定会反应在房价上,就像那部港片《维多利亚一号》,女主为了让心仪的楼盘降价,不惜残杀数人,将其搞成凶宅。王越当初看这部电影时还想,要是他能有这个魄力,说不定早就买上房了,但假如真有这个魄力,干点什么不能功成名就呢,非得走邪门歪道?

该项目名称叫巴黎春天,这种听起来洋气的名字其实很土,一般都是本地小开发商的产品。王越听下去,果不其然,开发商是海洋地产,据悉,老板苏海洋是一个有涉黑背景的拆迁户。他在不少本地新闻中见到过苏海洋,跟他一同被编进新闻的还有政、商界的知名人士。王越以前想不明白,这种人明显就是反派,是坏蛋,为什么不直接被绳之以法,反而处处得到维护与赞扬?后来逐渐懂得,这不是一个非黑即白的世界,人类更不是好与坏的二元对立,一切都是混沌,一切皆有两面。

到达户籍中心将近正午,王越风风火火跑进服务大厅,办公人员礼貌地拒绝了他,请他下午工作时间再来。王越亮明身份,但并没有因此博取到好感与宽限,对方仍旧一副公事公办的嘴脸。王越熟悉这种面具一般的表情,他在基层那几年经常佩戴。以前户籍中心隶属于派出所,最近两年分割出来,在各个行政区建了一栋户籍大楼,所有与户籍相关的问题,包括迁入和迁出户口、注销户口、办理身份证等,都可以来此解决。户籍中心独立后办的第一件大事就是将所有居民的身份证照片进行统一采集入网,成立全民数据库,这个数据库与天网系统相互补充和映照,找到不少走失的老年人。警方经常需要跟户籍中心打交道,调查犯罪分子的信息,以及像王越这样核对被害人的身份。警方之前有权限直接访问数据库,后来有网红实名举报,称自己的信息遭到泄露,这件事愈演愈烈,最后参与的民众越来越多,形成一定的社会影响,相关部门便在户籍中心加设一道屏障,仅允许户籍中心有权访问数据库,其他单位和个人必须经过申请和审核,通过后,仍需由户籍中心工作人员操作。王越曾就此事跟林迈抱怨过,说这就是脱了裤子放屁——多此一举,警方查案动用数据库的资源天经地义,换言之,数据库建立的一部分初衷就是为预防犯罪和调查犯罪,如今却要走所谓的烦琐的程序,心里自然不舒服,就像进自己家门还需要跟其他人请示。王越不舒服归不舒服,但此事已成定局,还被许多媒体宣传成民主和人权的胜利。通过买房和这件事,王越明白了一个道理:大环境下,总有人吃饱喝足,总有人饥肠辘辘。

"帮个忙,就核对几张照片的事,耽误不了几分钟。"王越掏出烟套近乎。

"对不起,公共场所请勿吸烟。"

"咱们之前都是一个系统的,你忘了?户籍部门都跟着派出所走,分家还没两年呢,通融一下。"王越的姿态越放越低,他不是没有硬气过,但对方就让他按步骤、走程序,搞得他没脾气。谁愿意跟孙子似的求人吗?

"不好意思,下班了。"

"着急呢,我们局长等着回话。"王越搬出陈斌,也不是吓唬对方,而是声明事情的严重性。

"着急你不早点来?"言外之意,不要把自己的疏忽包装成他人的问题,"别说局长,市长来了也一视同仁。我们不认头衔,不管是谁都得排队拿号,别觉得公职人员就比老百姓高人一等。公职人员是人民的公仆。"

"行,你们牛!"王越忍不住了。

"你别就知道说牛不牛的,都是人民公仆,我劝你注意形象,不然容易招黑。"对方说完,卷闸门不近人情地缓缓落下。

王越又骂骂咧咧了一句转身出去,在附近寻摸一家面馆,瞄了一眼布满油渍的菜单,点了碗腌肉面,扒了半头蒜,呼哧呼哧,吃得满头大汗,不亦乐乎,不知道还以为他是就着面吃蒜。王越爱吃蒜,但于楠讨厌,他在家不敢犯戒,只能在外面解馋,但口袋常备口香糖不是为了清新口气,而是为了戒烟。戒烟也不是为了身体,单纯是节流。

王越正嗦着面条,于楠的电话又撞进来。

"你忙完了吗?"

"还没有。"

"你赶紧过来,可选楼层不多了。"

"又不是非得买这个盘。买房是大事,还得再看看、多看看,横向比位置,纵向比价格。"

"结婚的时候就说再看看,晗晗都上小学了,再看到什么时候,看到她大学毕业吗?再看就该看墓地了!我跟你受多少委屈都没事,我忍了,你还想孩子跟着我们受罪?"

"你跟我受什么罪了,缺你吃还是短你喝了,包、衣服、化妆品哪样没给你买?"

"你不要转移话题,我现在就要房子。这个楼盘守着地铁站,离我们公司也不远,我每天上下班至少能省下半个小时,片区小学我考察过了,刚投入使用三年,学校硬件在全市数一数二,关键是教学质量好,老师负责,经常给成绩不理想的学生无偿补课。不为别的,就为孩子上学,这个事今天必须拍板。我也打听过了,不同行政区转校没有那么难办,去教育局申请就行,而且新学校学位没那么紧张。"

"孩子现在的学校不也挺好吗?咱们还掏了五万块钱择校费呢。"

"那你想一直租房?你要不来,我就自己定!"

"我说不来了吗?你等我忙完啊。局里让我出来办事,弄完我就过去。置业顾问都是说房源紧张,营造出一种你不拍板马上就有人出手的错觉,其实就是营销套路。"

"反正你赶紧过来。"

"咱俩工作性质不一样,你们请假打声招呼就行,我们出任务身不由己。你听我说,你就让那个置业顾问把房子卖给别人,我不信真有那么多意向客户。房地产回暖才几年啊,忘了之前的阵痛吗?"

啪。

于楠挂断电话。

王越轻骂一声,不是冲于楠,而是针对他自己。他俩结婚的时候,房地产正处于有史以来的最低谷,各种促销能使上劲的都安排了,政策面也拉满了,房地产依旧疲软。那时,两人手里有点存款,于楠想着买房,王越说服她买车,说什么车是男人的第二张脸,他买车不是为自己开,而是为给于楠长脸,出去逛街、同学聚会、上下班好开车送她。于楠着了他的道,两人花五十多万全款提了一辆奥迪 A6。2030 年,人工智能和核能源获得突破性进展,全球经济危机笼罩的阴影逐渐退去,房地产增势喜人,价格翻番,"全款变首付,首付变厕所"的闹剧再度上演。他也想买房,无奈当初全款买车,挖空大部分积蓄,缓了五六年终于攒下点存款,但相对于涨上去的房价来说杯水车薪,如今加上双方父母赞助才勉强凑足首付,想到后面每月至少背负7000多的房贷,他就头大。就是这个彻头彻尾的失策,导致王越在于楠和生活面前抬不起头,同时也明白了"人活一张脸"的俗语实在言过其实。每每想到这件事,他就恼火,恨不得扇自己两个大嘴巴。脸是给别人看的,日子过得好坏,只有自己心里清楚。

下午两点,王越准时冲进户籍中心的服务大厅,取号、排队,把装有死者照片和局里文件的档案袋交给工作人员,又按规定填了几张电子表。

"事情比较紧急,能不能快点查?"

"好的。"工作人员答应得很痛快,手里的动作却没有提速。

王越别无他法,只能干等。

于楠的电话半个小时来一通,后来十几分钟催一次,王越只说快了。于楠之所以着急,是因为今天付定金在总价基础上还能再打九九折,算下来便宜小两万。两万块钱在上百万的购房款面前看起来不多,但几乎相当于他一个多月的工资,能省则省,谁也不是跟钱过不去。

下午四点,户籍中心终于比对出五十余张可能性较高的照片,打包发给王越。王越立马出门,开车直奔绿湖家园售楼部。这个盘主打刚改,小区内部有几池湖水。

售楼部人挤人,跟赶大集似的,好像两百多万的房子不要钱一样。王越以前总觉得房价高,普通老百姓谁买得起?他跟于楠逛了几个售楼部,才清醒地认识到,房价的确高,但买得起的大有人在,套价越高卖得越快。还在房地产低谷期时,明城市中心开了一个高端改善盘,每平方米至少三万块起步,主推大平层,每套房要五六百万,甚至上千万,结果首开楼栋全部售罄。当你觉得市场行情不好,人们勒紧裤腰带过日子的时候,总有一些隐形富豪活跃在你的认知之外。好商品永远有市场。就像于楠的一句口头禅:"一件东西的贵与否因人而异。"

王越哪儿也看不到于楠,打电话也没人接,但他听见于楠的手机铃声,循声望去,看见于楠正跟人吵架,王越连忙过去劝解,从双方的措辞中听出缘由,于楠相中一套房子,迟迟没有付定金,有人想付定金,她不同意。于楠反复强调先来后到,对方指责于楠占着茅坑不拉屎。不是王越向着媳妇说话,这件事的确于楠占理。

于楠见王越来了,也是着急,脱口而出,说:"我丈夫是警察!"

对方说:"警察就能欺负人啊?"

王越忙说:"两位都别激动,咱们坐下来慢慢聊。"

于楠说:"他们仗着人多,想抢咱们的房子,明明是我先看上的。"

对方说:"我的置业顾问说你还没确定要。"

于楠说:"谁没确定啊,我肯定要。"

对方说:"肯定要你不付钱?"

王越居中调停,先让于楠少说两句,再去跟对方掰扯。对方却不搭茬,连哭带闹往前拥,不小心扑到于楠身上。王越见状急了,拽住那人的衣领往后扯,可能是用力过猛,也可能是对方站立不稳,直接跌倒,此举引发骚动,一群人围上来,吵吵嚷嚷,一副声讨和打抱不平的架势,还有人举起腕机录视频,好像王越犯了众怒。王越连忙解释,根本没人听,反而指责他口臭。王越拽着于楠离开售楼部,仓皇而逃。

出了门,于楠打掉王越的手。

"你说我是警察做什么?"王越埋怨于楠。

"我等你一天了。"

"我这不是上班呢?"

"你去上班吧,不用买房了。我太累了。就这样吧。"于楠蹲在地上,气若游丝。

"你别这样,大不了明天再买。我就不信他能卖完,都是套路。那些购房者一半以上是托儿……"王越按住于楠的肩膀,"咱晚上出去吃点好的,解解气。"

"你一天能挣两万?!"于楠猛地站起来,冲王越喊道。

"不是,跟你说了,我们明天再来,肯定还有房源和优惠。"

"我真的受不了了,我就想要一套房子,过分吗?"于楠说完就走,王越连忙跟上去牵她的手,于楠用力甩脱,"别碰我!"

王越知道,他多年前放飞的那只"蝴蝶"在今天刮起了龙卷风。他不知道的是,另外一只"蝴蝶"即将破茧而出。

2. 蜜蜂

经过户籍中心比对,死者身份确定:黎晓菲,女,二十二岁,明城本地人,某电子商务公司销售,目前跟公司两个女同事合租在一个名叫中央公园的小区。名字起得高端大气,其实是个纯刚需,户型、楼间距、绿化等都不尽如人意。

林迈在地图上圈出这个小区,发现它正好位于打捞尸体地点的上游。林迈当即联系王越,叫上他和石文杰一起去中央公园走访。

林迈开车,王越坐在副驾驶,石文杰落座后排。王越的情绪肉眼可见的低落,一改往日的活泼,沉默得像一口井,跟平时的嬉皮笑脸和多嘴多舌判若两人,两根眉毛无精打采地向下弓着,一脸哭相,就像赌徒刚刚输掉全部家当,就像球员输掉唾手可得的大力神杯。林迈跟他说了两句不咸不淡的话,王越似有若无地哼了两声,聊作回应。石文杰则跟往常一样,老实乖巧,决不主动挑起话头。

正值晚高峰,路上行车挤作一团。林迈想起不久前一则新闻,呼吁广大车主积极安装自动驾驶系统,并入城市交通网络,自动优化路线,从根源解决堵车的问题。林迈向来对新科技不太感冒,腕机和匹配的骨传导耳机,林迈也是最后一批用户。

晚上七点多,林迈一行人到达中央公园附近。中央公园门口的主路是双向四车道,但马路两边停放了两排车,错车都费劲。林迈开出去两三百米,才找到一个空位。小区配备停车位,不过很多人宁肯冒着违停的风险和顶着扰乱公共秩序的压力,也不愿购买或租用车位。林迈之前特别不理解这种损人不利己的行为,后来见怪不怪,每个人都有各自的主张与习性,或许在那些人眼里,有"免费停车场"不用才是不可理喻,就算有罚款的风险,一年"中奖"五六次,顶多五六百块钱,比租车位划算。

"你怎么回事?"下了车,王越一马当先往小区门岗闯,林迈紧走两步,与他并齐,石文杰则像一截尾巴似的缀在他们身后。

"没事。"王越低着头大步往前走,把林迈和石文杰远远甩在身后。

"你有事没事都写脸上了。"林迈追上去,王越却没有与他并行的打算,兀自加快脚步。

跟许多低端小区一样,中央公园小区门口的保安也是老年人。老年保安往往走两个极端,要么特别随意,要么过分死板,很不幸,中央公园的保安属于后者。小区门口的道闸杆需要刷卡或刷脸。王越跟在一个业主后面往里走,道闸没有强行关闭,但面部识别系统提示比对失败,保安上前拦住。

"你卡呢?"保安问他。

"忘了拿。"

"脸总带着吧?"

王越不答话,仍旧往里闯。

"你不是业主吧,你是干什么的?"

"我是警察！"王越大声吼道。

"你把证件拿出来。"

王越掏出警员证，在保安眼前晃了一眼。

"警察也不能随便进，得登记。"保安不依不饶，不屈不挠，"谁知道你是不是假冒伪劣产品。"

"你胡沁什么？"

"警察就能随便骂人？"保安张开胳膊吼道。

"我告诉你，赶紧让开。"

"怎么着，你还想打人不成？"

如果不是林迈和石文杰阻拦，王越就要冲过去跟保安比画比画。林迈按住王越，让石文杰登记了姓名电话，保安这才放行，嘴里嘟囔着"警察了不起啊"的牢骚。王越听见，挣开林迈就要跟保安大打出手。石文杰使劲搂着他的腰，好不容易稳住。

"放开他！"林迈对石文杰说。

石文杰疑惑地看了林迈一眼，依言而行。脱离石文杰束缚，王越并没有马上冲过去，而是低着头，用鞋底踢路面，像只困兽。

"你有什么事说出来，别乱撒气。你刚才真要动手了，这身警服就别想再穿。"

"都说了没事。"王越气冲冲道。

"你说出来，我兴许能帮上忙。就算我帮不上忙，你心里也能舒坦一些。"

"好，我说，我没钱买房子，你借我三十万？"王越一股脑喊出来，意识到自己失态,又跟林迈道歉,"对不起,我不该把情绪带到工作上。"

"怎么样,舒坦点了吧?"

"谢谢头儿。"

"打起精神,干活吧。"林迈不再追问,眼下也没时间纠结个人问题。他叹口气,又抬起头,看见一幢幢密密麻麻的高楼,感到一阵压抑。这些楼普遍在三十二层左右,楼间距却不过三十米,小区也谈不上绿化,只点缀着几丛万年青、几棵北方常见的乔木,水泥铺就的通道曲曲折折,宛若迷宫。望着一扇扇灰蒙蒙的窗户,林迈突然想到蜂巢,进进出出的人们是一只只辛勤而盲目的工蜂,工资、欲望、婚姻、压力等因素组成嵌合的蚁后。

中央公园占地三百多亩,共计五十多栋单元楼,是明城体量较大的小区之一,网上有人将中央公园比作"明城的天通苑"。按理说,像这样体量的小区通常做法是把六七栋楼做成一个地块,每个地块相对独立,又彼此呼应,就像拥有一条主线的单元剧,但中央公园的开发商显然没有精雕细琢的打算,把所有楼栋堆在一起,只有一座浮夸的石拱门作为小区的出入口。中央公园密集的底商几乎赶上一个小型批发市场,熟食店、果蔬店、小超市、西点店、饮品店、洗衣店、干果店、药店、口腔诊所、中西医诊所,应有尽有。中央公园的优势是房价便宜,公交车方便,受到初入职场的上班族青睐,劣势同样一目了然,超过3.0的容积率,楼间距不足三十米,小区中央倒是修了一座人工湖,但常年枯竭,沦为孩子们疯跑的游乐场。他们到达小区时,一群孩子正在湖底踢球,一个孩子射门打了高射炮,球飞向林迈,他下意识躲开。石文杰却向前跨出一步,将足球稳稳踩在脚下,脚底向后一拉,脚尖轻盈而快速地戳球的底部,足球腾空而起,再用脚背抽射,足球划出一道抛物线落在"球场"中,孩子们欢欣鼓舞,就像见到足球明星。

"可以啊小石头,深藏不露啊。"林迈说。

"瞎踢。"

"中国男足都没你这两下。"

"不能跟职业队相提并论。我们有个球队,踢中冠①。"

"那也算是半职业了。"林迈上大学时也喜欢踢足球,参加工作后顾不上,便搁浅了。

黎晓菲所在的36号楼位于最后一排,从小区正门口进去,还得步行十几分钟才能走到楼下。中央公园是三十年前的老旧小区,没有入户大堂,也没有人车分离,不少人骑着电动车在小区内部路穿梭、驰骋。电梯间贴满全息广告纸,轻触纸张,就会弹出一段投影。这些近两年流行的电子贴纸让林迈觉得活在当下,不然他会以为误入二十世纪的民居。

与黎晓菲合租的两名同事叫周芸和许萱萱。黎晓菲出事后,许萱萱心惊胆战,当晚便被家人接走。林迈让王越联系许萱萱,对方家长说她心理受到影响,不愿回忆这桩恐怖事件,不想见陌生人。周芸

---

① 中国足球协会会员协会冠军联赛(简称中冠),是中国足球体系中第四级别联赛,属于业余联赛,前三个级别分别为中国足球超级联赛(简称中超),中国足球甲级联赛(简称中甲),中国足球乙级联赛(简称中乙)。

倒是很配合,电话里,她的声音温柔,林迈以为周芸是那种乖乖女,结果外表却大相径庭,她打着两颗眉钉,涂着饱满的紫色口红,脖子上文了一条吐着信子的蛇。林迈心里打了个预防针,今天的谈话可能不顺利,这种女孩一般不吃吓唬那套,想从她们嘴里撬出来有用的信息必须软硬兼施。作为刑警,林迈深知不能以貌取人,可是周芸的造型过于另类,他很难不往某些固化的方向去想,如同思维定式。

"你好,我是江祐区刑警队的林迈,这两位是我同事王越和石文杰。我们之前通过电话。"

"我是芸。"周芸说着把他们让进客厅,但并没有为他们倒水的意思。

"我们找你是想了解黎晓菲的日常,比如她的工作、有没有男朋友、平时下班喜欢做什么、性格怎么样。所有与她相关的,你都可以跟我们说说,就当聊天,随便一点,不要有压力。我们的对话需要录音,没问题吧?"

周芸点点头:"我们认识差不多半年,平时下班回来很少聊天,都是钻到自己的屋里,靠电子产品打发时间,不外乎追剧、看直播、玩游戏。晓菲很爱玩游戏,我们都装了那玩意儿。"

"'脑贴'?"

"嗯。"周芸继续说,"她是明城当地人,但不是市区的,老家在忠县一个农村。晓菲现在是单身,刚分手不久。我搬来这里的时候,那个男的刚搬走。大概一个月前,晓菲前男友过来找她,先是哭哭啼啼,后来吵起来,甩了晓菲一巴掌。我们还没反应过来,那个男人就开始痛哭流涕,一边向晓菲道歉,一边抽自己耳光。至于晓菲,我觉得她挺勇敢的,敢于追求和表达自我,也挺精明的,我们出去吃饭,她总能搞到各种各样的优惠券,使用起来特别大方,一点也不忸怩。还有,去水果店或者便利店,遇见各种'刺客',她会毫不犹豫放回去。"周芸说话又细又慢,温柔软糯,与她营造出来的朋克形象大相径庭。忠县是明城郊县,以一座拥有几千年历史的石拱桥和几十年历史的明城国际机场而闻名,听周芸说,黎晓菲老家就在机场旁边。

"'刺客'?什么意思?"林迈小声问王越,他了解的刺客,除了是一种古老的职业,就是耐克旗下的一款球鞋。

"就是说一样看似平常的商品价格却让人高不可攀,比如雪糕刺客,就是一根雪糕几十块钱。"

林迈明白了。黎晓菲是那种敢于自我表达的人,轻易不会被外界的价值观裹挟,这种人通常杀伐果断,想占他们便宜绝无可能。

"你知道黎晓菲为什么分手吗?"

"不清楚,但分手是她主动提出来,她跟我们说的是'及时止损'。"

"她男朋友叫什么?"跟林迈想的一样,黎晓菲不会凑合,在男女关系中是占据绝对主动的一方。

"全名不知道,晓菲喊他陆先生。对了,晓菲出事当晚,他来找过晓菲。我跟他说晓菲还在加班,他不相信,使劲拍门,后来不知怎么鼓捣,竟然打开了门。他确定晓菲没在家,骂骂咧咧离开,走的时候,拉着晓菲的行李箱。"

"行李箱?"林迈有些敏感,这个道具在命案中出镜率很高,常用来运输和储藏尸体。

"对,这个行李箱是我们仨一起买的,同款不同色,所以我一眼就认出来了。"

"多少寸?"

"行李箱吗,22寸,比登机箱略大。"

"22寸?那有点小啊。"林迈脱口而出,22寸盛放尸体的确不够,除非——林迈想到"4·14案"。

"还好吧,我们平时很少出远门。"

"那你记得当时是几点钟吗?"林迈暂时不去想行李箱的事,回归问讯。

"九点多吧,我正在玩游戏,他敲门的时候,我从游戏中退出,看了一眼时间。"

"你知道这个陆先生住在哪里吗?"

"北二环附近,具体街道和小区不清楚。"

"他的联系方式有吗?"

周芸摇摇头。

"我再问你一个非常重要的问题,务必如实回答。"林迈改变了问话的策略,陡然抬高音量,"黎晓菲有没有吸毒史?"

"我没见过,也不知道。"

"这很重要,你再想想。"

"晓菲每天下班就回家,很少出入酒吧等娱乐场所,也不沾烟酒。在我的印象中,她从来没有兴奋迷离状态。"周芸说得很自然,看上去没有加工的痕迹。

"你说那天,具体是哪天?"林迈问道,这个信息非常关键。

"我看下聊天记录。"周芸举起胳膊,她戴着一条纤细的黑色腕机,而且紧紧箍在手腕处,乍一看,像是文身。周芸把聊天页面展示给林迈和王越。"晓菲出事那天在公司加班,大概十一点左右,她在我们三人的小群里说了一句终于下班了,往回走。"

如周芸所言,这是一个三人的小群,群名为"三只小猪"。群消息时间是"7月12日23:21",内容为"我到公司楼下了,你们先睡吧,我一会儿就到家"。林迈往上滑了滑屏幕,露出下面的内容,是周芸在十二点左右发的关怀,"@①黎晓菲,到哪儿了,怎么还没回来?"

群消息到此为止,没有新的对话。

就在这时,原本的三人群突然变成聊天的对话框,另外一名群成员退出群聊。林迈和周芸都吓了一跳,以为是灵异事件,等下才反应过来是许萱萱退群。

"室友当晚没回,你们没有采取什么行动吗?"林迈转身问周芸。

"我后来也睡着了。"周芸说,"第二天早上见她没回来,我给她打电话,没人接听。"

"为什么不报警?"王越高声质问周芸。

如果她们报案,警队可以更早确认死者身份,不用王越再往户

---

① 网络符号,用于提到或通知某人。

籍中心跑一遭。在王越看来,遇见不平事或突发事件,报警是合理而自然的选择。

"犯法吗?"周芸仰着头说。

"啊?"林迈和王越都被周芸问住了。

"不报警犯法吗?"

周芸的声音不高,在林迈听来却雷霆万钧,林迈终究还是错判了女孩的性格,她并没有在温驯和桀骜两端横跳,而是飘忽不定。

"我后来睡着,以为她晚上回来,早上又走了。"

"你们早起上班不一起吗?"林迈伸手把王越拨到一旁。

"我们通勤方式不一样,黎晓菲喜欢打顺风车,许萱萱骑电动车,我坐公交,所以我们走不到一起。"

"你们公司在哪儿?"

"长安广场。"

就像中央公园不是一座公园,长安广场也不是一座广场,而是位于省博物馆斜对面的写字楼。长安广场九楼有个平安公证处,林迈去过几次。听周芸说,她们公司就在十楼。

关于黎晓菲的信息搜集到此告一段落。林迈谢过周芸,去检查黎晓菲的房间,房门安装着智能锁。林迈问周芸是否知道密码,女孩摇摇头,想想也对,黎晓菲安装智能锁,就是为了把室友"拒之门外"。

王越要去开门,被林迈叫住,让他戴上白手套,便于后续采集黎晓菲门把手上的指纹。王越戴好手套,双手攥住门把手,使劲扳动几下,想要暴力开锁,又被林迈叫停。

"石文杰,给你师父打个电话。"林迈说。

"收到。"石文杰领命。石文杰的师父姓范,人们都喊他老范。石文杰来中队之前,在樊村镇派出所工作,带他的就是老范。老范是墨城人,之前在墨城生活和工作,后来娶了明城媳妇,跟随媳妇落户到明城。老范在警队有两件尽人皆知的事情:一是看着就是一个默默无闻的小老头,但精通各种高精尖设备;二是怕老婆,不管是谁,晚上想约老范喝酒聊天,老范都会以陪老婆为由拒绝。一般人怕老婆,总是遮遮掩掩,好像这是一件拿不到台面上的丑闻,老范却怕得光明磊落、气势如虹,反倒让人讨厌不起来。

石文杰给老范打电话,说明缘由,半小时左右,老范到位。

"师父。"石文杰凑上去说,神色明显比跟林迈和王越待在一起更自然。

"嗯。"老范示意他稍等,一会儿再聊,三下五除二打开门锁。老范与时俱进,以前开石锁,现在开电子锁,用他自己的话讲:"干一行爱一行。"

"林队,这个锁被人动过。"老范告诉林迈。

"我刚才没忍住,差点把锁拆了。"王越承认。

"不是这个动,系统遭到过破坏,通俗来讲,这个锁被人黑过,也不一定是被黑了,只是密码被恢复到了出厂设置。"

有谁会动一个独居女性的指纹锁?林迈首先想到的就是凶手。这说明凶手应该和黎晓菲认识,或者跟踪过她,知道她的住处。联系周芸刚才提供的信息,开锁人很可能就是黎晓菲的前男友。两个人分手了,黎晓菲不可能保留他的指纹信息。

"好,我知道了,谢谢老范。"

"没什么事我先走了。"老范说。

"没事了。"

"晚上喝点呗?"王越拍拍老范的肩膀。

"我还得给老婆做饭呢。"王越和老范异口同声。老范嘿嘿一笑,"没办法,我就做饭这点爱好。"

"是给老婆做饭吧。"王越乌云密布的脸上终于透过一丝阳光。

"我就给老婆做饭这点爱好。"老范笑着说。

"师父,给师娘带个好。"石文杰见缝插针说。

"好。你没事了来家里一趟,你师娘最近在学织毛衣,要给你弄一身。"

"大夏天的织毛衣?"

"你懂什么,等她织完就入秋了。"老范似乎有些不自在,笑得有些勉强,不愿在这里多待,"林队,没别的事,我先走了。"

"好,辛苦了。"

老范与众人告别,匆匆离开。林迈觉得老范有些奇怪,但当下没有太往心里去,着急检查被害者的卧室。

林迈、王越和石文杰穿上鞋套,推门进来:墙布和四件套都是粉色调,双人床在屋子中间,床边有一张化妆桌,上面琳琅满目地摆放着各种瓶瓶罐罐,镶嵌屋门那面墙上装有一壁到顶的定制衣柜,靠窗的位置有一个类似"C"的白色机器——这是时下流行的虚拟实境游戏机,官方的名称叫作全景沉浸交互式游戏机,根据形状被广大用户戏称为"蛋壳"。林迈打开衣柜门,空空如也,连一只袜子都没有。一名二十出头女人的衣柜没有一件衣服只有两种可能:第一,她初来乍到,没来得及购置——这种可能性首先被排除;第二,她准备搬家,打包了行李——但打包的行李应该在屋内,显然也可以排除。啊,行李箱。周芸说过黎晓菲的前男友从房间出来后拉着黎晓菲的行李箱。这看上去不像是深思熟虑的报复行为,更像是头脑发热的惩罚手段。林迈让王越通知专案组,让他们采集线索。

回到客厅,林迈跟周芸打听,对方没有听说黎晓菲有搬家计划,但考虑到黎晓菲前男友一直骚扰,也不是没有这个可能。

"哦,我想起一件事,她最近迷上《草原》。"透过打开的屋门,周芸看着黎晓菲房间里的"蛋壳"说,"每天下班都要玩。这个游戏还是我介绍给她的,没想到她比我还着迷。"

"草原?"林迈不解道。

"什么草原?"王越也不懂。

"一款虚拟实境游戏,听说非常疗愈。"石文杰说。

"跟我们说说你们那个室友的情况吧,"林迈问周芸,"许萱萱。"

"她是明城本市人,长得挺漂亮,平时跟我们互动也不多,有点神神道道。"

"神神道道什么意思?"林迈问周芸,"吃斋信佛吗?"

"我也说不清楚,就是她经常参加集会,她邀请我去过一次,类似于书籍和电影分享会,大家围坐在一起聊天,到了那个地方,就是一个空旷的房间,挑高差不多十几米,人们也不说话,就是一个挨一个盘腿而坐,手牵着手。集会不准携带电子设备,说是电磁信号会干扰脑电波。许萱萱说要用大脑感受大脑,可以体会到不同的思想起落和碰撞。他们宣传的思想是,世界不是先有轮廓,然后我们才能看到,而是我们看到什么,世界就是什么样。比如说白云,不是说先有白云,我们再看见,而是我们觉得应该有白云,于是便有了白云。大概就是这样。我觉得封建迷信,就去了一次。"

按照周芸的叙述,许萱萱参与的活动像是传销,还有点复古,跟二十世纪八九十年代流行的气功热很像,超自然、超意识之类,认为万物都是人类的主观映射,说白了,就是自以为是的唯心主义。

临走,林迈把手机号留给周芸,叮嘱她想起什么一定跟警方联系,女孩点点头,说知道啦,重新恢复刚见面时的乖巧。

离开中央公园的时候已是傍晚,林迈下意识回头看了一眼鳞次栉比的居民楼,几乎所有窗户都被灯光点燃,像是一只巨兽的鳞片。林迈看着看着,产生幻觉:所有窗户同时打开,一只只人形巨蜂呼扇着沉重的翅膀冲出房间,慢慢聚拢在一起,肉翅震动的声音嗡嗡作响,黑压压的蜂群在他头顶大军压境,就像有一片酿雨的乌云在追杀他。林迈抬起头,能看见每一只人蜂的相貌,有的年幼,有的年老,有的西装革履,有的休闲装扮,有的年轻漂亮,有的人老珠黄。每一张脸,不同的五官,却簇拥出同一副表情:麻木、呆滞。他闭上眼睛,深呼吸,揉了揉额头,抬头看天,蜂群消失了,取而代之的是上百只无人机,这些都是外卖与快递专用机型,比传统的无人机平稳性和载重都要高出一个级别。无人机投送,不仅速度更快,还可以直接投放到窗口的置物篮。每天傍晚,是用餐高峰,无人机几乎叠成一片乌云,制造出的噪声如同雷音。无人机散去,林迈看见一团真正的乌云。千万不要下雨——林迈默默祷祝。这时候,他希望自己有明确的信仰,以保证他的祈求有的放矢,而不是笼统地指向中国民间的龙王、雷公、电母等神仙。

"查一下黎晓菲的通话记录。"分开前,林迈嘱咐王越。

"明白。"王越答应一声,"头儿,那我先回去了,有事你震我。"

"王越。"林迈叫住他,想安慰几句,又不知道该说什么,说轻了,没有效果,说重了,显得矫情。再者,诚如王越所言,他现在需要的不是安慰,而是现金。"要不要出去喝点酒,放松放松?"

"我刚才是逗老范,我今天跟他一样,也是怕老婆的人设。这两天正跟于楠闹矛盾呢,我得早点回家好好表现表现。人到中年,身不由己啊。"王越无奈地摆摆手,"我有时候真羡慕你们这些单身汉,一个人生活简单干脆,想做什么就做什么,不想做什么就什么都不做,不用照顾别人的感受和情绪,如果时光倒流,重新选择人生轨迹,我也许不会结婚。你知道吗,婚姻是一种消耗,爱人和爱的人并不是一回事。"

"都是相互的,我们这些单身(停顿一下)狗还羡慕老婆孩子热炕头呢。你刚才的话千万别跟弟妹说,太伤人了。"林迈叮咛王越,"(婚姻)这件事你比我有经验,但即使像我这样的门外汉也知道夫妻之间最重要的是信任和理解。"

"'信任和理解'？这世界上，有谁能完全信任和理解谁呢？"王越苦笑一下，挥挥手，与林迈告别。

说实话，林迈无法感同身受王越的牢骚和苦闷，在他看来，王越一家三口差不多算是幸福的典范，除了房子这个硬伤，也可能是王越和于楠在他面前只表现出幸福甜蜜，面红耳赤的争吵和旷日持久的冷战不为外人所知。

"那我也先走了，林队。"石文杰说。

"你去哪儿？"

"我想回趟局里，查查《草原》。这个游戏我有所耳闻，但一直没上手玩过。"

"上车吧，我也回去。"

"是。"

"你不用这么端着，放轻松一点。"林迈拍拍石文杰的肩膀。

"是。"石文杰的后背挺得更直了。

林迈和石文杰一起回到分局，石文杰提出要登录《草原》，林迈跟他一起过去，警局有一套"蛋壳"设备。石文杰作为信息技术骨干成员，亦是赛博弄潮儿，几乎是第一批加装"脑贴"的用户。石文杰试了试设备，随即退出，"蛋壳"出现了接驳问题。石文杰检查了软硬件，没发现毛病。林迈想起什么，让他不用大费周章，下班后，警局的电子设备都处于断网状态。石文杰只好跟林迈作别，回家测试。林迈一头扎进案子，结合刚刚从周芸那里得到的信息，试图找到新的线索,抬起头来,已是晚上十一点多。

上天眷顾,这场雨终于没有降临,林迈暂时舒了口气,但神经依旧紧绷。挑战才刚开始,现在远没有到放松的时候。回到家,准确地说,刚出电梯,林迈的腕机铃声急促地响起。

是方灵!

查看之前,林迈就得出结论。林迈总能成功预测电话那头的呼叫者,像无法用科学解释的第六感。他曾跟王越炫耀这个神技,被后者用"因为你没有社交面,给你打电话的除了我就是方警官"戳破。想想似乎还真是这样,林迈的生活跟工作混为一谈,又或者,工作无孔不入和不动声色地渗透他的生活。

林迈听,方灵说。

林迈只输出两个字:"马上。"

他掉头呼叫电梯,驱车来到解剖室,来到方灵提前编织好的情境中。

"还记得我之前说死者体内发现5-羟色胺2A受体亚型吧,我们习惯称之为5-HT2A,当时我的看法跟王越一致,倾向于死者生前服用大量致幻剂。现在有些新发现。"方灵连句"你来了"的招呼都没有奉上,直接拽着林迈进入核心内容。

"你现在赶时间吗?"林迈重复之前在会上跟方灵说的话,现在听来,少了调侃,平添了些打趣,他为自己难得在方灵面前幽默一把感到既兴奋又惶恐,但方灵没有回应。

"致幻剂基本原理是致幻物质通过消化道、血液或者呼吸道进入人体,通过循环抵达大脑,与突触后膜的神经递质受体结合,使人产生幻觉。神经递质有许多是由氨基酸脱羧而来的,与致幻相关的主要是多巴胺和5-羟色胺的受体。5-羟色胺与人的情绪、精力、记忆力、感觉有关,它们传递兴奋、愉悦的信息。如果某些进入大脑的外源小分子,结构类似于这些神经递质,那么它们就可以冒充神经递质与相应的受体结合,产生一系列生理效应,这些小分子被称为受体激动剂。正常情况下,神经递质结合受体一段时间后就会被吸收或者降解,但是受体激动剂降解速度很慢,这样,它们就会持续激活突触后神经细胞,产生异常强烈的生物学效应。能跟上吗?"方灵一如既往地冷静、沉着。

"继续。"

"开始,我想当然以为死者体内大量的5-HT2A是因为服用致幻剂而产生的副作用,但我刚才发现一个奇怪的现象。你还记得之前我说'过量'吧,我现在要推翻这个结论,不是'过量',而是'超量'。我在死者高级皮层和第五层椎体神经元中发现超量5-HT2A,通过吸食和静脉注射不可能有这么大的量,我能想到的只有一种可能。"

方灵就像技巧高超的说书人,在故事高潮来临之际恰到好处地停顿,吊足听众胃口的同时,等待良性的互动。

"别看我,我想不出来。"

"大脑皮层注射。"方灵轻轻抛出这几个字,并没用好大喜功或者故弄玄虚的口吻。

每个字林迈都认识,"大脑皮层"和"注射"的组词也不陌生,连在一起却无法理解。大脑皮层注射？想象一下，一根插入大脑的注射器，就像一根矗立在沙漠的桅杆。

"这是一种新型毒品摄入手段吗？"林迈问道，随着时代发展、科技进步，毒品种类和吸食方式也在与时俱进。

"不知道。不可能。"方灵给出两个回答，"吸毒者追求的是快感，这么大剂量，什么感觉都不会有就与世长辞了。所以我现在需要重判死因，脖子上的勒伤的确致命，但在此之前，被害人可能早已因为超量致幻剂而亡。关于脑神经我也是一知半解，我准备去明城市第二医院请教俞北冥教授，他是这方面专家。我读研时，上过他一个学期专业课。"方灵的发现让原本扑朔迷离的案情变得更加错综复杂。

"他到底是医生还是老师？"

"都是。"

"死者脖子上的勒痕怎么解释？凶手这么做是为了双重保险还是多此一举？"第一个问题旨在推翻方灵的结论，避免原本错综复杂的案件变得更加扑朔迷离，第二个问题更像喃喃自语。

"这就需要你来解谜了。"方灵耸耸肩。

林迈望着尸体胸口至小腹上方缝合的伤口出神，伤口加上针脚像一条僵死的蜈蚣。林迈的幻觉再次被激活，蜈蚣活了过来，抖擞着狭长的身躯与密集的复足，昂起脑袋在死者身上爬行，从平坦的腹部向上，跃过胸部的山丘，爬上陡峭的下颌，盘踞在死者苍白的脸上，像一副哥特风的面具。林迈忍不住伸手去碰，蜈蚣感应到危险般，溜到解剖台，顺着桌腿爬行，迅速游走到林迈脚边。他吓得跳起来。

"还会出现幻觉吗?"方灵关怀道。

"没事。"林迈说,他向来不喜欢用柔弱博取同情,"最近太累了,精神有些紧张。"

"给你的药吃了吗?"

"吃了。"林迈深呼一口气,蜈蚣消失了。

"要吃夜宵吗?"两人走出解剖室,方灵突然问。

这是个好机会,可以顺势向方灵邀约,林迈却说:"哦,不用了。"为什么要拒绝,他也搞不清楚,好像有一股巨大而无名的阻力横亘在他和方灵之间,又像弹簧,靠得越近,弹力越是将他们推远。这种患得患失的心态和巨大的矛盾始终占据着他的思维高地,牢不可破,坚不可摧。

"那我自己去吃,再见。"方灵说完了看了看天鹅绒般漆黑的夜空,"啊,要下雨了啊。"

林迈开车回家,上了槐安路高架,通过后视镜发现一辆汽车在跟踪他。往常都是林迈跟踪别人,被人盯梢还是头一遭。林迈迅速在脑袋里过了一遍,想着最近是不是有被自己抓进去的犯人出狱伺机报复。这是一个不可避免问题,那些杀人放火的犯罪分子不会觉得自己罪有应得,他们会把被捕和在监狱里吃的苦头转嫁到逮捕自己的警察头上。林迈心里有本账,记着他从警以来逮捕的罪犯以及他们的刑期,并没有能对上号的目标。大部分人并不是缺乏见义勇为的想法和能力,而是担心报复,身为人民警察,林迈必须全力以赴。下了槐安路高架,林迈向右拐上红旗大街,猛地提速,后车紧紧咬上来。林迈点刹,慢慢将后车逼停。林迈迅速下车,跑到后车驾驶室的位置,拽开车门,却是韩晶。

"林警官车技真好,不像我,都快忘了怎么开车了。"韩晶笑着说。

"你为什么跟踪我？"

"实话实说,我想请您吃饭。"

"大半夜请人吃饭？"

"你也就这个时候有空吧？"

"我警告你,下次再跟着我就不会这么客气。"林迈狠狠甩上车门。

"喂,林警官。"韩晶降下车窗玻璃,探出脑袋喊道,"死者叫黎晓菲对吧？"

"你怎么知道？"林迈连忙转身,走回车头的位置。

"我不光知道死者的名字,还掌握一些你们警方也不了解的内情。"韩晶坐直了,慢慢关上车窗,"但我现在改主意,不想请你吃饭了。"

"你想怎么样？"

"我想要你请我吃饭。"

"好。"

"地方由我来选。"车窗在还有一拳宽的时候停止上升,"跟紧我。"

一时间,林迈和韩晶调了个个儿,林迈回到熟悉的位置。仿佛是有意调动林迈的情绪,韩晶的车速很快,几乎是擦着限速。路面上几乎没有其他车辆,像为他们竞逐而清空了街道。人们此刻都已归巢,在温馨或者晦暗的家里,在美好或恐怖的梦境里消磨一天的尾声。

韩晶上了三环,逐渐驶离市区。这个时间点大部分饭店已打烊,林迈寻思只有几家二十四小时营业的快餐店还在营业,这种店铺多盘踞在城市人流量较大的街区,韩晶却反向而行,二环和三环之间属于城乡接合部,三环外就是郊区,林迈猜不透她葫芦里卖的什么药,事已至此,只能硬着头皮跟上。

过了龙泉大桥,进入西山区,这一带算是明城的后花园。西山是太行山支脉,明城动物园、植物园都设在此地,仅有的两个AAAA级旅游景区也在西山。最近两年明城大兴旅游业务,在西山开发了不少项目,有露营基地,有民国古镇,但这些景点早就关门,即使有夜场也在十点闭园。

城市的痕迹几不可寻,只有山前大道和两旁的路灯提醒着他们身处于文明的腹地。

韩晶驶离山前大道,开上一条窄路。林迈看了看地图,这条道标注是未知路。韩晶七拐八拐,林迈跟着她在黑夜中穿梭,地图显示出一大片水域,是西山水库。西山水库是明城的人工肺,前几年地下水位一再下跌,城市还好,周边不少农村吃水越来越困难,开始吃水库的水。原本这些水量不够整个明城共享,得益于南水北调工程,才能保证日常用水。西山水库附近有一座西山湿地公园,这个点早没人了。韩晶在水库边停车,林迈泊在她旁边,下车后,看见一栋六层小楼,门口的牌子上挂着一块匾,写的是"西山庄"。

"这里是会员制,不接待散客。提前声明,这里的饭菜可不便宜。我估计你这辈子可能就请我吃这一顿饭,所以得狠狠宰你一顿。"

韩晶走到门口，摄像头识别了她的面部，大门缓缓打开。林迈随韩晶进去，首先映入眼帘的是一套微型的山水园林，水里游着胳膊粗细的各色锦鲤，水面上氤氲着一层白烟，有小桥，有石廊，有竹亭，宛如人间仙境。隐隐有琴声传来，林迈循声望去，见一穿汉服的女子在弹古筝，平台似有若无地藏在水面之下，乍一看，女子就像漂浮在水面，仙意十足。

"环境还凑合吧？"韩晶说着带林迈走到二楼，进入一间名为"竹枝词"的包间，轻轻叩击桌面，菜单投影到空中，"他们家点餐主打一个随缘，每天菜谱都不一样。来之前，你不知道自己会吃到什么。"

"这样可不利于招揽顾客啊，很多人都是冲着特色菜光临，假如恰好没有准备，岂不是乘兴而来，败兴而归。"

"好的食客挑选饭店，好的饭店也挑选食客。"韩晶开始研究今日菜单。

林迈抬头看了一眼，差点没叫出来，随便一道菜都是三四百，其中不乏四位数的佳肴。林迈进入西山庄之前，就做足心理预期，他想到在这里吃一顿不便宜，却没想到这么贵。一直以来，林迈对吃饭穿衣都不怎么在意，吃饱穿暖即可。他倒不是心疼钱，只是觉得无谓。子曰，食色，性也，好吃和好色都是人的本性，但林迈是个意外，对于食色的要求远远低于常人。他一个奔四的人了，上次跟女人过夜还是十几年前，这么多年，林迈并没有需求，用王越的话说，冷淡。至于伙食，林迈就更随意了，在他看来，吃饭就是补充体能，花两个小时甚至更久吃一顿饭简直天理难容，唯一的讲究就是他只吃冷食。

韩晶熟门熟路地点了一条清蒸石斑鱼、一例竹笋炒肉、两碗羊汤、两碗米饭。单是一碗羊汤就要一百多元。

"说说吧,你都知道什么?"

"你怎么跟审犯人似的?"韩晶说,"我吃饭的时候向来不谈公事,不然会影响饭菜的味道,吃饱再说。"

"我吃不了热饭。"

"这是生理疾病,还是个人习惯?"韩晶说,"我多嘴了,早知如此,就只点凉菜了。"

"没事。"

席间,韩晶跟他聊了不少明城最近发生的逸闻:比如哪个人前正气凛然的企业家跟秘书出轨了;比如明城某个红盘的监管资金违规操作导致延期,业主去维权反而被抓,这种新闻官方渠道集体沉默,只有韩晶这种自媒体敢于公开叫嚣;比如一名程序员沉迷于虚拟实境的游戏,把自己上传到网络,结果导致脑死亡;比如最近有一个气功组织,宣称可以帮助人们的灵魂得到升华,发展了许多信徒。

"我希望你直奔主题。"林迈打断韩晶。

"好吧,看来我要不说,你这顿饭是吃不下了。"韩晶喝了一口羊汤,"我就不卖关子了,你们警察有警察的渠道,我们记者有记者的门路,咱们殊途同归,都是为了揭示真相。我查到死者叫黎晓菲,去了她家一趟。黎晓菲是单亲家庭,父亲早年间去南方打工,认识一个发廊妹,撇下家庭,跟发廊妹跑了,母亲把她和弟弟拉扯大。她母亲精神不太稳定,提到黎晓菲眼泪就止不住,反反复复说她女儿死得冤枉。她弟弟在墨城师范大学读书,我专门跑了一遭。黎晓菲的弟弟叫黎晓晖,他告诉我,出事前几天,黎晓菲前男友因想要复合找过他,希望他能在黎晓菲面前美言几句。为贿赂黎晓晖,黎晓菲前男友下血本,给黎晓晖购置了一台'蛋壳'。黎晓晖给黎晓菲打电话,表露想法,遭到黎晓菲痛骂,让他把东西还回去。我问黎晓晖,他们到底为什么分手,结果既匪夷所思又合情合理,黎晓菲前男友跟一个女理发师有些言语上的暧昧,黎晓菲父亲对她造成的创伤重演了,这是一种感情的PTSD(Post Traumatic Stress Disorder,简称PTSD,即创伤后应激障碍)。我正在找黎晓菲前男友,从你们警方的视角来看,至少他有作案动机,对吧?"

"他叫什么?"

"谁?"

"黎晓菲前男友。"

"你们还没查到吗?"韩晶的吃惊倒不做作。

"我们只知道他姓陆。"

"陆子昂。跟那个'前无古人后无来者'的陈子昂同名。"

"谢谢你分享。"林迈站起来说,"你慢慢吃,我有事先走了。"自始至终,林迈连筷子都没有碰。

"你们男人都这么功利吗,用完即弃?"

"我们不是提前说好的吗?我请你吃饭,你跟我透底。我说了请你吃饭,并没有答应陪你吃饭。我现在去结账。"

"不用了,我这边有充值,下单的时候扣过费。所以,你还欠我一顿饭。"韩晶没有跟林迈置气,"下次不准咬文嚼字哦。"

林迈坐下来,一手端起饭碗,一手抄起筷子,夹了一筷子竹笋炒肉,拌进饭里,粗鲁地往嘴里填塞。连着扒拉了几口,有些噎,又灌了半碗羊汤,那样子就像饿死鬼转世。

"慢点吃,我又不跟你抢。"韩晶放下筷子,打量着林迈。

"我现在陪你吃饭,没有下次了。"林迈咽下嘴里的米饭说。

"怎么会呢?"韩晶说,"这次是我请客啊!"

林迈一下子愣住,吃也不是,不吃也不是。韩晶扑哧一下笑了,有种恶作剧得逞的开心。林迈虽然觉得她诡计多端,却恨不起来,韩晶从逻辑上能站住脚。

"你不让我咬文嚼字,自己却偷梁换柱。"

"有问题吗?我不准你咬文嚼字,又没有说包含我在内。"韩晶笑得花枝乱颤,"快吃吧,你身为公务人员,不得发扬光盘行动的优良传统啊。我吃饱了。"

林迈停顿片刻,重新跟刚才一样狼吞虎咽、风卷残云,连一声再见都没有奉上,起身离开西山庄。

路上,林迈还在为被韩晶拿捏感到丝丝不悦,但很快回过味,不管怎么说,还是自己占了便宜,白吃一顿美味佳肴不说,还免费从韩晶这里获得了情报。他一直在心里盘桓,假如韩晶要跟他交换等价的信息,要不要答应,如果答应,要跟她说些什么,太深太浅都不行,结果韩晶并没有索取,倒让他的内心活动显得多此一举和有失风度。

接下来要先找到这个陆子昂。

2.1 石文杰的一天

早十点,阳光从窗帘的缝隙偷渡进房间,光线在床上逶迤,爬行到石文杰脸颊。这一觉睡得足够结实和绵密,"7·15浮尸案"以来,石文杰第一次休息。他紧紧闭了闭眼睛,随即醒来,把胳膊伸到床头柜,手腕碰触到腕机,瞬间箍住。他赖在床上,浏览昨晚的球赛新闻。正值2034年世界杯期间,他熬夜看了阿根廷队对阵西班牙队的比赛,最后时刻,加纳乔贡献绝杀。他翻看这场比赛报道的评论,很多人"热泪盈眶",后梅西时代,阿根廷人才辈出,但关键时刻还得看老将。石文杰是不折不扣的阿根廷队球迷。2022年冬天,世界杯在卡塔尔举行,石文杰白天上网课,晚上和父亲一起看球。父亲是个球迷,石文杰上小学后,学校跟青训俱乐部合作,每天下午托管结束在学校操场训练。到四年级,功课空前繁多和紧张起来,母亲勒令他以学业为重。虽然不能再训练,但石文杰对足球的爱好彻底培养起来,他在父亲的影响下成为阿根廷队球迷。阿根廷队和法国队的决赛之夜,父子俩下午六点上床睡觉,晚上起来看比赛,茶几摆满零食、啤酒和饮料,严阵以待。如今回想起来,那是他的童年中最美妙的一段时光。因为足球,本来晦暗、可恶的疫情有了一抹亮色。接着便是初中、高中,六年时间,石文杰始终被压在学习这座大山下面,别说踢球,就连看球也是妄想,直到大学,石文杰终于可以和足球再次亲密接触，小学时期练就的童子功很快就让他脱颖而出，成为班级、系里的双主力，但最终没有被吸纳进校队，因为学校专门招收足球特长生，这些孩子跟他一样从小学开始训练，初、高中都走足球特长。运动的确需要天赋，但他还远远没有达到拼天赋的程度。成为刑警其实有些意外，石文杰当年没想读警校，无意间得知暗恋的女孩"期待未来伴侣所从事的职业"的答案是警察时，石文杰心血来潮报考了警校，后来连这个女孩去哪儿上学了都不知道。石文杰对刑警的认识多来自电影，感觉他们是一群上天入地、无所不能的超级英雄，要么武力值爆棚，要么拥有某种神奇的天赋（比如电影《神探》中可以看到人心内的鬼的神探），真正从事这个职业后，石文杰才发现现实跟影视作品相去甚远，他们都是有血有肉的普通人，工作烦琐而枯燥。

"小NA，打开窗帘。"石文杰说。小NA是他的智能家庭管家。

"好的没问题，已为您打开窗帘。"

凶猛的阳光掠劫房间。躺在床上，石文杰想，假如当年他也走足球特长，现在会是怎样？他是不是成为足球运动员，又或者，至少是足球从业者吧，成为一名体育老师或者青训教练。

此时，腕机响起，是林迈。

石文杰条件反射般下床立正，说："林队，您好。"石文杰下身只穿了一条内裤，上衣是加纳乔效力于曼联时的49号23/24赛季客场绿色球衣——他昨晚穿着这件衣服为阿根廷队加油助威，睡时忘记脱下。

"抱歉，打扰你休息了。"

"没有打扰。"

"我打电话是想问问你,那个《草原》你研究了没有?"

"我登录过了,没有发现问题,就是一款普通的虚拟实境游戏,以聊天交友为主。我估计命案跟这个游戏没有实质关联。"

"再好好研究一下,另外,不要用'估计'这种词,查案需要百分之百的投入和精准度。"

"是,林队。"

"好,你休息吧。"

"是,林队。"

"那个,你现在有空吧,我再多说两句。"林迈突然语重心长。

"您请讲。"

"你刚来不久,有件事我得跟你说清楚,一个好的警察并不一定是神探。那些影视剧和小说都把我们神化了,在某些领域,比如痕迹学、犯罪心理学,刑警的确比一般人懂得更多,经手的案件多了,我们对罪犯的预判也比一般人准确,但这更多是一种工作经验,只要肯花心思和工夫,大部分人都可以达到。我们主要对付的也不是那些高智商犯罪,更多是一些冲动犯罪、熟人犯罪。我们通过大量的摸排走访、研判分析来查案,而不是灵光乍现的灵感或者神乎其神的神算。切记,不要神化我们的职业,也不要神化我们的敌人。"

"明白,林队。"

林迈就像知道石文杰在想什么,及时给他打了预防针。

挂掉电话,石文杰坐进"蛋壳",登录"M世界"。

"M世界"只是众多游戏的入口,类似机场大厅,玩家需要先来这里,再搭乘不同的航班前往不同的剧情,每个游戏就是一个终点站。

石文杰在"M世界"的皮肤(形象)是电影《超能查派》的人工智能。到达"M世界"后,石文杰没有直接登录《草原》,而是来到游戏聊天室。聊天室成千上万,有的比较泛泛,包括电影主题和娱乐主题之类,还有的相对垂直,像钓鱼主题、溜溜球主题。说是聊天室,不过延续了古早的称谓,观感更像是热闹的集市,有鳞次栉比的摊位,有熙来攘往的人群,只是摊主售卖的不是传统的商品,而是新闻与八卦。每个摊位前围观的人数多少不等,多的里三层外三层,少的只有两三个。每个摊主就相当于楼主,他会发布一条消息,人们根据自己的喜好选择感兴趣的话题,参与讨论。石文杰进入聊天室时,正赶上一场赛博游行,呼吁不要过多干扰游戏设定——在此之前,不少游戏因为沾染暴力和色情因素被停止运营。对此,石文杰的态度比较模糊,网络公民和人民警察的双重身份,让他很难明确地向某方倾斜。

推出《草原》的厂家是成立不久的创业型公司,名叫"奥创科技"。"奥创"他知道,《复仇者联盟2:奥创纪元》里的大反派,由蚁人结合自己的脑波模式创造出的人工智能,拥有了自我意识而黑化。与大部分以刺激视听为主的游戏不同,《草原》静谧得像李娟的散文,这里没有对打,没有闯关,没有战略,没有道具,有的只是一望无垠的草原,玩家进入游戏就是走上草原,没有怪物,没有关卡,没有随机掉落的宝石和任务,玩家要做的就是行走,或者席地而坐,吹着习习微风,感受草原的气息。长期居住在钢筋水泥丛林的人们亟须通过这样一片草原得到喘息和净化。当然,如果只是这样,《草原》不会这么快流行开来,它还有另外两个属性或者功能:一是"不期而遇有缘人",玩家站在草原,可以跟其他玩家聊天,按理说,许多游戏都可以交流,但因为草原的特殊环境,人们更愿意敞开心扉和互诉衷肠;二是"阅后即焚",人脑和电脑一样,都有缓存,说过的话做过的事会存进记忆中枢,从游戏中退出,不管是玩家还是电脑,都会有游戏记录。但《草原》开发者研发出一项即时删除功能,玩家在游戏中对自己说的话有印象,退出游戏就会忘掉,听众也是一样,退出游戏也不会记得听到的消息。很多人都有倾诉欲,说完又后悔自己多嘴多舌,这个功能完美消除后顾之忧,虽然退出游戏,玩家也不记得说过什么,但收获了愉悦的心情。删除数据简单,至于游戏方如何抹除倾诉者和倾听者的记忆则是个谜,也是《草原》最迷人的地方。用游戏制作方的话说,玩《草原》跟做梦一样,大部分时候,我们醒来都不会记得梦的内容。

"《草原》玩家休克,删除记忆会伤害海马体!"一位摊主的"叫卖"引起石文杰注意,他在这个话题前驻足。摊主是只粉色的人形兔子[①],吸引了不少访问者,大家七嘴八舌:有人表示,他认识一个玩家,从《草原》退出后,彻底失忆,连他妈叫什么都忘了;有人反应,他只是玩了一把《草原》,记忆力衰退,怎么也想不起结婚纪念日和银行卡密码,并因为想不起结婚纪念日被老婆驱逐到沙发,想不起银行卡密码不得不去柜台重置;有人呼吁抵制《草原》。一时间,

---

① 电影《失控玩家》中的角色。

群情激愤。

"刺激海马体,就能精确地删除某段记忆?这又不是在文档里写字,可以选中删除。人类对大脑的研究还没达到这么先进的地步吧,更别说这只是一家游戏公司。"跟现实中不同,线上的石文杰能说会道,这大概就是"生活中唯唯诺诺,网络上重拳出击"的真实写照。

"那你说说他们怎么定向删除记忆?"一个卡通形象说。

"这是机密,我可不知道。"

"不知道就不要乱说。"

"我是看你们乱说才指出的,海马体工作原理都搞不清楚,还信誓旦旦说刺激海马体,怎么刺激?刺激哪里?刺激程度如何把握?这些都是生物学问题,跟游戏根本是两码事。"

"有点道理。"有人附和,他的形象是《指环王》中的咕噜。

"有什么道理,海马体是人脑记忆中枢,我说刺激海马体不是合情合理吗?"兔子摊主反驳石文杰。

眼看讨论变成抬杠,石文杰懒得再跟他费唾沫(费流量),又去其他跟《草原》相关的摊位逛了一圈,基本都是正面而积极的讨论,没什么有用信息,再想回来看看,却发现那个摊位被取缔了,应是遭到举报,或者兔子摊主的发言惹到游戏方,联系公关把摊位掀了。

石文杰退出聊天室。

肚子咕噜噜叫了两声,看看时间已经十一点多,石文杰说:"小NA,帮我点一份外卖。"

"好的没问题,请问您想吃什么?"

"我也不知道,看看最近一周出餐最多的单人餐吧。"

"已为您查看最近一周外卖平台出餐统计,最受欢迎的是石锅牛肉拌饭。"

"就它了。"自从有了大数据,便可一键解决"吃什么"的亘古难题,虽然不能保证每餐都合胃口,但从概率上来说,排名靠前的产品基本具有物美价廉的属性。

"已为您下单。"

不过几分钟,窗外的置物篮就提示石文杰外卖已送达。

石文杰拌了拌饭,大快朵颐。这算是Breaklunch(早午饭)吧。吃完饭,石文杰冲了个澡,换上一身清爽的打扮,牛仔裤搭配白色衬衫,从储物间翻到落灰的球包,把队服塞进去,里面有双鞋,石文杰意外发现鞋里面塞着没洗的球袜,至少得有一个月历史,味道之刺鼻可想而知。石文杰把袜子丢进垃圾桶,背着球包出门乘坐地铁,去明城万物广场赴约。他今日的安排是,下午和网友见面,晚上踢球。今天这场球他势在必踢。

万物广场是一幢"综合体",石文杰与网友约在五楼的Uwe影城碰头。他们都玩一款叫《星际移民》的策略型游戏,两人玩的是不同文明,通力合作拿下一场又一场星系战争的胜利,久而久之,两人产生一种微妙的情愫,通过ID(身份信息)判断,两人恰好都在明城,忘了是谁、何时提出线下见面,这件事逐渐被提上日程,经过一次又一次搁置,终于在今天下午圆满。石文杰在"M世界"中注册的用户名就叫查派,在《星际移民》中延续了这个昵称,只是游戏中不得使用查派的皮肤,需要选用《星际移民》提供的人物形象;对方叫作"库洛洛"。石文杰按照约定时间出现在电影院门口,取出提前购置的影票,坐在门口的台阶上。电影已经开场,库洛洛还没有出现。石文杰每次看电影,总要提前进入影厅,最不能忍受错过影片开头,他如坐针毡,不时看看时间。就凭这一点,今天见面就是极大的失败,他有点后悔,网络上的互动就应该留存在网络上。

"请问,你是查派吗?"

石文杰首先看到一双紫色高帮帆布鞋,目光往上游走,看见和他打扮接近的库洛洛,同样的牛仔裤和白衬衫。她披散着长发,刘海贴在额头上,轻轻喘气,明显是跑过来的。

"你是库洛洛?"

"对不起,让你久等了。"库洛洛喘着气说。

石文杰完全可以随口编一句善意的谎言,比如"没关系,我也刚到",不让库洛洛尴尬,可张嘴却说:"我们进去看电影吧,都开演了。"

看到库洛洛那一刻,石文杰焦躁的心情突然熨帖,别人怎么看他不知道,也不想知道,库洛洛对他来说就是仙女下凡。她就像一个黑洞,石文杰的注意力和想象力再也无法逃逸出她的视界。因为是下午场,影院的人并不多,他们弯腰从荧幕前跑过,石文杰一边掏出电影票一边数座椅的排数。落座后,石文杰才发现电影票被他攥湿。石文杰忍不住用余光打量库洛洛,她聚精会神的侧脸在光线的掩映下如梦似幻,她身上不断散发出的香气也让石文杰想入非非。电影是最近正在热映的《哪吒5·混天绫》,讲述的是混天绫修得仙法,化练成人形,他变幻成哪吒的模样,各种闯祸,陷害本尊,让哪吒成为众矢之的;本质上,讲述的是哪吒与心魔对抗,跟《蜘蛛侠 3》有异曲同工之妙。电影上映后迅速出圈,网络上流传着经典的一幕,混天绫对哪吒说:"我做的只不过是你想做又不敢做的事,不是我想取代你,而是你想成为我!"哪吒并没有像第一部里那么热血,喊出"我命由我不由天"的口号,而是沉默了,正视内心的恶。石文杰知道库洛洛是动画爱好者,他查过,库洛洛是来自漫画《全职猎人》中的角色,所以他选择看动画片。石文杰无心观影,一直沉浸在库洛洛的美貌与香气中,几乎要被溺毙。电影结束,字幕升起,莫文蔚演唱的《两个我》片尾曲响起,灯光亮起,有观众开始离场。石文杰偷偷看库洛洛一眼,她并没有离开的倾向,微微闭上眼睛,用心聆听莫文蔚的歌声:

一个我沉着内敛,

一个我无法无天,

一个我意兴阑珊,

一个我却被烦恼丝纠缠。

一个我心无杂念,

一个我流连忘返,

一个我万语千言,

一个我沉默得犹如远山。

一个我一马平川，

一个我崎岖峻险，

一个我一往无前，

一个我裹着自缚的虫茧。

两个都是我，

不一样的我，

谁来定义我，

是仙还是魔，

谁又能助我打碎枷锁。

两个都是我，

反方向的我，

谁来审判我，

是对还是错，

我只想安静普通生活。

　　一首歌唱完，他们再也没有盘桓的理由。石文杰依依不舍地站起，和库洛洛走出影院。

　　"我看过一篇报道，说是听完片尾曲再走是对电影和电影工作者的尊重。"石文杰说，虽然他平时并不尊重电影和电影工作者。

　　"我倒没有那么高尚的理由，只是觉得影院音响超赞，所以每次都会听完片尾曲,这可比听演唱会实惠多了。"库洛洛说,"当然,也跟电影质量有关,不幸赶上烂片,巴不得早点离开影院。这部是真好看啊,而且有深度。"

"是,相比前四部,探讨的主题更贴近观众,我们每个人都要学会面对和接受自己内心的邪恶。"虽然没有认真观影,但是凭借之前搜罗的影评,石文杰侃侃而谈,"这或许就是哪吒系列长盛不衰的原因,主创总能抓住哪吒和普通大众之间的共通之处,让我们觉得哪吒并不是高高在上的神仙,而是我们身边的朋友,或者我们自己。"

"嗯,我特地把第一部到第四部都看了,每一部都能照见自己。"

"好电影的确值得反复观看,要不要二刷'吒5'?"

"好啊,下次我请你。"

"一言为定。"

"拉钩。"库洛洛伸出右手,勾着小拇指。

石文杰突然心惊肉跳,胳膊都有些颤抖,与库洛洛的小拇指相交时,他感觉就要昏厥。

两人在商场闲逛,电影院所在的楼层以餐饮业为主,石文杰借机要请库洛洛吃饭。他的想法非常单纯,希望能跟库洛洛多待一会儿,不知为何,他总觉得这是一场梦,他害怕库洛洛离开,梦就会醒来,再也见不到她。

"我记得你说晚上要去踢球。"

"没事,可以不去。"今天这场球,石文杰期待已久,大学毕业后他加入明城市一家业余足球俱乐部,参加中冠联赛,过了年转到江祐区分局刑警中队,工作和休息时间都不固定,常常有空没球,有球没空,半年多他只踢了六七场球,要不是考虑他工作性质比较特殊和能力突出,队长早把他除名了,但如果能跟库洛洛一起吃饭,石文杰会毫不犹豫背叛足球。

"没事吗?"

"没事。"石文杰很想使用"如果不能跟你一起共餐才遗憾"之类的话术,但他天生木讷,跟朋友和同事相处尚不能伶牙俐齿,更别提在心仪的女孩面前能说会道了。

"你们踢球是几点?"

"六点到八点。"

"现在还不到五点,我们快点吃,应该可以赶上。"库洛洛看了一眼时间,"就不去餐厅了,我们去地下小吃街吧,我知道一家店特美味。"

石文杰和库洛洛乘电梯来到负一层,这里汇聚了天南海北的美食,有陕西羊肉泡馍,有河南羊肉烩面,有山东杂粮煎饼,有福建章鱼小丸子,也有炸鸡、麻辣烫、米线、水饺之类随处可见的快餐。库洛洛带石文杰来到一家吃串串儿的摊位前,两人坐着马扎,从滚滚开着的汤池里挑选串串儿,库洛洛以"过来人"的姿态,替石文杰选了萝卜、脆骨丸、鸡爪和长生菜。不知道是因为食材本身出众,还是借了库洛洛的光,石文杰吃得油光满面,赞不绝口。

"一直想问你,"库洛洛拿起一串鹌鹑蛋说,"查派是什么意思?"

"一部科幻电影。"

"好看吗?"

"嗯,我很喜欢。"

"我回去找来看看。那你知道我为什么叫'库洛洛'吗?"

"我知道,团长①嘛。"

"啊? 你也喜欢《全职猎人》吗?"

石文杰笑而不答,说不上来为什么,他不想对库洛洛说谎,好像欺骗她(不管出于什么原因和目的)就是对这次邂逅的侮辱与伤害。

"除了动漫和游戏,你平时还有其他消遣吗?"石文杰扯出一个新话题。

"我很喜欢音乐节。"

"明城不是要在西山湿地公园举办摇滚音乐节吗?"

"对,我买早鸟票了,有好几个我喜欢的乐队会来,万青、痛仰、机械姬、二手玫瑰,以及我最喜欢的蛙池,这会是一场音乐的饕餮盛宴。"库洛洛说起乐队时,眼神中闪烁出饱满的幸福与向往,"你呢,你去过音乐节吗?"

"有一年薛之谦来明城奥体中心开演唱会,我去维持过秩序。"

"那你一定要看场音乐节,演唱会和音乐节完全是不同的体验,怎么说呢,就像商业大片和文艺电影,一旦投入进去,说是洗涤灵魂有些拔高,但也差不多。"

石文杰咨询库洛洛西山音乐节具体的演出时间,不确定自己能否请到假,今天的休息已是林队开恩了。

---

① 库洛洛为幻影旅团团长。

吃完饭,石文杰不想跟库洛洛分开,但没有挽留或滞留的理由。两人离开万物广场,石文杰走得很慢,恨不能钉在原地。石文杰很想邀请库洛洛去球场,但初次见面,提出这样的要求有些僭越。经常有球友带女伴看比赛,多是他们的女朋友或者妻子,只要带过来,大家默认就是这两种身份。曾几何时,石文杰也想象着自己的另一半能站在场边,为自己加油鼓劲。从万物广场出来,走不多远就是地铁口,到了必须分开的时候。

"我——"

"我——"

两个人异口同声。石文杰想说的是"我要走了"。他猜库洛洛跟他要说的话一样。

"女士优先。"

"我想去看你踢球,方便吗?"库洛洛语气很轻,有请求的意味。

"当然可以。"石文杰还想跟一句"求之不得",但他还是没能说出口。

"对了,你刚想说什么?"

"没什么。"石文杰简直不敢相信,如此梦幻的剧情竟会在自己身上上演。石文杰梦游般上了地铁,正是晚高峰,人挤人,石文杰和库洛洛站在车厢中段,石文杰攀着横杆,库洛洛握住拉环。人群从四面八方施法,把库洛洛拥到石文杰身边,石文杰的目光刚好可以平视库洛洛头顶,她的头发向两边梳开,能够看见一缕洁白的头皮,像隐匿在草地里笔直的小径。

"我问你个问题。"库洛洛抬头说,"之前在游戏中聊天,你说你是警察,是真的吗?"

"不像吗?"

"有点。"

"有点像,还是有点不像?"

"都有点。"库洛洛说,"跟我印象中的警察形象相去甚远。"

"脱了警服,我们也是普通人。"

"那你知道最近发生的那起杀人案吗,环城水系的浮尸?"

"嗯。"石文杰没有透露此案正由他所在的专案组负责。

"太可怕了,我前两天都不敢一个人出门。"库洛洛说。

"没有那么恐怖。"石文杰很想说,以后就由我来保护你,但忍住了,一是害怕库洛洛反而被自己的承诺吓跑,一是他本人也不善于这种甜言蜜语。

"以前看警匪片,总觉得自己距离死亡和罪恶很远,这起案件发生后,感觉凶手就在附近,随时可能现身。"

"就跟交通事故一样,没有人会想象飞来横祸。"石文杰解释道。

梦游般到了球场,梦游般换衣服换鞋,梦游般上场,平时"脚"到擒来的运球、分球,怎么也踢不好,被队长喊了两次也没改善。

"加油哦!"库洛洛对石文杰说。

这一声"加油"让石文杰如梦初醒,不能在库洛洛面前丢人,他立马复苏了球技,发挥出平常水平的百分之两百,助攻和进球加起来上双了。

比赛结束,正往场边走,有球友跟他搭话:"交了女朋友啊,怪不得最近都不来踢球。"石文杰不置可否,甜蜜地享受他们的误会。库洛洛站在场边,待石文杰走来,拿出一包便携湿巾。石文杰受宠若惊,接过湿巾,却舍不得用。库洛洛让他拿着,石文杰小心翼翼揣进口袋。石文杰坐在场边换衣服、换鞋,跟库洛洛一起往外走。

"你踢得真不错。"库洛洛说。

"瞎踢。"石文杰谦虚道。

两人走到地铁站,目的地不同,但换乘车站一样。上了地铁,没有多少乘客,两人挨着坐下。石文杰几次想问库洛洛的真名实姓,又觉得保持神秘和距离更合适,毕竟第一次见面。下次,下次再问她叫什么吧。有了这个想法打底,石文杰放松了下来。地铁到站,石文杰和库洛洛一起下车。

"今天很高兴跟你见面。"库洛洛伸出右手。

"我也是。"石文杰握住她的手,"我们还能再见面吗?"

"当然。你下次踢球的时候可以约我,我再来为你加油。"

"一言为定。"石文杰伸出小拇指。

"一言为定。"库洛洛跟他勾了勾手指。

石文杰挥挥手,跟库洛洛告别,库洛洛走出去几步,石文杰却站在原地,目送库洛洛离开。他期待库洛洛转身。库洛洛真的转过身,向他跑来,像阵风一样刮进他的怀里。石文杰轻轻搂抱着库洛洛,感觉这是上天的恩赐。过了好一会儿,石文杰才发现怀里的库洛洛不翼而飞,他的双臂只圈住自己的身躯。

往家走的路上,石文杰开心得就像一只麻雀,忍不住蹦蹦跳跳。类似的幸福要追溯到他大学时代,那时加纳乔中国行,他和父亲去现场朝圣,他们见证了加纳乔在弧顶位置的任意球绝杀,父子俩激动地抱在一起,热泪盈眶。后来毕业,工作,石文杰仍然踢球、看球,只是觉得没有之前的热忱与纯粹,以前半夜看球,闹钟一响,他一秒钟清醒,全程投入地观赛,现在除了欧冠决赛、世界杯决赛这种重量级对抗,他基本不会熬夜,有时候定了闹钟,醒来看几分钟重新睡着,不是比赛不精彩,是他不再像从前那样专注。足球沦为一抹背景色,像除夕夜的春晚,只是一个背景声。

回到家,石文杰猛地想到忘记跟库洛洛交换联系方式,实在失算,不过问题不大,第一,他们肯定还会再见面,第二,他可以去游戏里找她。石文杰坐进"蛋壳",登录《星际移民》,库洛洛没有上线。想想也正常,她可能还没到家,或者到家了,但是太晚了,想早点休息。

石文杰意兴阑珊地玩了几把游戏,便去洗漱,躺在床上,又高兴得笑出声来,他知道距离恋爱还有很长的一段路要走,但起码迈出了第一步。石文杰舍不得睡,回味与库洛洛见面的每一帧,自信今晚会梦见库洛洛,或者,他就在梦中吧,不然怎么跟言情小说中描写的那样美满与心动呢?

3. 教徒

明城是一座准二线城市,计有三条环路,一环是绝对的市中心,商业综合体、文体建筑集中于此,一环和二环之间发展也算均衡,到了二环以外,几个区域逐渐拉开差距。许萱萱家位于东南二环,是二环外明城房价最高的地段,道路四通八达,商业、医院、学校等配套齐全。唯一美中不足的是学校资源短缺和堵车。东南二环属于新城区,没有一座拿得出手的"牛小",所谓牛小通俗来说就是特牛的小学,主要指师资和校风。东南片区的学校多是近十年间建立,老师多是师范大学的毕业生,没有教学经验,除此之外,家长们不待见新老师还有一个隐晦的原因,老师多是女生,难免要结婚生子,至少耽误半学期,如果是音乐、美术、道法之类的副科还好,主科,尤其是班主任,对学生影响极大,所以一般家长都希望年长的老师接新班。关于堵车就比较常规,当年的城市设计师无论如何也想象不到,只不过十几年,私家车几乎和个人电脑一样成为家庭必备,原本修建的、在当时宽阔的双向四车道根本无法吞吐如此磅礴的车流。近年,自动驾驶系统趋于成熟,立体交通框架提上日程,只要联入网络,就可以实时掌握道路上的车辆,避免拥堵。政府号召免费安装自动驾驶系统,但需要额外支付一笔不菲的使用费。林迈一直没有安装。没有安装不是因为价格,而是觉得把方向盘交给人工智能不放心;不放心不是说担心人工智能突变或者起义,像《机械公敌》或者《黑客帝国》中描写的人机对战,而是觉得人工智能慢慢会取代人类的能动性。科技改变生活的同时,也扼杀了生活的乐趣。王越不安装自动驾驶系统单纯是图省钱。为买房,王越正在进行史无前例的开源和节流。作为一名刑警,他可以开的源少之又少,只能在节流方面下功夫。

"小石头,你中风了吗,嘴角怎么一直往上挑?"王越坐在副驾驶,通过后视镜看到咧着嘴笑的石文杰。

"没有,我这个是昨天的微笑。"石文杰难得说了一句俏皮话。

"哦,恋爱了。"王越回过头,狡黠地盯着石文杰。

"昨天第一次见面。"石文杰解释。

"哦,一见钟情。"

"《草原》有什么异样?"林迈打断他们的对话。

"目前没有发现,《草原》与其他游戏最大的不同在于定向记忆删除设置,玩家说的话、做的事在游戏结束后会被清理,不仅如此,就连跟它接触过的玩家也没有相关记忆。"石文杰脸上的笑容消失,一本正经地回复。

"删除记忆?这是怎么做到的?"林迈问道。

"《草原》制作方并没有公布原理,这是他们的卖点,也是核心专利。"

林迈想到方灵跟他说的,黎晓菲大脑中发现超量 5-HT2A,加之她是《草原》的拥趸,林迈猜测,5-HT2A 或许跟删除记忆有关。这个想法顺理成章,不需要做复杂的推理,只是难以验证。顺着这个方向发散,林迈想到汽车召回,常有汽车公司发表声明,因为某个零部件的问题,将上市销售的汽车召回。如果《草原》对人脑造成伤害,发行方会不会暂停游戏?

"头儿,你咋不装个自动驾驶系统,省事又省心。"车子上了二环,王越问林迈。

"啊?"林迈沉浸在层层递进的思索中,一时没有听清王越的问题。

"我说你怎么不装自动驾驶系统,念旧啊?和我一样。"

"懒得折腾。"林迈随口敷衍。

"可以预约上门。"

"懒得预约。"

"那得多懒。"

林迈白了王越一眼,后者有所收敛。

从建华大街下二环,往南行驶两个路口,到达许萱萱父母居住的梧桐苑小区。梧桐苑对面是明城市人民医院,林迈前两年腰肌劳损和腰椎间盘膨出,常来人民医院的理疗科做康复。

"再往南几公里就是中央公园,许萱萱怎么在离家这么近的地方租房?"王越不解道。

"这不是很正常吗,自住跟与父母同居是两种生态。"

"也对,自由比安稳更令人向往。"王越说这句话时眼神中有一闪而过的落寞,林迈猜他又想到房子的事了。

梧桐苑门口有条东西走向的小路,路南规划了停车位,但基本停满。王越让林迈直接把车停在路北,林迈没有跟他同流合污,而是往前开了一百多米,捕到一只"漏网之鱼"。林迈往前多开一截,与前车对齐,向左打死,待左边后视镜看到后车大灯,回正,继续倒,右边后视镜与马路牙子相接,向右打死,一气呵成。

"行啊,头儿,你还有这技术呢。"王越赞道,在他看来,这一系列操作跟耍杂技无异。

"这是不是科目二必考项,有什么大惊小怪。"

"现在人们过分依赖自动泊车,没几个人会侧方停车和倒车入库。这是科技的进步,还是人类的退化?"

"别感慨了。"林迈熄火,打开车门,和王越、石文杰一起下车。

梧桐苑比中央公园年头更久,仅次于二十世纪八九十年代的老破旧小区,门防近乎无。林迈、王越和石文杰走进去,根据楼号、单元号、房号找到许萱萱家,开门的是一位中年妇女,是许萱萱的母亲。

"她爸爸在药厂上班,下午六点多才能回来。"

"许萱萱呢?"王越问道。

"她,她出门了。"

"去哪儿了?"

"跟几个朋友出门散心。发生这种事,她心里难受,我和她爸想着让她出去转转,或许心情能好一点。"

"去哪儿了?"王越重复了一遍问题,音量明显增大。

"这个……去哪儿我们不清楚,孩子的事我们也不便过问。"

王越还想再说什么,林迈拉了拉他的胳膊,对许萱萱母亲说:

"给许萱萱打电话,问问她在哪儿。"

"等她回来吧,她出门就是为忘记这事,接到你们的电话就功亏一篑了。"

"请您配合,我们在执行公务。"林迈以不容置疑的口吻说。

"许萱萱室友死了,跟她有什么关系?你们找她想了解什么?"许萱萱母亲同样抬高嗓门,护佑子女时,母亲是一头野兽。

"您不打电话,我们只好去找她了,我们能找到家里,也能找到旅游景点。"林迈说。

"打就打。"许萱萱母亲抬起胳膊,语音操作,电话打通了。

"开免提。"林迈说。

"免提。"许萱萱母亲说,腕机识别了她的音线,随即发出一阵短促的蜂鸣声。

"怎么回事?"王越问道。

"无法接通。"许萱萱母亲解释,"可能是腕机没电了。"

"请你配合一下。"王越有些着急,提高声音,"许萱萱室友死了,我们找她问话,是想尽快查明真相。"

"你冲我凶什么?我家萱萱也是受害者啊!她什么都不知道。"

"行,谢谢您。"林迈又拽了王越一把,和石文杰一起拉着他离开。进了电梯,王越跟林迈念叨,许萱萱母亲明显是不让他们接触许萱萱,越包庇越可疑,说不定许萱萱就是凶嫌,外出不是旅游,而是潜逃。

"你的推理太不负责,完全就是臆想,异想天开。"

"你看许萱萱母亲的态度。"

"她可能只是担心我们会刺激到许萱萱,没有多少人可以若无其事地回忆死亡,尤其是谋杀。不管是许萱萱的逃避,还是她母亲的拒绝,都是合情合理的。"

"那我们就不找她了吗?"

"我什么时候说不找了?"电梯到达一楼,两扇门徐徐打开,林迈看见一个抱着硕大纸箱的快递员,如今,他们只能在无人机限重之外的领域发挥余热。三人回到车上,林迈交代石文杰盯着许萱萱家,他有种预感,许萱萱一定还在明城。

"明白。"石文杰简明回复。

"黎晓菲的通话记录查到了吗?"林迈发动汽车后,缓缓驶出车位。

"申请还在审批。"王越就此表达不满,道,"头儿,你说我们现在办案多麻烦,核实受害者身份还得去户籍中心走流程,查通话记录也得跟通信公司打申请。以前我们确定受害人和嫌疑人的身份,用咱们警方的系统拍张照片,立马识别出来,调查通话记录也是打声招呼的事。现在干什么都得小心翼翼,不是侵犯个人隐私,就是危害公共安全。你说,这是文明的进步,还是社会的退化?"

"时代不同了,人们对于自身权利更加明确和保护,这应该是进步吧。"

"时代再怎么变,还是会有各种各样的犯罪,对我们的限制就是对罪犯的纵容啊!反正我觉得特憋屈,多走了冤枉路。"王越越说越激动,"我们可以理解大众,谁理解我们?你有没有发现,现在的舆论和法律都在讨论和保护人权,但这根本就是伪命题,什么是人权呢?首先你得是个人吧,在我看来,那些挨千刀的王八蛋都不能算人!你就说'4·14案',那几个畜生做的是人事吗?当着新郎的面轮奸新娘,还逼着他做饭,最后把两人放了也行啊,结果呢,碎尸!那个未成年嫌犯还不知道在哪儿呢,就算抓住,他也不用被判刑。有时候我就想,对付这种人就应该以其人之道还治其人之身。"

"打住,你是刑警,不是义警,把自己分内做好就行,有些事我们无能为力,别张嘴,也别伸手。以暴制暴的思想不可取,不可行。"

"头儿,这可不像你说的话,你向来疾恶如仇。"王越打量着林迈说,好像眼前熟悉的人变了一番模样。

"我只是在法律规定的范围内疾恶如仇。"林迈说,"行了,我要回局里,你去哪儿?"

"我再去电信局催催。"

"下车吧。"林迈停在路边。

"你捎我过去,顺路。"

"一个东南,一个西北,大调角啊!"

"上二环,一脚油门的事。"

"下车。"林迈解开王越的安全带。

"我发现你怎么不近人情呢,要是车上坐的是方警官,你也让她下车?"

林迈斜过身子,探着胳膊,打开副驾驶的车门,第三次说:"下车。"王越不情愿地跳下。林迈当然知道王越不会真的跟他闹别扭,但还是反思,为什么不送他一段,绕一圈花不了太多时间。林迈能意识到这点,就是调整不过来,就像一个人明知抽烟喝酒对身体不好,却忍不住诱惑,沦为烟酒的供体。

"林队,我也下车吧?"石文杰见状说。

"你不回队里吗?"

"回。"

"那你着急下车做什么? 我也去队里。"

"好。"石文杰说。

"你,你不用端着,咱们都是同事。"林迈提醒石文杰,"都是大老爷们儿,不用忸怩。"

"好。"石文杰的回复跟刚才一样,不论字词,还是语气。

"《草原》的事,你还得上点心。"林迈对石文杰说,"'脑贴''蛋壳'这些新鲜玩意儿你比我们熟悉,挖一挖,看会不会对神经造成不良影响。"林迈猜到石文杰的回复还会是一个"好"字。平心而论,林迈挺待见石文杰,喜欢他身上那种干净、纯粹,不像他和王越,在社会和职场的染缸泡久了,难免有些变色。林迈逮住一些轻松的话头,试图卸掉石文杰的防备:"对了,你今年多大?"

"报告林队,二十四岁。"

"那你比王越小一轮,谈对象没有?"

"还没有。"石文杰不好意思地挠挠头,嘴边漾起一圈圈微笑的涟漪。

"但是有心仪的女孩？"

"对。"

"真羡慕你们啊！"林迈有感而发,想到自己和方灵,不知何时才能踏出那一步。

回到警局,陈斌把林迈叫走。林迈叮嘱石文杰几句,让他安排好盯梢的事情。林迈走到陈斌办公室,直接推门进来："陈局,你找我啊？"

"懂点礼节行吗？也不敲个门,这么大人了,风风火火的。"

"有话快说有屁快放,我忙着呢。"

"怎么说话呢,没大没小。"

"你要不说我先说了,我正好也有事。"这时,林迈听见一声笑,发现沙发上坐着韩晶。

"我给你介绍一下,这位是咱们明城有名的记者,韩晶女士。"

"林队长真是性情中人啊。"韩晶笑道。

"你来做什么？"林迈问道。

"你们认识？"

"前两天刚刚一起吃过晚饭。"韩晶说。

"那就好办了。"陈斌对林迈说,"是这样,市里准备做一期节目,由韩记者的团队负责,为明年中国人民警察节献礼,从明城几个警局中选出几位代表人物,我们分局推荐的是你。你们俩聊聊采访计划吧。"

"我没空。"林迈直接拒绝。

"知道你忙,见缝插针录制就行,花不了太多时间,否则我也不会同意。"陈斌打圆场,"我没跟你商量,这是局里交代的任务。"

"我求求你,别添乱了。我看你挺上镜的,就拍你吧。"

"报告我都打上去了,上面也批示了,让我们配合拍摄,这是宣传人民警察的好机会,力争改变我们在人民群众心目中刻板、高冷的固有形象。这件事敲死了,没有转圜余地。"陈斌对林迈说完,转向韩晶:"韩记者,你别介意,林迈就是驴脾气。他要是炝蹶子,你就跟我说,我抽他。"

"有陈局长撑腰,我就不怕了。"韩晶笑着说。

"没别的事我先走了。"林迈说着就要往外走。

"刚说让你懂点礼节,话还没说完,你又要走,怎么也得碰一碰时间啊。"

"你们碰就行。"林迈没有停下步伐。

"你刚不是说有事找我吗?"

林迈看了一眼韩晶,本意是外人在场,不便透露,但经过刚才的插曲,林迈瞬间忘记想说什么——忘事最近越发严重,林迈怀疑是阿尔兹海默病的前兆,去医院做了全面检查,没有器质性病变,最后指向还是心理问题。林迈撂下一句"回头再说"便急匆匆离开办公室,刚好接到王越的电话。

"头儿,我在电信局。"王越说,"查到了,案发当晚,黎晓菲接到几十个来电,都是同一个号码,大部分拒接,只有两三个接了,通话都很短,二三十秒钟吧。"

"查那个号码了吗?"

"我办事,你放心。这个号码的用户就是陆先生。"

"陆子昂吧?"

"你怎么知道?"

"我有我的渠道。"

"还跟我保密?哦,对了,我还查到他的住址。"

"你把(他的)地址发我,我马上过去,你带几个兄弟跟我会合。"

"明白。"

"不要头脑发热。"

"放心。"

明城西边是太行山脉,发展旅游业;东边是开发区,建设工业园和设备基地;南边是行政中心,承担社会活动,标志性建筑是奥体中心和市图书馆;北边是老城区,以钢厂、药厂、棉纺织厂等传统工业为主,如今响应国家号召,清退市区内重污染、高能耗的低端产业,打造华北地区最大的生物医药产业园,吸引全国乃至全球的高精尖企业前来落户,工商税务方面给到的政策空前优惠。在此之前,城市北边日趋萧索,全凭几所传统牛小苦苦支撑着人口。陆子昂所在的小区在一座市重点学校对面,该学校是棉纺织厂的子弟学校,名字就叫棉二小学。明城最辉煌时共有七座棉纺织厂,本地人习惯称其为棉一、棉二、棉三,等等。陆子昂居住的小区是棉纺织厂的职工宿舍,这些楼大多建于二十世纪七八十年代,外墙就是红砖,不像现在的居民楼,外墙都是铝塑板、真石漆和玻璃幕墙。

林迈赶到时,棉二小学刚好放学,密密麻麻的小学生像一群蜜蜂嗡嗡嗡,不绝于耳的交谈声就是蜂鸣。

校门口的马路是双向单车道,其中一条车道驻扎成一条望不到头的汽车长龙,往来车辆只能在另一条车道艰难会车,交通异常拥挤,别说开车,就连自行车和电动车都壅塞着,这是一条结了血栓的街道。林迈把车停在路口,步行到陆子昂居住的职工宿舍。林迈举起腕机看了一眼,除了王越发来的地址,还有一张陆子昂近照。王越平时看着吊儿郎当,干活却细致,交代他一,往往可以做到三。

"你们到哪儿了?"林迈打给王越。

"刚从东二环转北二环,导航显示还有十七分钟,晚高峰,有点堵车。"

"我先进去看看,你们到了在门口布防,记得打听一下有没有后门。"

"头儿,要不等等吧。"王越说。

"等什么?等人跑了?"

"你忘了'4·14案'的教训?"

"用不着你来教训我。"

"那你悠着点。"

"我心里有数。"林迈正说着话,瞥见一个胡子拉碴的年轻人从小区出来,手里拎着一只行李箱,行色匆匆。干刑警十几年,林迈锻炼出过目不忘的火眼金睛,一眼便认出正是陆子昂。他来不及挂断,直接冲过去。王越的声音不断从耳机中传来,问他怎么回事,林迈只回了一句"发现目标"便无暇他顾。

林迈在一群小学生之间闪展腾挪,担心过大的步幅和摆臂会"伤及无辜",这些都是祖国娇嫩的蓓蕾。他好不容易冲出放学队伍,横穿马路时又剐蹭到一辆汽车。还好车道只剩半幅,往来车辆速度缓慢,只是擦破点皮,林迈肾上腺素飙升,根本察觉不到疼痛,还不如司机的谩骂更让林迈分心。

经此一闹,陆子昂发现朝他奔来的林迈,拽着拉杆箱飞奔。

林迈踏上人行道,面前的空间相对开阔,他紧着倒腾脚步,与陆子昂的距离肉眼可见地缩短。陆子昂本就紧张,又拖着一个累赘,被林迈追上是早晚的事,但他似乎并没有丢掉行李箱的打算。不巧的是,箱子却出卖了他,滑轮卡在年久失修的盲道的裂缝中,怎么也拽不出来。就在这个当儿,林迈冲过来,高高跳起,飞踹陆子昂背心。陆之昂跟跄两步,栽倒在地,"因祸得福",反而将行李箱撤出来,只是箱子摔在地上,拉锁崩开,里面全是女人衣服。陆子昂匆忙爬起,拼命将地上的衣服塞回箱中,忘记自己正在被追捕。

林迈掏出手铐,一只铐住陆子昂左手,另一只铐在行李箱提手上。

林迈每天坚持体能训练,这点活动量对他来说不算什么,但是没有热身,短时间内剧烈运动还是让他坐在地上喘粗气。

王越随后带人匆匆赶到,环顾现场,发现林迈胳膊上的擦伤,一脚踢在陆子昂的肩窝。陆子昂也不躲闪,紧紧抓着那些衣服,像得了失心疯。林迈连忙拦住王越,在事态变得不可收拾之前。

"你没事吧,头儿?"王越关切道。

"你看我像有事吗?"林迈说,"我先把他带回局里,你找两个兄弟去搜查陆子昂家,完事后跟我会合,给他做笔录。"

"明白,我这就安排。"

"安排啥,你自己去。"

询问笔录(二)

询问时间:2034 年 7 月 27 日 9 时 23 分

询问地点:明城市公安局江祐区分局第二审讯室

询问事由:2034 年 7 月 15 日凌晨 2 时许,在明城市环城水系南段发现一具尸体,经调查,被询问人与死者为男女关系(已分手),具有重大作案嫌疑。

询问人:林迈

记录人:王越

被询问人:陆子昂;性别:男;出生日期:2012 年 6 月 19 日

住址:明城市宫堡(音 bǔ)区和平路明德家园 6 号楼一单元 602 室

邮编:05****

身份证号码:1******20120619****

联系电话:189****4593

询问人告知:我是明城市公安局江祐区分局的刑警林迈,警员编号 005***,今天找你来,主要是证实有关黎晓菲被杀的情况。按照刑事诉讼法规定,你需要如实回答,不得伪证或者隐匿罪证,否则要负法律责任。(你)明白吗?

被询问人:明白。

询问人:名字?

被询问人:陆子昂。

询问人:年龄?

被询问人:22岁。

询问人:与被害人黎晓菲的关系?

被询问人:男女朋友。

询问人:你们已经分手了吧?

被询问人:(停顿)啊!你们已经知道,那还问我干什么,逗傻子玩呢?

询问人:我提醒你,不要说与询问无关的话。2034年7月12日晚上11时你在哪儿,做什么?

被询问人:晚上十一点我还能干什么?(我)当然是在家睡觉。

询问人:有人能证明吗?

被询问人:警官真会说笑,您晚上在家睡觉还得拉一个目击者吗?

询问人:睡着了还能打电话?我帮你回忆一下,189****4593是你的号码吧?(拿出一份通话记录)2034年7月12日晚上9时至12时之间,你给尾号同样为4593的机主呼入超过一百个电话,这能证明你当时并没有睡觉。我们调取了监控,发现你当日晚上8时许离开小区,与你合租的租客也表示转天凌晨1时左右被开门声吵醒。你能解释下这段时间你去了哪里吗?

被询问人:(额头开始渗汗,不停吞咽口水)那天我想跟她复合,发微信不回,打电话不接。我就去她住的地方,她不在家,我就去她们公司,我被写字楼的门禁拦住,只能在门口守着。我等到十一点多,看见她出来,上去跟她说好话、下跪,她就是不回心转意,随后来了一辆车,她上车离开。我还追着车跑了一段。

询问人拿给陆子昂一张照片,是他被捕那天带着的行李箱和一堆衣服。

询问人:这个行李箱是你的吗?

陆子昂点了点头。

询问人:请回答,是或不是?

被询问人:是。

询问人:我再问你一遍,行李箱是你购买的吗?

被询问人:不是,行李箱是黎晓菲的。

询问人:(行李箱)里面装的衣服呢?

被询问人:也是黎晓菲的。

询问人:解释一下怎么回事吧。

被询问人:我偷的。黎晓菲房间的智能锁是我装的,她以为把我的指纹删除就行了,没想到我保留着后门的权限。我经常趁她上班的时候去她房间。

询问人:去做什么?

被询问人:还能做什么? 就是你们想的那件事呗。

询问人:我再问你一遍,去黎晓菲房间做什么?

被询问人:手淫,我用她的内衣和袜子手淫。

询问人:什么时候? 为什么偷走她的衣服?

被询问人:7月11日是我们在一起的纪念日,那天我特别想她,忍不住跟她联系,希望可以复合。她不同意。我就说跟她见一面,她也不同意。我想用这种方式逼她出来,没想到她那么绝情。我只好去找她,结果就是我刚才说的那样,我在门口拦住她,她上了别人的车。晓菲真不是我杀的。

询问人:你怎么知道黎晓菲被害?

被询问人:整个明城都知道环城水系打捞上来一具女尸,你们现在又来抓我,这不是很明显吗?

询问人:我不觉得明显。我们发布的警情没有提及死者姓名。

被询问人:我后来找过黎晓菲,给她打电话关机,去了住处和公司都没有见到人。我知道她不想见我,但也不可能凭空消失。

询问人:那你为什么要跑?

被询问人:做贼心虚,但我只是偷了几件衣服,没有杀人。你们可以去查,我全力配合。

询问人:黎晓菲被害前一段时间,有没有异常?另外,她平时有没有独特的穿搭喜好,比如喜欢穿丝袜、戴丝巾之类?

被询问人:(摇摇头)前一段时间指多久?我们分开小半年了。异常——异常——哦,她最近很喜欢玩一款虚拟实境游戏,叫什么《草地》还是《高原》来着?

询问人:《草原》?

被询问人:没错,就是《草原》,她每天下班都与陌生用户交谈,跟陌生人有聊不完的天,跟我却无话可说。

询问人:你们不是分开了吗,怎么知道她每天下班做什么?还是说,你在黎晓菲家安装了摄像头?

被询问人:黎晓菲在"M世界"的账号是我申请的,用的是我的邮箱,和我的账号进行了私密关联,可以任意切换,只要她登录"M世界",我就会收到提醒,玩的哪款游戏,玩了多久,我都了如指掌。她的死跟《草原》有关系吗?

询问人:(你)为什么会这么问?

被询问人:你们刚才脱口而出,显然是经过调查吧。我见黎晓菲玩这个游戏,也去玩了两把,我觉得特无聊,还有,恐怖。

询问人:为什么恐怖,说清楚?

被询问人:定向删除记忆,还不够恐怖吗?虽然不知道具体如何操作,但我总觉得删除记忆跟摘除器官没什么两样。而且,我在《草原》聊天室听到不少负面新闻,有玩家控诉记忆力受损。对了,黎晓菲一定也是受害者,她玩游戏时间太久,太入迷,所以忘了我。游戏公司害怕情况泄露,影响他们赚钱,杀了晓菲。

询问人:警方办案不需要你指导。这次问话到此结束,后面我们还会继续找你。

以上内容均为事实。

被询问人签字:陆子昂

审讯室内,林迈和王越停止问话。林迈这才想起之前去找陈斌是想跟他汇报《草原》事宜,让他申请对《草原》负责人和技术部门进行调查——跟陆子昂的想法倒是不谋而合。

"大哥我可以走了吗?"陆子昂站起来问。

"坐下!喊谁大哥呢?谁是你大哥?"王越说。

"警察同志,我都坦白了,你们不得从宽啊?"

"想什么呢?我们将以私闯民宅和入室盗窃罪依法对你进行逮捕。你现在就祈祷黎晓菲买的衣服都不值钱吧,数额越大,判刑越重。"

陆子昂颓唐地坐下。

林迈跟王越交代了两句,让他调查一下案发当晚黎晓菲上班的写字楼附近的监控,说完正准备出门,陆子昂喊住他。

"警察同志,我能看她一眼吗?"

"想什么呢?"

陆子昂没理王越,直勾勾盯着林迈说:"我对不起她,那天晚上我说什么也不能让她走,如果我再坚持坚持,她可能就不会出事。"陆子昂边说边用脑袋撞审讯桌,"是我害了她!是我害了她……"

处理完陆子昂的询问工作已是后半夜,林迈走到警局的院子里,抬头看了看天,还是一片阴霾。他刚上车,腕机响了,是个陌生号。这么晚了会是谁?他想到韩晶,那个想要从他这里挖掘内部新闻的女记者。林迈当然记得韩晶,第一次打交道就能感受到她是无孔不入、无所不用其极的女人。林迈想挂断电话,想了想,还是接听了。

"喂?"

"我是芸,晓菲的室友,我们前两天刚见过。我想起来一件事,不知道有没有用?"

"您请讲。"

"双头蛇。"

"什么?"

"晓菲跟我们提起过几次,前段时间总梦见一条双头蛇。"

"这是什么?"

"我不知道。"

"还有吗?"

"就这些。"

"感谢您对我们工作的信任与配合。"

"没打扰你休息吧?"

"我还在局里。"

"我就猜你还没睡。"

"唔。"

"林警官,晚安。"

"嗯。"林迈挂断电话。现在的女孩越发捉摸不透,尤其处在周芸这个异想天开的年纪。刚上车,还没来得及点火,腕机再次响起,这次是王越。

"我刚收到小石头的信息,许萱萱有动静了。她还在明城,打了一辆出租车,小石头已经咬上去。"

"同步一下位置。"林迈说完准备挂电话,又补充一句,"跟小石头说,让他少安毋躁。"

"他又不是第一次出任务,没事的。"王越不以为然。

根据石文杰反馈的信息,许萱萱进入一家室内足球场。林迈看看时间,已是晚上十点多,这么晚去做运动,而且还是踢足球,不免让人奇怪。

球场位于槐安路与中华大街交口东北角,这是一幢三层楼建筑,一层是超市和底商(多以餐饮业为主,兼有药房、美容店),二层是KTV,三楼是足球场。林迈赶到球场时,王越和几个同事已经就位。

"我们比你早到三五分钟,一会儿的工夫,进去八个人了。"王越向林迈汇报。

"难道真是过来踢球?"

"八个人,男女老少都有,看他们的样子可不像踢球。"

"集会!"林迈想到周芸说过,许萱萱带她参加过集会。

"集会不该去教堂之类的地方吗,我还是第一次听说在足球场做礼拜,难不成他们信奉的神明是一位球星?"

"你就不能靠点谱?"林迈敲打王越,引申义与字面意思都有,"小石呢?"

"他在里面。三楼入口处有家台球厅,小石头和两个伙计在里面监视。"

"我们上去吧。"

虽然只有三层,大楼设计者还是贴心地准备了电梯,电梯位于北端,进电梯,首先映入眼帘的是KTV的广告页面,以加粗的字体写着多少钱多少小时欢唱体验。

"头儿,你信不信,这里面绝对有涉黄服务。"王越凑到林迈身旁说。

"你消费过?"

"这是常识,门头没有备注量贩式,就说明有陪唱,陪着陪着就成三陪了。"

"那你去端了吧。"

"你又不是不知道,这种营业场所普遍是地头蛇把持,没准有保护伞。再说了,这又不是我们辖区。"

电梯升至三层,一行人走出来,林迈让王越找找看三楼还有没有其他出入口,有的话派人堵住,又留了两个同事在正门盯守,自己进去一探究竟。这是一家综合体育运动中心,进门处是台球厅,有十几张台球桌,正对着台球厅是两个标准的篮球场,再往里走是羽毛球和乒乓球场地，最里面才是足球场，看样子应该是八人制场地。石文杰跟林迈抬抬手，正要张口，林迈比了一个噤声的手势。

深夜的体育馆寂静得让人陌生，平日里越是热闹的场所，夜深人静时越容易营造反差，比如医院、学校。除了足球场，其他场地的灯光都熄了。林迈慢慢往里走，看见球场边的绿网，网格防止足球踢出场地，确保其他顾客的安全，也无须跑远捡球。足球场有三四十名信徒，他们以开球点为圆心一圈一圈向外散开，他们坐落的形状并非同心圆，更像是鹦鹉螺形，圆心是一位中年男性，光头，戴着一副黑色泳镜。以光头男为起点逐渐向外扩散，许萱萱坐在第四圈的位置。他们双眼微闭，嘴唇轻微翕动，但是没有发出任何声音，除了坐在开球点的男人，其他人皆张开双手牵着就近的信徒。除了许萱萱，林迈还发现一副熟悉的面孔，是个惯偷，林迈逮过他几次。林迈一时想不起他的名字，只记得外号叫"空空"，他自诩偷盗技艺高超，自比为"妙手空空儿"。

林迈小心翼翼向前，自觉跟刚才一样谨慎，却暴露了，戴泳镜的男人突然转向林迈，其他人随着他的动作而动，齐刷刷睁开眼，几十个人异口同声："谁？"

"我是警察。"林迈吓了一跳，索性自报家门，"许萱萱，请你跟我走一趟。"

"我们正在'共联'，是无法分割的整体。"如果说他们中有人发现林迈，下意识问一句"谁"还情有可原，几十个人跟一个人似的张嘴说话，实是蔚为大观。

林迈只能理解为他们之前经常遇见被打扰的情况,所以准备了预案,提前记下这几句话。饶是见多识广和身经百战,林迈仍被他们的气势震慑,不自觉向后退了两步。恰在此时,王越和其他同事听见动静赶来。

"头儿,你没事吧?"王越站在林迈身后,望了一眼足球场,"这他妈是什么运动?"

"离开!"众人齐声道,同时站起来,牵着的手没有松开。

"你们想干什么?袭警吗?"

"我们不想伤害人类。"

"说的你们好像不是人一样。"王越说,"别故弄玄虚,让许萱萱跟我们走,就问几句话的事,请配合我们的工作。"

"我们先退出去。"林迈制止王越。

离开体育馆,才感到压迫感消失,刚才在足球场,林迈甚至呼吸困难。

"就这几个乌合之众,怕他们?"王越不以为然。

"这种信徒跟亡命之徒一样,什么都干得出来。我们知道许萱萱的下落就行,没必要跟他们死磕。"

"那我们守株待兔?"

"这不是守株待兔,这是请君入瓮。"

下半夜,众人鱼贯从体育馆出来,神色如常,跟普通人无异,远不像刚才那么超脱,或者麻木。许萱萱主动走到林迈面前,说:"林警官你好,我们去里面谈吧,这家咖啡很好喝。"

"你怎么知道我姓林？"林迈警惕道。

"刚才'共联'，有人传递了你的信息。你可能没认出他，但他对你印象深刻，他打点了不少人，唯有你刚直不阿。"许萱萱说。

"空空？"

"他传递的信息是'妙手空空儿'。我们边喝边聊吧。"走进咖啡店，许萱萱熟门熟路点了两杯拿铁，跟林迈相对而坐，她显然没有考虑王越和其他几位警员。

"你经常来这里？"或许是足球场的画面过于诡异，或许是许萱萱的举动让他捉摸不透，林迈想着迂回一下，循序渐进。

"第一次。"

"但你刚才说'这家咖啡很好喝'。"林迈说。

"这也是刚才'共联'，'粒子'传递的信息。"不等林迈发问，许萱萱解释道，"'粒子'是我们内部的称谓，每个人都是一颗粒子。"

"那'共联'就是牵手了？"

"是的，'共联'时，我们大脑中的信息会流动起来，谁也没有秘密。"

"你的意思是牵牵手就能心灵感应，跟群聊一样？"这听起来难以置信，难怪周芸把他们定义为"神神道道"。

"前提是你得相信。"

"就这么简单？"

"相信并不是一件容易的事。"

"心诚则灵对吧，但问题是你怎么知道我是不是真的相信？又没有可以检测和判断的标准。"林迈没有把话说绝,在他看来,许萱萱所谓的"相信"不过是自欺欺人。

"神知道。"许萱萱伸出右手说,"我们可以做个测试。"

林迈试探地握住许萱萱的手。

"回答我的问题:你相信这个世界上有外星人吗?"

"不相信。"

"你很诚实。"

"现在由我提问。"林迈获取了主动权,"你跟黎晓菲是室友,黎晓菲被害,你为什么离开合租房?"

"害怕。"许萱萱倒是毫不遮掩。

"害怕什么?"

"晓菲遇害这件事本身让我害怕,同时,我也害怕被凶手盯上,搬去跟父母住,工作也辞了,在家待着。"

"我们去过你家,你母亲称你和几个朋友外出散心,为什么说谎?"

"我不想见人,不想说话。"

"跟你今晚的表现出入很大啊。"

"每次'共联',每个个体都拥有群体属性,所以你现在看到的是复合的我,是几十个人组成的我。这种情况会维持一段时间,短则几分钟,长达数小时。所以,你想问什么要抓紧,我随时可能跌落回纯粹的个体状态。"

"我警告你,不要再跟我胡言乱语,如果你不配合,我只能请你回局里问话。"林迈觉得被许萱萱要了,他当然不相信个体可以拥有群体意识这种危言耸听的言论,但他能感觉到许萱萱强大的心理素质。

"不用握手,我也知道你不相信,但这就是事实。"许萱萱摸了摸后脑,"我注意到您没有购买这款电子设备,非常明智,'脑贴'会影响神经递质的表达与作用,是人类文明的桎梏。一旦加装'脑贴',我们就感受不到彼此的存在。"

"我们能不能谈论黎晓菲?"

"你见过周芸了吧,她告诉你的能够覆盖我知道的。"许萱萱说,"我还是想多说几句'脑贴',说不定跟案情有关。你知道脑电波吧?伽马波是其中一种,常常伴随着思考与意识出现,'脑贴'影响到伽马波的正常传输,人会慢慢变傻。去'脑贴',得自由。"

这怎么听都像是洗脑的传教,类似于"信××,得永生"之属,"××"可以是一切神,也可以是任何一个流行偶像。

"你是谁?"林迈突然问。

"我是许萱萱,也是空空,是所有人。"

"你到底是谁?开球点的人是谁?"

"我叫孑维烨。"许萱萱说,"如果你想找我,随时奉陪。"

林迈盯着眼前这个女孩,她正在若无其事地品尝咖啡,突然间,眼神慌乱,放下咖啡杯,站起来就走。王越等人也跟着站起来,堵住许萱萱的去路。

"喝完咖啡再走吧,如你所说,味道不错。"林迈端起咖啡杯,浅浅地啜饮一口,"我猜你现在是完全的个体了。你该不会跟梦游一样,忘记刚才做的事、说的话了吧？"

"该说的我都说了,其他我不清楚。我们只是住在一起,平时没有太多交集。不信你可以去问周芸。"许萱萱明显没有之前镇定,语速加快了。

不知是不是心理作用,林迈觉得许萱萱的声音跟刚才略有不同。什么个体、群体,林迈觉得不可信,许萱萱给他的感觉更像附身。

"即使你们关系一般,但毕竟在同一片屋檐下生活过,难道你不想尽快抓到真凶？我们找你只是希望了解黎晓菲的生平。就像朋友聊天,你告诉我,在你看来黎晓菲是个什么样的人就可以。"林迈不像刚才那么咄咄逼人,态度温和许多,试图让许萱萱重新坐回来,但是没有奏效,许萱萱发疯一样乱叫,根本没办法展开问话。

"头儿,怎么办？"

"给她父母打电话,先把人带回去再说吧。"林迈指示。

十几分钟后,许萱萱父母驾车赶到,把许萱萱弄上车。林迈见过许萱萱母亲,她父亲还是第一次打照面,老远就闻见他身上的药味——林迈不由自主想起方岩,那个发现黎晓菲尸体的老人,他也在药厂上班。两位老人心疼女儿,但敢怒不敢言,没有对林迈等人大喊大叫,只是用怨恨的眼神剜了他们一眼,迅速离开现场。

找许萱萱问话本来只是一个流程,林迈并没有期待收获多少有用的信息,没想到遇见这一幕,回想足球场上手牵手的长龙,林迈还是有些不自在,就像脖子里溜进一根头发,能感觉到摩擦和瘙痒,却掂不出来。

路上，林迈和王越一起乘车，两人又谈起电梯里的话题，王越说："头儿，你说为什么黄、赌、毒无法根治？听听我的看法，一般人拿到这个问题通常会从供需关系解读，认为有市场，就有买卖。我分析，人们之所以追逐黄、赌、毒是本性，是宇宙的熵增，人都是向坏的。你看过《大逃杀》吗？一旦把人类放在道德和法律真空的荒岛，人性就会展露出残忍、自私、卑劣的一面，但残忍、自私、卑劣才是本性，只不过一直被道德、法律、舆论压抑。所以不管多大力度的查处，都难以剿灭黄、赌、毒。"

"我看过。"

"什么？"

"《大逃杀》。"

"我忘了你爱看电影。"王越说，"所以你认同我的观点吗？如果嫖娼不犯法，像中国古代的勾栏，像一些西方和东南亚国家，你会不会纵欲？"

"你一天到晚脑子里都想什么？"林迈厌恶地看了王越一眼。

"要不你握握我的手，咱俩'共联'一下？"

"回家找于楠亲热，少跟我腻歪。"

"唉。"王越突然叹了口气，神色颓唐，"不怕你笑话，我俩小半年没有互动了。"

"互动什么？我只听过亲子互动，不知道还有夫妻互动的项目。"

"装。"

"真不知道。"

"再装。"

"啊。"林迈恍然大悟,他自从大学毕业后就再没谈过恋爱,严格来说,大学四年也没有捅破那层窗户纸,只是跟一个彼此都有好感的女生走得很近,发乎情止乎礼,两人说过最露骨的话就是"I miss you",唯一的肢体接触就是散伙饭后借着酒劲长久拥抱。I miss you,从"我想你"变成"我错过了你"。"虽然这方面我没有经验,但半年有点说不过去吧?还是说,七年之痒,到婚姻的某个阶段热情都会搁浅哪?"

"我也不知道,两个人并没有特别尖锐的矛盾,生活节奏跟从前一样,就是提不起房事的兴趣,当然有生理需求,但宁愿自己发泄,也不想找她解决,想到'滚床单'就觉得累,心累。慢慢一个礼拜、一个月、三个月、半年,后面估计还会有一年、两年,谁知道呢,总之我不主动,她不要求,相安无事。我上网查过,像我们这种无性婚姻并不罕见,许多中年夫妻因为生活压力或者其他问题渐渐不再有床笫之欢。我分析,也许生活中总是有这样或者那样悬而未决的大事小情,人们也会给自己设定或近日或远期的目标,如果问题没有解决,目标没有达到,就无暇他顾,就像是节点,到不了某个节点,就无法往后进行。我们现在的节点就是房子。你可能会说,没有房子,日子还不过了吗?真正发生在你身上,就不会这么说了。"

"王越。"

"没事,你不用安慰我,我难过难过就不难过了。"

"我是想说,到家了。"

"这不是我家啊!"王越落下玻璃,望着窗外说,"这是你家呀。"

"对,我到家了,你打车回去吧。"林迈说着停在地下车库门口。

"不是,你真把我搁这啊?"

"你要是不下我就开进去。"

"行。"王越放狠话,"下次你坐我的车,看我怎么炮制你。"

回到家,林迈冲了个凉水澡,本来也没有困意,洗完澡更加清醒,看看时间,几近午夜,林迈踱步到客厅,语音打开全息影像设备,重温《大逃杀》。全息电影与3D电影不同,播放时,场景和人物就围绕在身边,触手可及。电影中,当生存沦为第一要务,人类与其他动物一样,灭绝人性,只剩兽性,因为人性是不利于生存的,善良、热心、同情、奉献,只会置自己于险地。

躺在床上,林迈回味剧情,剧中人的五官替换成了他和身边的熟人,有王越,有陈斌,有方灵,有老范,还有目前正在调查的案子中涉及的人员,包括死者黎晓菲。当许萱萱出现,她径直走到林迈身边,握住他的手,问道:"你相信这个世界上有外星人吗?"

翌日清晨,林迈刚到分局,看见门口站着两位穿便服的陌生面孔。虽然对方没穿警服,但林迈一眼就认出他们是警察,至少当过警察,说是慧眼如炬也好,说是同一个行业心有灵犀也罢,林迈笃定。各个分局之间经常会相互有业务往来,这两位一看就不是善茬。

"请问是林迈警官吗?"其中一位问道。

"您好。"

"我们是驻局纪检组的,关于'4·14案',有些情况需要跟你了解一下。"

"去审讯室?"

"不用,就去二楼东头的小会议室就行。"

驻局纪检组名义上是市纪委的派驻机构,人员基本都是原来市公安局的警察,工资也是市公安局发,但是组织关系在市纪委,主要调查警局内部人员违法违纪问题。

到会议室,其中一个人做了自我介绍,又介绍了他的同事。林迈没听进去,还是以同志相称。林迈知道他们迟早会来,今天见到,反而踏实。

"林警官不用着急,我们也当过刑警,能够站在你的立场考虑问题,你有什么都可以和我们讲讲,兴许能帮上忙。"其中一位同志说,"我先帮你简单回顾一下案情,今年4月14日,警方在某小区化粪池发现不明尸块,成立专案组,由林警官挂帅。不到两周就破获这起案件,经查,此案有四名犯罪嫌疑人,目前已有三名落网,抓捕行动当天,你率先到达嫌疑人的藏身窝点。请问,你到达时,现场一共几人?"

"三个。"

"我再问你一遍,一共几人?"

"你再问十遍,也是三个。"

"到底几个,老实交代!"另外一位一直没有开口的调查员突然大声质问。

一个唱白脸,一个唱红脸,一个震慑,一个哄骗,向来都是这套组合拳。

"我们今天来找你,是想证明你的清白,前提是你得配合。"

"我非常配合,有一说一,有三说三。"

"林警官,这不是你第一次跟驻局纪检组的人打交道吧,你应该清楚我们的流程,没有掌握一定的证据,我们不会贸然打扰你,把你叫到会议室,是为给你悔过的机会,毕竟我们是自己人,不想做得太过分。"

"你们想让我说什么,说付辰骁是我给杀了,毁尸灭迹?我根本没有见到他。"

"你之前做过什么心里清楚。"唱白脸的人开始发难,"你那天为什么脱离警队,单独行动,难道不是想滥用私刑?"

"我并没有脱离警队,而是我有把握搞定这群人,所以没有等待支援。"

"我相信你一个人能打四个,或者更多,但你有没有想过,如果对方持有杀伤性武器,你一个人可能独木难支,就算你胸有成竹,但是对方见你一个人肯定不会轻易就范,难免会发生武力冲突,就像这次,结果就是你承担了风险,犯罪嫌疑人也被打伤,如果你等同事们到齐,一起行动,他们大概率会缴械投降,如此一来,双方都不会受伤。"

"时间紧迫,我不确定这些人会不会逃走。"

"分明就是狡辩,你就是觉得这些人犯了滔天大罪,罪该万死,但他们也是人,也有人权,你们的任务是逮捕犯罪分子,不是惩罚。"

"我该说的都说了,你们可以去核实。"林迈站起来,留下两个驻局纪检组的工作人员面面相觑。

林迈极力忘记那件事,纠缠了他十几年的噩梦的肇因,经过两位的提醒,林迈不得不再次面对过去。过去,从来都不会真正过去,只是偷偷蛰伏。

从分局出来,阳光正好,街上的行人来来往往,林迈站在路边,望着这些活在自己世界的人们,觉得每个人都比自己幸福。这是一种心灵自残,但忍不住这样想。看着看着,其中一人突然着火,朝他扑来,林迈连忙躲闪,发现其他人一个接一个自燃,瞬间缀成一片火海,林迈逃无可逃,被大火吞没。林迈放弃抵抗和逃跑,就让追逐了十几年的火人复仇吧,让他把当年的大火烧到自己身上,奇怪的是,当他下定同归于尽的决心,火光却退去了。

街道和人群恢复正常,又是普通而独特的一天。

3.1 陈斌的一天

早六点半,陈斌被闹钟叫醒,准确地说,陈斌在等待闹钟叫醒自己。

最近两个月,陈斌几乎都在六点前自然醒来,醒来又不想离床,就闭眼假寐,虽然不管怎么努力都无法重新进入睡眠,但他选择以这种方式对抗,直到闹钟响起,他才告别温暖的被窝,开启一天的生活与工作。

今天是8月1日,建军节,对陈斌来说是具有特殊意义的一天。三十多年前,他在浙江舟山当炮兵,在那座潮湿、温暖又遍布蛇虫的岛屿上度过了人生最好的五年,复员后,陈斌先去了武装部,后转业到公安局。

早餐是随机的——陈斌去年订阅了"每日早餐",无人机会在清晨六点五十分准时把早餐投递到窗口的置物篮,取出之前,陈斌也不清楚会吃到什么。当然,随时可以调整送餐时间和品类,不过自从订阅,陈斌再也没有修改过参数。今天的早餐是鸡蛋灌饼搭配红枣豆浆。因为陈斌设置过"三高患者"的选项,豆浆只是模拟了红枣的口味,并不真的含有红枣,否则对他(的身体)来说,太甜了。

吃完早饭,陈斌换上便服,乘电梯下楼,走到非机动车车库,推出自行车。没错,副局长的交通工具是一辆自行车,而且是样式花哨的山地车,轮胎有小腿那么粗。这辆车是他送给儿子的十八岁礼物,没多久,儿子就去国外念书,车子搁浅在地下室。又过了两年,妻子去国外陪读。他以为自己会孤独和思念,像一个可怜的空巢老人,结果并没有太多伤感和不适,他都觉得自己铁石心肠,可这就是不容置疑的事实。有一年春节,他实在闲得没事,来了一场大扫除,收拾完屋子还不过瘾,又去折腾经年未去的地下室,看见这辆车子。鬼使神差一般,陈斌把车子推出来,仔细擦拭,打足气,擢升为自己的座驾。他刚开始图个新鲜,没承想几年如一日地坚持下来。许多事情都是这样,煞有介事地想要在某个领域闯出一番新天地常常无功而返,抱着试一试、不行就撤的心态开启一段旅程有时反而会走到底。

七点十分,陈斌在路上。

连续一个多礼拜,天空阴沉着脸,天气预报说北方的雨季就要来临,提醒广大市民和有关部门做好应对措施。"有关部门"这四个字,陈斌再熟悉不过,在很多语境中,他所在的公安局也是有关部门,他经常也要跟有关部门打交道。

城市逐渐醒来,到了七点半,车流如织,非机动车道上的自行车和电动车热闹起来,路口等红灯时,总能堆积数十辆。虽然是骑自行车,陈斌也戴上头盔,安全第一,但路上许多骑电动车的人都没有他的觉悟,还有不少人把头盔放在车筐或者挂在车把上。陈斌有心呼吁一声,又觉得无济于事。经过路口时,他看到有交警执勤。明城在2010年左右建设了一批警亭,多位于主要交通道路的路口,里面驻扎交警,负责交通疏导、查酒驾、查非法营运车辆,同时也分担车管所和交管局的部分业务,比如车辆违章处理和换驾照等。这本来是一件好事,增强市民的安全感,但近几年出现一些不和谐的声音,指责交警过度执法。

陈斌停在交警面前,说:"同志你好,现在市里正展开'一盔一带'的行动,你看,这么多人不戴头盔,怎么不管呢?"

"管不过来。"交警说。

"管不过来,就不管了吗?"

"那我有什么办法,总不能把人都拦停吧。前两天我查了一个,人家说上班马上迟到,跟我喊起来,最后还把我举报了,你让我怎么管?"

"不是说谁举报谁就有理,你没做错,被举报了领导也不能批评你啊。"

"领导倒是没批评,只是说文明执法。您体会体会?"

陈斌自讨没趣,骑车离开,听见背后有人声讨"老年人就是爱管闲事",也不知道是刚才的交警吐槽,还是路过的没戴头盔的电动车骑行人抱怨。

到了分局,陈斌停好车,去办公室更换警服,刚点了一根上班烟,就有人推门进来。不用想,陈斌也知道是林迈,整个分局只有他把陈斌的办公室当成自家客厅。

"来挺早啊。"陈斌说。

"我就没走。"

"熬了一夜?"

"在车里眯瞪了会儿。"林迈不再寒暄,"我们走吧。"

"去哪儿?"陈斌一头雾水。

"你怎么也健忘了,昨天下午你不是跟我说去见《草原》负责人吗?"

"我可没忘,但现在才几点?"

"我好不容易挤出的时间,赶紧的。"林迈说完就往门口走,"我去停车场等你。"

"怎么着你也得让我把这根烟抽完啊。"陈斌让林迈坐下说话,林迈头也不回地离开。对此,陈斌早已见怪不怪。

前几天,林迈找到他,要求会见《草原》的负责人。陈斌当时没有反应过来,以为《草原》是一款全球发行的游戏,负责人不一定在地球哪座城市,没想到林迈做足准备功课,制作《草原》的奥创科技公司就位于明城,但奥创科技公司官网没有公布电话、邮箱等联系方式,林迈让石文杰查了很久,也没有进展,只好求助陈斌,希望他能动用一些关系。陈斌知道林迈轻易不求人,一旦找到他,就是走投无路了。陈斌找到上级,打了报告,领导非常重视"7·15浮尸案",开了一路绿灯,帮他们约到奥创科技公司的负责人穆梁,同时打听到奥创科技公司来头不小,不是普通的创业公司,而是政府扶持的项目。

林迈开车载陈斌直奔机场,与穆梁会面的地方约在明城国际机场的贵宾休息室。穆梁行程安排密集,只能逮着他去外地出差的间隙进行谈话。

路上,陈斌关心林迈,问他驻局纪检组的调查结果,林迈说,这些人且得磨呢。

"你跟我说实话,付辰骁是不是你杀了?"

"你倒是说说,为什么怀疑我?"

"你第一个闯入抓捕现场,有时间也有能力杀死付辰骁,最重要的是,身为刑警中队副队长,你有足够的反侦查能力和便利条件,可以神不知鬼不觉地处理尸体。"

"我是警察,怎么会杀人?虽然我很想这么干,但我拎得清轻重缓急。我的确第一个到达抓捕现场,但那时付辰骁已不知所终,其他三名嫌疑人可以作证。"

"好,我相信你!"陈斌说,"你给点反应啊,我为了你可是力排众议。"

"你刚不还怀疑我吗?"

"我这不是怀疑,是考验,恭喜你,通过考验。"陈斌说,"我记得你刚来分局时,我就跟你讨论过这个问题,当时你说吃不准,现在呢,有明确答案了吗?"

"我都不知道你在说什么。"

"人之初啊。我都记着呢,你忘了啊?"

"那你直说啊,打什么哑谜!"林迈说,"干了十几年刑警,我相信,人之初,性本恶,每个人生来都有兽性,兽性是主宰人们生活的本性,慢慢地,会被后天习得的人性所压制。那些凶残的暴徒都是兽性成灾,人性在他们身上没有落户。所以,我认为最稳妥的办法就是将其铲除,不留后患。"

"这些话千万别跟驻局纪检组的同事们说,否则没嫌疑也成有嫌疑,没问题也成有问题了。"

林迈刚来分局时,陈斌还是一名中队副队长,报到当天,他们正好出警,逮捕一名藏匿在家具村的人贩子。巧合的是,人贩子认为林迈好对付,让他留下谈判。那天晚上,陈斌和林迈就性本善还是性本恶展开讨论。提这件事,说明陈斌还是有点不放心,或者说,怀疑林迈非法监禁付辰骁,想要旁敲侧击一下。

林迈看了陈斌一眼,没有说话。

机场的工作人员驾驶电瓶车,把陈斌和林迈送到休息室,里面除了穆梁,还有一位身穿职业装的女性。由于近些年化妆品和保养技术的飞升,二十到四十岁的女性乍看上去没有太大区别,陈斌无从分辨对方的具体年龄。她自我介绍叫孟晓,是穆梁的秘书。穆梁坐在沙发上,面前的茶几上摆放着一副简易的茶海,他神情专注地洗茶、泡茶。孟晓请陈斌和林迈坐下。穆梁见到警察后的反应很平常,要么他心无旁骛地生活在自己的世界,要么有恃无恐。陈斌不至于官僚到让穆梁起身迎接,但这是最基本的社交礼仪吧。

"两位警官请。"穆梁给陈斌和林迈一人倒了一杯茶,"这是明前特级西湖龙井。"

"多谢款待。"陈斌端起茶盅,细细品尝,林迈却不领情。

"几点的飞机?"穆梁问孟晓。

"十点二十六分起飞,十点登机就行。"

"那我们还有——"穆梁抬起腕机看了一眼时间,"二十分钟。你们有什么问题?"

"麻烦您讲一讲《草原》删除用户记忆的机制。"林迈开门见山。

"抱歉,这是我们公司的机密。"孟晓替穆梁回答。

"这件事或许跟一起命案有关,请你们配合。"林迈不卑不亢。

"无可奉告。"穆梁耸耸肩膀。

"我们的游戏经过审核和备案,没有违规的地方,而且我们并没有删除用户的记忆,只是用户在玩游戏时,游戏中的经历没有写入用户大脑。"孟晓在旁补充。

"孟晓……"穆梁叫停她的解释,"如果两位只有这一个问题,谈话可以结束了。"

"结不结束由我们说了算。"林迈说。

"怎么,你还想扣押我们?请问,你有这个权利吗?我们做什么违法犯罪的事情了?"穆梁一连抛出三个问句。

陈斌连忙从中调停。他跟领导请示的时候,领导就指名让陈斌去现场坐镇,千万不要刁难穆梁,对方是对明城有杰出贡献的珍贵人才。陈斌当时还觉得小题大做,见到穆梁,才发现领导英明,如果他不在现场,林迈很可能跟穆梁不欢而散。陈斌按住林迈,对穆梁说:"不好意思,我同事有些性急,请穆先生见谅,知道您忙,好不容易抽空见一面,我们还是希望有见一面的作用,不想再打扰您。"这几句话说得很清楚,如果穆梁今天不吐出点有用的信息,他们还会继续找上门,他们当然没有权利扣押穆梁,但穆梁有义务配合警方调查。

"我可以告诉你们,但你们必须保密,假如泄露,我肯定起诉你们。"穆梁操控腕机,生成一份保密协议,陈斌和林迈签署后,穆梁娓娓道来,"《草原》的机制是'副脑',所谓'副脑'就是采集用户意识,所有的游戏场景、对话都作用在'副脑',游戏进行时,'副脑'会与玩家的大脑产生量子纠缠,等于真正的感同身受,退出游戏,量子纠缠就会消失,加载于'副脑'的数据随之消散。"

"这么干不会影响玩家的神经系统吗?"林迈抛出第二个问题。

"当然不会,我都说了所有数据都是写在'副脑'上。"

"但是有玩家因为沉迷《草原》造成记忆力下降和记忆缺失的情况,这个你们怎么解释?"林迈揪着这个问题继续深挖。

"这种情况的肇因不是《草原》,而是源自虚拟实境游戏本身的弊端,任何一款虚拟实境游戏,本质上都是提取玩家的意识,投射到赛博世界,难免会对脑神经造成损害。你们登录'M世界'时一定没有认真观看须知,上面有风险提醒。"

"穆总,时间差不多了。"孟晓对穆梁说。

"那我先走了。"穆梁站起来,指着茶海说,"哦,我已经付过钱,你们不赶时间的话可以再喝会儿茶,明前特级西湖龙井好几千一斤呢,不要浪费。"

穆梁和孟晓结伴离开。

陈斌若无其事地坐下,悠然品茗。

"你还真喝啊?"林迈说。

"不是我说你,太激进,一点都不婉转。"陈斌说,"这种人每天都跟身价上百亿的商贾或者明星政要打交道,久而久之,自然就跟我们这些凡夫俗子有一道沟壑。你激怒他没有任何意义,稍微掌握点语言的艺术就能让他开口,我们的目的不就是为查案吗?对了,你问他这些跟查案有什么关联?"

"我也不知道。"

"看看,跟我还犟。"

"我真不知道,"林迈说,"黎晓菲生前沉迷《草原》,提到过双头蛇的意向,我让石文杰调查了这款游戏,发现记忆删除的疑点,加上方灵在黎晓菲大脑发现大量 5-HT2A,我推测可能跟《草原》有关。"

"5什么2什么?"陈斌没听清那一串字母。

"跟你说了也不懂。你慢慢喝吧,我先撤了。"

"走走走,一起走。"陈斌站起来,不忘喝干茶盅里的香茗,"你去哪儿?"

"正好来机场了,我想顺路去趟忠县,找黎晓菲母亲聊聊。"

"你不是顺路,是早就规划好了吧。"陈斌一听就猜到林迈不可能临时起意,这么远跑一遭机场,一定提前安排好后续的行程,"不好意思打乱你的如意算盘,你还得先送我回去。"

"打车吧。"

"我就知道你不送。"

"那你这不是自取其辱吗?"林迈说完,不等陈斌回话,大踏步离开机场,他的背影很快就被机场的乘客淹没。陈斌苦笑一声,更多的是欣慰,曾几何时,他也跟林迈一样,枪林弹雨,一往无前。他现在的角色更多是后勤工作者,下属需要什么,他就提供什么,保障他们的工作更加平稳和流畅展开。机场有回市里的大巴,陈斌扫码预约,买票,坐车。回到警局,刚好赶上食堂开饭。可能是多喝的几盏茶刮净了肠胃的油脂,陈斌饥肠辘辘,直接去食堂,打了三两米饭,风卷残云。吃完饭,回到办公室,陈斌把躺椅靠背放倒,抽出座位下面的横撑,办公椅变身为简易床。如果说什么事是陈斌每天必须要做的修行,大概只有午休。他刚睡着,座机响了。这年头,座机等同于对讲机,只是为了方便部门内部联络,大概只有他们这种机关和酒店还保留着座机的"编制"。分局的人都知道陈斌午睡的习惯,绝少在这个时候去触霉头,除非十万火急。陈斌接电话,号码却不是分局办公室的,而是来自上级。陈斌立马打起精神。领导只有一句指示,不要为难穆梁。

　　陈斌马上想到,可能是上午的会面,林迈的直来直去惹怒了穆梁,只是陈斌没有想到,穆梁竟会跟他的领导告状,而且这么快就反馈下来。领导讲完这一点,又对陈斌近日的工作提出一些批评和建议,主要是针对"7·15浮尸案",这起案子影响恶劣,由案子引发的社会反响尤其激烈,让他想办法平息,另外查案要讲究方式方法,不要不分青红皂白地把所有与案子相关的人员置于对立面。陈斌只能称是。

　　挂了电话,陈斌睡意全无,之前也是陈斌跟领导请示,调查穆梁和《草原》,领导批准,现在又是领导特地叮嘱,中间发生了什么,领导没有明说,陈斌也不会细问,这是一种职场的默契,对于上级的命令,他们只需要执行,不需要理解,更不应该掺杂个人意志。按理说,陈斌应该跟林迈通知一声,他想了想,觉得没必要,有事他兜着,尽量不要打乱林迈的节奏。

下午,陈斌处理了一些日常工作,无外乎开会、开会、开会,代表分局去市里开会,又作为代表参加普法宣传的会议,回到局里,还要开会,布置工作。五十岁之前和过了五十岁,陈斌对开会的理解全然不同。发一封邮件、说两句话就能解决的事,非要把人们召集在一起,好像显得重要和重视。陈斌觉得就是一种微型的刻奇①,浪费时间,但又不能不开会,这已经成为人们工作的方式。

陈斌回到办公室,批示了几份文件,其中一个案子吸引了他的注意,是关于"4·14案"的结案申请。这个案子比较特殊,一是案件本身令人发指,一是犯罪嫌疑人中有一名不满十四周岁的未成年人。从案发到破案,林迈只用了三天时间,追捕那个在逃的未成年人却花了三个多月。是继续花费时间、人力、物力、财力搜捕这名罪犯,还是放之任之,这是一个问题。按理说,肯定要继续对在逃的犯罪分子施加压力,但事已至此,警方已经尽力了,还有其他案子需要办理,比如眼下更加紧迫的"7·15浮尸案",势必要做出取舍。另外,还有一个不得不考虑的原因,即使找到那个未成年人,除了司法教育和口头警告,似乎也不能对他做出更加严厉的惩罚,甚至不能把他关进少管所②。

距离下班还有段时间,陈斌在办公室沉思,桌面上有个牛顿摆,

---

① "Kitsch"的音译,意指"自媚"。
② 少年犯管教所是对已满十四周岁、未满十八周岁的少年犯进行教育、挽救、改造的场所。

他轻轻拨动最右边的小球,砸向中间的小球,这颗小球纹丝不动,左边的小球高高飞起。他觉得自己就是中间那颗球,负责交换上头和下面的动量与势能,他既不能向上司诉苦,也无法跟下属抱怨。

自从当上副局长,陈斌还没有正点下过班。有些不着急的事情他完全可以等第二天再处理,甚至有同僚告诉他,有些事要故意压一压,不能太快回话,否则会显得敷衍。陈斌瞧不上办公室政治那一套,他希望自己负责的部门和人员可以简便顺意地流转。

晚上八点左右,陈斌终于结束今日工作,换了便服,骑车回家。路上,陈斌经过一家新开张的烤鸭店,闻起来喷儿香,馋得走不动道。取餐窗口排起长龙。他深知烤鸭过于肥腻,不适用他年久失修的肠胃,但他今天豁出去,排队购买一只,回家用微波炉二次加热,外皮没那么脆了,但咸香的味道还是充分俘获他的味蕾。

吃完饭,陈斌心满意足地打了个饱嗝。这几年他一个人生活,衣食住行各种凑合,晚上经常以一杯牛奶和两块苏打饼干果腹,很久没吃过这么高热的晚餐。陈斌照例去小区对面的街心公园遛弯,以额头沁出微汗为宜,回家洗个热水澡,进入一天之中最美妙的时光:写作。

没人知道,也不会有人想到,除却公安局局长的身份,陈斌还是一名文学工作者,从事的类型是非虚构,他把经历过的案子改写成文学作品,给读者敲响警钟。陈斌刚开始写东西只是心血来潮,没想到获得平台和大众青睐,一直被催更。第一篇作品发表时,陈斌犯了难,想不到一个合适的笔名。也是机缘巧合,他从书架找到一本《读者》,翻开卷首语,作者是佚名,他灵机一动,索性照搬。

陈斌公务繁忙,写作本是消遣和纾解,产量并不高,没想到越写越上瘾,每天晚上都要在电脑面前盘踞两个小时,这两个小时他就是造物主,掌管着整个宇宙的生杀大权和兴亡盛衰。有时候,两个小时可以创造出一千多个字块的故事贴片;有时候,两个小时连个屁都憋不出来。在他看来,那都是正常现象,符合他的写作观:不管产出如何,必须得有值守。这是他为文学的站岗。

那天晚上,陈斌文思泉涌,噼里啪啦敲出三千多字,远超他的纪录。他原本以为,今天心情不佳,会影响发挥,没想到反而助推了一把。他顿时明白为什么自古以来许多创作者都是在逆境时爆发出名篇佳作,贬谪、失意、悲伤、痛苦、无助都是写作的催化剂。陈斌重读一遍,发现惨不忍睹,那些看起来肆意洒脱的文字不过是无病呻吟罢了。他狠心把劳动成果归零,但这并没有过多地影响到他的心情。望着吃掉文字的闪烁的光标,陈斌预感,它很快就会吐出一篇杰作。

4. 舆论

一段录像：

Rec：2034年7月12日23：31

黎晓菲从长安广场正门走出，来到马路边，停下。

黎晓菲举起腕机。

黎晓菲低头操作腕机，两分钟后，抬起头，向道路东头张望。

黎晓菲举起胳膊，放下，举起，放下，反复操作数次。

黎晓菲触摸耳后，接听，(听不清具体内容，但神情激动)十几秒钟后，挂断。

监控时间23时36分，一个人影冲入画内，迅速靠近黎晓菲，是陆子昂。陆子昂与黎晓菲激烈地交谈，两人肢体幅度很大，陆子昂突然跪在地上，抽自己耳光。黎晓菲转过身，陆子昂跪着挪动到她面前。陆子昂抱住黎晓菲的双腿，黎晓菲无法挣脱。路人经过，黎晓菲向路人呼救，第一个经过的男人迅速跑开，第二个、第三个亦是如此，第四个和第五个是两名穿校服的中学生，他们上前扳开陆子昂，将黎晓菲护在身后。陆子昂向两名学生叫嚣。

这时，一辆黑色雷克萨斯RZ450e停在长安广场门口。

黎晓菲在中学生的护卫下，拉开车门，没入车内。

汽车发动。

陆子昂追车。

汽车驶出画外。

定格。

可以看清车牌号：明AM9527H。

车牌号为明AM9527H的黑色雷克萨斯行驶在南二环沿线,一辆奥迪A6紧紧咬住。奥迪的司机是王越,坐在副驾驶上的则是林迈。这算公事,油费得报销。王越同样没有加装自动驾驶系统,那套设备免费,但每年要交一笔立体交通网格使用费。王越觉得不值,为买房,他节衣缩食。根据陆子昂提供的信息,他们调取长安广场门口的监控,发现黎晓菲遇害当晚的影像与行踪。林迈和王越找到嫌疑车辆,没有直接抓捕,而是跟踪。长安广场门口的监控并入"天网"系统,他们有权直接查阅,如果是私人摄像头,还要打申请、走程序。

"距离我的推理越来越接近,"王越有些兴奋,"开车的一定是黎晓菲同事,他在等黎晓菲下班,然后送她回家,路上图谋不轨。"

"何以见得?"林迈反问。

"这不是显而易见吗?第一,知道黎晓菲加班,第二,提前在公司楼下等候,除了黎晓菲同事,还能有谁?黎晓菲跟陆子昂分手,正处于感情空窗期,考虑到她对陆子昂坚决的态度,说明她很可能被后来者乘虚而入。注意我的措辞,一语双关。"

"如果是网约车呢?"林迈一句话堵死王越的长篇大论。

"也不是没有这个可能,但我坚信直觉。再者说了,谁用雷克萨斯跑出租?"王越似乎发现新大陆,颇为得意,"对,没错,没人会开雷克萨斯跑出租!这不合常理。"

"破案靠证据,不是直觉。"林迈拍拍王越肩膀,"我之前办过一个案子,嫌疑人开保时捷载客,跟乘客说他是某某集团接班人,开出租是他的消遣,他喜欢跟陌生人聊天,借此锻炼交际能力云云,至少有一打年轻貌美的女性主动与他发生关系,甚至支付房费。后来查明,这辆车是他租赁的道具。你知道最恶心的是什么吗?我们查明他的所作所为,却无法定罪,没有任何明文规定禁止说谎,而他也没有骗取受害人的任何财物。"

"不犯法吗?"王越说,"这种性质更恶劣、更恶心,我最瞧不起招摇撞骗的不法分子。"

"你注意到我刚才说的是嫌疑人了吗?你也注意你的措辞,不法分子的帽子不能乱扣。我们负责逮捕,定罪是法官的职责。"

"我们现在怎么办,别停吗?"王越问林迈。

"不急,先跟着。"林迈吩咐王越。

"头儿,不是我抱怨,有机会也应该让新同事锻炼锻炼,不能老摁着我们老同志摩擦,人和机器一样,都有损耗。"王越言下之意,这次出任务,林迈没有找石文杰。

"石文杰有其他安排。"

"打游戏也算工作啊?"王越知道林迈让石文杰研究《草原》。

"你今天怎么这么多废话?"林迈瞪了王越一眼。

"得,我闭嘴行了吧。"

十分钟后,雷克萨斯下了二环,顺平安大街笔直向南,行过两个红绿灯,搂到中山路,又向西行到体育大街附近,在一家名为"迈阿密国际"的酒吧门口停下,门头有一只闪烁的粉红色火烈鸟招牌,流光溢彩。五分钟后,两个穿着清凉的女孩嬉笑着拉开车门,一前一后钻进去。雷克萨斯发动,沿体育大街一路向北,驶到老钢厂附近,拐进非机动车道,扎入钢厂烟囱投下的巨大阴影中。

"没跑了,就是这孙子。"王越有种梦想成真的冲动,"这孙子又要犯案,还是俩。"

林迈理解王越的心情,刚干刑警那会儿,他也有这种迫不及待的冲动,锁定嫌疑人、逮捕归案、沉冤昭雪真相大白,就像作家完成一部心仪的小说,并得到市场的检阅,收获热烈反馈。时至今日,林迈早已不再兴奋;不兴奋不是说累了、疲了、麻木了,而是他深知,刑警的工作治标不治本,城市还会滋生层出不穷的罪恶。人性如此,颠扑不灭。

"再等等。"

"不能再等了,危在旦夕啊。"

"你看。"林迈指着剧烈而规律摇晃的车身说,"这个节奏和幅度,你没有一种熟悉的感觉吗?"

"我感觉一点也不熟悉。"

"汽车,震动。"林迈提醒王越。

"林队,你到底想说什么?"王越一脸茫然地看着林迈,"震动就是嫌犯正在动手杀人啊。林队,你今天到底怎么回事,以前枪林弹雨都往前冲,今天有点拉胯啊。"

"我都说了注意节奏和幅度。"林迈把两个名词咬了很明显的重音。

"都什么时候啦,你就别跟我打哑谜了。"

"汽车,震动。"林迈把名词和动词又说了一遍,他对于这种事有种天然的排斥和羞赧,甚至连身上那些冷硬的刑警光辉都暗淡了。

"妈的!"王越一拍脑袋,恍然大悟。

"没错。"林迈长吁一口气。

"那我们得等到什么时候?"

"这得看目标人物的身体素质。"林迈不愿多想这些勾当,让王越盯着汽车,他打了个盹。连日来,林迈都是抓取碎片时间拼凑睡眠。

一秒入梦。

林迈又看见那个着火的背影,在冰冷星光照耀下、空无一人的长街上,那个挥之不去的勾魂使者。林迈控制不住自己的步速,也无法回头,只能等着火影追上自己,燃烧自己……

"林队。"王越推醒林迈,"车发动了。"

"盯住。"

雷克萨斯重返城市主干道,差不多二十分钟后,停在一个小区门口,两个女孩完好无损地下车。车没走多远被王越别停,林迈和王越下车,上车,控制司机。

"你们干什么?"司机大喊大叫。

"别嚷嚷,我们是警察。"王越亮出警官证,"老实点,问你什么说什么。"

司机看上去二十出头,跟一般出租司机不同,他穿的是西装,头发也经过精心打理,涂抹了油亮的发胶,身材可以,形象不错。仪表盘上面架着一排显示器贴片,其中一只是行驶地图,其他显示器的画面对准副驾驶,王越那张大脸出现在一群显示器上,有些变形。

林迈扫了一眼,看见几个直播页面都挂着"抢庄牛牛"的竞彩链接。

"把这破玩意儿关掉。"显示器里的王越指着屏幕说道。

司机乖乖照做,王越和林迈还没来得及询问,他竹筒倒豆子,把自己的勾当毫无隐瞒地奉上。司机是一名主播,靠打赏挣钱,拉活只是副业。

"谁愿意看开车?还打赏?"王越梗着脖子反问。

"不是那个开车,是那个'开车'。"司机怯怯懦懦地解释。

"先问正事。"林迈提醒王越。

王越拿出黎晓菲的照片问司机:"见过她没有?"

"没印象。"

"给你提个醒,7月12日,晚上10时许,长安广场楼下。"

"哦,我想起来了。"司机一拍脑门说,"那天晚上我在长安广场接单,她叫的车。我们是闹了一点误会,但并不是我的原因啊。"

"具体怎么回事?"林迈问道。

"肯定是她投诉我了,对吧?警察同志,这是倒打一耙,你们一定要调查清楚。"司机哭诉道,"一上车我就跟她说清楚,我问她我开着直播,如果介意可以不坐,但她没有拒绝,快到目的地,却说我侵犯个人隐私,要报警,要求立即下车。我还为她免了个单。你们知道,最近几年人权问题非常敏感,我只能吃哑巴亏。舆论,大环境如此。"

"你还挺大方。"王越说。

"我这不是破财消灾。我还指着平台接单呢,客户一旦投诉,平台不调查,直接封号。没想到这个女人真狠,我都免单了,还不放过我。"

"还记得她在哪儿下的车吗?"林迈没有回答司机的问题。

"我得好好回忆一下,每天拉几十号人呢。"

"不用回忆,看看你的接单记录就行。"林迈提醒司机。

"啊,对,还是你们聪明。不瞒两位,我从小的梦想就是成为一名人民警察。都说教师是太阳底下最光荣的职业,我觉得警察才是。"司机——或许应该称他为主播,口若悬河,没有辜负他的职业,"找到了,中央公园。"

"我们查过小区门口的录像,那天晚上黎晓菲没有回来,也没有看见你的车。"林迈说。

"你们可以自己看,平台记录不会作假。哦,我想起来了,快到小区的时候,她就让我停了,在环城水系附近的公园。"

"为什么去那?"

"我聊天时也问了,她没说。"主播说完眼巴巴看了看林、王二人,试探地说,"警察同志,我可以走了吧?我还得拉活呢。"

"想什么呢?"王越说。

"先别着急走,解释一下,刚才去老钢厂做什么?"林迈问道。

"你们都知道了啊?"主播像只霜打的茄子,瞬间蔫了,"我搞的不是正经直播,是那种直播,我专挑漂亮女孩,先拍她们,如果不拒绝,我就试图跟她们交易,直播。"

"你的意思是诱导乘客跟你发生关系,而且直播出去?怎么可能有初次见面的女孩愿意干这种事,拍小电影吗?"王越大为不解。

"我开的价特别高。当然,这种直播流量大,我挣得更多。你们懂吧,这年头,流量就是一切。人们都有猎奇心理,还有一个就是,人们喜欢看别人沉沦,好像这样就能为自己的罪恶找到心理平衡。你们别看我是色情主播,入行前专门研究过这个。都是搞色情,大部分人就在房间闭门造车,观众早看腻了。像我这种赛道的选手比较少,目前来看,还是一片蓝海。"

林迈挥挥手,打断他:"我问你个问题,必须如实回答。"

"我说的都是实话。"

"那天晚上,她乘坐你车期间有没有什么异样?"

"什么异样?"

"比如说,神志不清,胡言乱语。"

"警察同志,那女的神志可清醒了,从上车就准备讹我一笔。我研究过心理学嘛,她这是欲擒故纵,开始不拒绝,后面翻旧账,谁要是找她这么个女朋友肯定倒霉……"

"行,我知道了。"

"那警察同志,我现在可以走了吗?"

"想什么呢,跟我去公安局走一遭吧,你涉嫌奸淫妇女。"王越说。

"我们都是你情我愿,不存在强买强卖。"

"嫖娼也是你情我愿,你说我们为什么扫黄?你这个还涉嫌非法传播淫秽录像呢。"王越把他押下车,铐在门把手上,跟同事打电话,让他们过来提人。

林迈和王越回到车上,不等林迈指示,王越发动汽车,朝黎晓菲下车的地点驶去。路上,林迈还是没能明白那位主播的生意经,或许是无法消化这个时代的恶意,怎么会有人喜欢看这种直播?这显然是一条成熟的产业链,资本和用户源源不断。他今天只是误打误撞抓住系统最末梢的小主播,根本无法起底摧毁整个行业。

"我刚才睡了多久?"林迈想要通过对话转移这种无力感。

"什么?"王越一时没有接住林迈冷不丁抛来的问话。

"就刚才在钢厂那会儿。"

"哦,那个男人身体素质不行,比我差远了。"王越脸上溢出骄傲的神色,男人总喜欢炫耀自己的能力,尤其是性能力,"说起这个,林队你连女朋友都没有,怎么对'汽车和震动'这么有经验,一眼就看出来了,你该不会逛过那种直播间吧?"

"我爱看电影。"林迈没心思再睡,索性打开窗户,让温热的夜风灌进来。汽车驶上环路高架,路两边的小区里灯光点点。对大部分人来说,这是夏日里寻常的一天,他们已经或者正在进入梦乡,等待开启新的寻常的一天,循环往复,直至生命尽头。

汽车停在环城水系附近的公园入口,可以遥遥望见黎晓菲居住的小区。林迈想起那个打着眉钉的女孩,接着想到她电话里提到的双头蛇。他小时候,大概七八岁,跟父亲一起去赶庙会,有个从南方来的马戏团表演杂技和魔术,父亲带他进去开眼:关在笼子里睡觉的老虎、玩帽子戏法的小丑、表演空中飞人的美丽女孩,前面节目还算正常,到后面开始猎奇,成为变异动物的展览,有比猫还要大的老鼠,有长了三条腿的绵羊,还有长了两个脑袋的蛇,类似字母"Y"。那种直给、粗暴和刺激的奇观对他一生影响深切。

"头儿,你说她为什么从这下车?"王越挠着脑袋自言自语,把林迈从童年的回忆中拉了出来,"前面路口左转就到小区,一脚油门的事。林队,会不会是刚才那个小子骗我们?我推理,他就是故意把车停在这里图谋不轨,结果黎晓菲奋力反抗,他情急之下失手杀人。"

"别忘了,黎晓菲窒息而死,你觉得他会直播杀人吗?"林迈说完想起来方灵跟他说的新发现,她对死因持保留意见。

"这谁说得准,直播杀人比搞色情更刺激、更有流量吧?"

"这种一般涉及暗网,需要专业团队,通常还会跨国,难度之大,超乎想象。"

"林队,你怎么什么都懂?"

"我爱看电影。"只要时间允许,林迈每天都会看一部电影,有时候重温经典,有时候开新片的盲盒。他总觉得,每部电影都是一个平行世界,他的生活也像一部电影。通过看电影,能增加人生的厚度和广度,更重要的是,还能锻炼逻辑思维。

林迈抬头四望,没有发现任何监控设备,连拍摄交通违章的摄像头都没有,如果不是凶手提前踩点,就是撞大运了。活到将近四十岁,林迈已对"幸运"免疫,早就不倚重这种不可捉摸的东西。

林迈举起腕机,从通话记录找到一个没有标记姓名的号码,回拨过去,嘀嘀两声后接通。

"你好。"

"你好,林警官。"

"没打扰你休息吧?"

"我就知道你还会给我打电话。"

"那个,"林迈清了清嗓子,"我想问下,你们回小区有没有捷径,我看从正门进来得走半天才能到。"

"小区有个后门,但只能过人。我听早前住进来的人说,小区交付时还没有,后来业主们强烈要求物业加装了一扇门。从那出来能直达水系公园,业主去公园遛弯也从那走。"

"非常感谢,你早点休息。"

"你能说晚安吗?"

"啊,晚安。"林迈愣了一下才说,他被这个弱不禁风的小女生牵着鼻子走了。

"晚安,林 Sir(对港警中男长官的称呼)。"周芸说。

"头儿,跟谁打电话呢? 我推理啊,听这语气应该是未来的队长夫人吧。"

"别瞎琢磨,跟我一起进去。"林迈调出腕机上的手电筒模式。

"进哪儿啊?"王越一头雾水。

"从这片树林穿过去,就能到中央公园小区后门。黎晓菲让司机把车停在这,是为了抄近路。"林迈说完一马当先,钻进林区。这里面种着一片桃树,核桃大小的绿色果实挂满枝头。树干张贴着"严禁采摘,已打农药;剧毒"的警示语。穿过桃林,是一片灌木丛,可以看见人为破坏的痕迹,一些灌木歪向东边,与之相邻的另一些歪向西边,形成一个倒写的"人"字缺口。林迈和王越相继跨入,路上有横七竖八的枝丫阻拦,有密密麻麻的虫子骚扰,走不多远,看见草坪里隐没着一条浅灰色小径。通过这条路,他们来到小区后门。

王越凑到门口查看。

林迈却招呼他往回走。他们踩着小径回到灌木丛旁边,林迈提议两人分开寻找。腕机的光线不够明亮,照射范围和距离有限,不过这恰好可以帮助林迈集中注意力,一寸一寸翻找。

"林队!"

林迈听见王越的喊声,他自动补全后面的内容:林队,快过来,这里有发现。

偏离小径的一处灌木丛,挂着 T 恤的一角,拨开灌木丛,里面窝藏着一条过膝裙、内衣内裤、高跟鞋、手包。

林迈蹲下来,把光线集中到草地上,抠了一块土嗅了嗅,有淡淡的血腥味,他们大概找到第一案发现场。王越打开手包,里面有一个工牌,正是黎晓菲的。

"我推理,黎晓菲肯定经常从这走,当晚下车,和以前一样抄近路,凶手发现了她,跟上去,把她拖曳到这里施暴,灭口。"王越又开始下结论。

"凶手怎么知道黎晓菲会在大半夜从这里经过并提前埋伏?"

"他一定也是中央公园小区的住户,知道这条近路,提前埋伏,对落单的女性下手。所以,我们接下来要重点摸查中央公园小区男性住户,尤其是独居的男性住户。"

"先通知兄弟过来取证,这天眼看就要下雨。"林迈说完抬头,不见一颗星星。林迈正要关掉腕机的手电筒,瞥见地上散落着不少虫尸。四周都是草木,有虫子尸体也不算稀罕,但数量多得离谱,好像有人专门喷洒了杀虫剂。他再仔细检查,惊奇地发现虫尸围成一个正圆。昆虫种类各异,粗略一看就有三四种,林迈不是这方面的专家,他只能认出来其中一种是蜜蜂。

再狡猾的狐狸,也会露出马脚。

这句话有些不伦不类,却被林迈奉为圭臬。

第一案发现场跟那个夜间垂钓者的直线距离不超过二百米,如果黎晓菲大声呼救,对方一定能听到。方岩却非常明确地表示,除了蛐蛐叫声,什么都没听见。林迈推断,凶手很可能使用致幻剂将黎晓菲迷晕,只是他现在还拿不准,什么样的致幻剂能够在短时间放倒一名成年人。黎晓菲的室友说她没有吸毒史,雷克萨斯的司机也证实了案发当晚她思路清晰。林迈联想到死者喉咙上的勒痕,想到凶手有可能跟在黎晓菲身后,用凶器勒住黎晓菲脖子,致使她无法呼救。还是不对,如此一来又无法解释黎晓菲脑内惊人的5-HT2A含量。

警队连夜派人取证。林迈特地交代王越,让他找个大点的帐篷,最好是那种商用的折叠帐篷,就像足球场出入口用的那种。

"我马上安排。"

"安排啥,你赶紧去办,随时可能下雨,必须把现场保护起来。"林迈望着黑漆漆的夜空,心事潮涌。

"小石头跑哪儿去了?"王越左顾右盼道。

"我让他跟踪许萱萱和孑维烨,我总觉得她身上还有没挖出来的线索。"

"孑维烨是谁?"

"那天在足球场的领头羊,'自然道'在明城的负责人。"

"哦,想起来了。我还以为小石头又休假了呢。对了,头儿,啥时候给我放天假啊,从'4·14案'开始,我连轴转到今天,就算是机器也有检修的时候。"王越说,"好不容易放暑假了,于楠想让我带孩子一起去海边玩两天。"

"等'7·15浮尸案'结束,我给你放个长假。"

"你就会画饼。"

"对了,你上次去旁听审判,结果怎么样?"王越提到"4·14案",林迈便理所当然地问了一句。

"没跟你说吗?我记得从法院出来就给你打电话了。"

"我记不清了。"

"那三个浑蛋都被判了死刑,他们竟然有脸当庭要求上诉,要我说像这种恶贯满盈、十恶不赦、罪大恶极、穷凶极恶的人就应该斩立决,证据确凿,上诉也是维持原判,只不过是想苟延残喘多活几天。"

"这是法律赋予他们的权利。"

"唉,我也知道。"王越突然压低声音,"头儿,那天抓捕行动,你最先到达现场,真没有看见过那个未成年人?"

"我进去的时候,只有他们三个人。"

"我到现在都想不明白,那个未成年人能藏哪儿?都三个月了,他能藏在哪儿?"

"不管他藏哪儿,我都会把他揪出来。"

"揪出来也没用啊,连少管所都不一定能送进去。我一直觉得这个世界太不公平,特别倾向那些违法犯罪之人,你不是喜欢看电影吗,一定看过这种情节,主人公是像我们一样正义的警察,明明知道犯罪分子罪恶滔天,就是不能绳之以法。就好像前些年那些烂尾房,业主掏空钱包、背负债务买了五证齐全的房子,说烂尾就烂尾,购房合同签的是四方协议,结果主管部门没责任,开发商没责任,银行没责任,业主只能自认倒霉。你要是去维权,必须合理合法,稍微有些逾矩,我们就得出面弹压。我那时候还在派出所当民警,没少出这种外勤。我就觉得,特无力,特没劲。"

"多想点有劲的事吧。"林迈知道王越一提房子就容易激动,一激动就长篇大论,及时把他派出去寻找遮蔽雨水的帐篷。他留下来和其他同事勘查现场。一切处理完毕已是后半夜,林迈回家后和衣躺在床上,他疲惫到极致,却毫无困意,大脑还有一点莫名的兴奋。他坐在客厅地毯上,拼了几块拼图,直接趴在地上睡着,毫无征兆地坠入梦中。这个梦没有颜色和内容,他睡得很沉。

早上六点,林迈被闹钟叫醒,听见窗外滴滴答答的雨声。林迈走到窗前,打开窗户,伸手感受雨水。他是幸运的,如果再晚一天找到黎晓菲遇害的地点,雨水就会跟河水一样洗去许多证据,包括脚印和指纹等关键信息。

林迈简单洗漱,用冰牛奶搭配全麦面包片囫囵吞咽,早早来到局里,整理昨夜的证据。昨天晚上发现的私人物品已经交由同事检测,看看是否能发现指纹、毛发之类。不过他觉得希望渺茫,凶手特别小心,轻易不会留下这么明显的痕迹。

林迈在局里忙活一天,临走,被陈斌叫去办公室。

"王越呢,今天一天都没看见他啊。"

"我让他去盯检测报告,说实话,我觉得不会有太大收获,凶手处理尸体时那么冷静,其他方面应该会很小心。"

"说说进展。"

"死者叫黎晓菲,二十六岁,单身,住在中央公园小区,在长安广场十楼上班。案发当晚,黎晓菲在公司加班到晚上十一点多,下班后,她在长安广场门口打了一辆网约车,在水系公园下车,抄近路穿过公园时遇袭。"林迈说完,用手当作扇子,在鼻子前挥舞,"你少抽点烟,还能多活两年。"

"我老婆都不管我,你还给我上强度了。"

"那你多抽点烟,少活两年。"

"说正事。"陈斌还是把烟掐掉,"这个案子你怎么看?"

"从作案手法判断,凶手身体素质和心理素质过硬,具有一定反侦察能力。再通过凶手对尸体的侵害程度来看,我倾向凶手与被害者并不认识,是凶手随机选中的猎物。水系公园没有安装监控,只能通过案情侧写凶手的体态特征。"

"我认为凶手既然知道这条小径,应该在附近居住,可以以案发地点为圆心进行摸查。永远不要低估熟人作案的可能性。"陈斌与王越观点一致,"还有就是死者的社会关系一定要摸查清楚。"

"兔子不吃窝边草,假如你是凶手,会在家门口犯事吗?"林迈反问道。

"如果凶手不在附近居住,怎么知道这条隐蔽的小路?"陈斌反问林迈,不等后者回复,自己抢答道,"当然还有一种可能,凶手认识被害人,听她提起或者跟她一起走过这条近路。这就是我前面说摸查死者社会关系的原因。总而言之,命案就要从死者出发。"

"我们排查过黎晓菲的社会关系,除了那位不知所谓的前男友,其他人都没有作案动机。"林迈认为心思如此缜密的凶手不会在自家附近作案,他始终觉得这是一起随机作案,在此之前,他们并没有明显的交集。

"现在是自媒体时代,每个人都是新闻端,记者们更是像闻到腐味的苍蝇似的盯着我们。这起案子传播得很快,给老百姓造成非常大的恐慌,最近这段时间,别说案发的公园,整个环城水系都没人敢去,歪打正着治理了一直以来无法根治的野钓问题。"陈斌踱到窗前,留给林迈一个日益佝偻的背影,"其实我跟你想的一样,又不敢这么想,如果(我们想的)是真的,肯定还会有人被害,这是你我最不愿看到的。"

"不。"林迈说,"我跟你想的不同。凶手再次犯案被警方逮捕和他从此老老实实不再露头相比,我更倾向前者。而且,我认为凶手不会沉默下去,这是肉食动物的嗜血本性,尤其是在得逞一次之后,让他从此住手比杀了他更难受。杀人的欲望和黄、赌、毒一样,一旦沾染便难以祛除,单纯依靠本人的意志力自愈更是痴人说梦。"

"林迈,你知道吗?这就是你的症结所在,你对破案有种执念,这种执念蒙蔽了你的本心。你本心肯定不希望再有人遇害,这毋庸置疑吧?"陈斌强行拉拽林迈"不法"的理论,作为一名人民警察,这样的发言过于冒进和危险。

"我的本心是打击罪恶。"林迈并没有领陈斌的情。

"算我多嘴行了吧。"陈斌说,"我怎么就摊上你这么个不思变通的中队长?但凡你待人接物客气一点,我都能再保你往上爬一爬。"

"我喜欢脚踏实地的感觉,爬得太高,心慌。"林迈当然能分辨好赖话,只是性格使然,他就是说不出那些哄人开心的辞令;或者他知道别人想听什么,就是不说。他并不以此为荣,相反,他对此深恶痛绝,可这就是他,对上司如此,对心仪的姑娘也一样,他甚至觉得脑袋里住着一个小人儿,每当他想服软,小人儿就跳出来跟他作对,编辑了一套与他真实想法相悖的话术从他的嘴巴发射出去。

"去去去,赶紧滚蛋,以后少来我办公室。"陈斌下了逐客令。

"不是你叫我来的吗?"林迈还没站起,接到电话立马紧张起来,"让你说中了。"

林迈赶到案发现场,习惯性喊王越,石文杰告诉林迈,王越没在。林迈给王越打电话,后者直接挂断。这种情况并不常见。林迈还想再打,手指悬停在号码上方,犹豫一下,抖动手腕,熄灭显示屏,深入案发现场。

石文杰提醒林迈,做好心理准备。林迈不以为然,过去近十年,林迈出过一百多个大大小小的现场,见识过各种各样的残暴与凶恶,神经早已磨出了茧,足以抵抗花样翻新的恶意。

与上次相对偏僻的抛尸地点不同,这次是位于市中心的一条暗巷。巷子由两栋百米高的建筑形成,有点类似景区的一线天。墙上隔不多远装着一只路灯,里面不算黑,只是能见度较低。巷子很深,也很窄,墙两边堆着纸箱和木板,每隔一段距离,墙上就装着一扇门,再往里走,可以看见一排半人多高的深蓝色垃圾桶。泔水发酵的味道刺鼻,待久了眼睛也变得干疼,他不得不用掌根使劲揉搓。案发地点位于饭店后厨,那里有一扇打开的铁门,铁门对面的墙上有一处监控。再往里走,可以看见几个正在忙碌的伙计们,林迈跟他们打了一声招呼,错身切入,只看了一眼,胃里就翻江倒海,强忍着才没有吐出来。后厨有一座半人高的鱼缸,里面泡着全身赤裸的死者,几条清江鱼在尸体旁边游弋。鱼缸周边围着一圈僵死的蟑螂,准确地说,是一个圆环,环宽差不多一拃宽,少说也得有上千只,要想靠近尸体,必须先跨越蟑螂构筑的"包围圈"。林迈听说过饭店后厨的蟑螂杀不绝,没想到能有这么多。林迈倒不害怕蟑螂,只是有些密集恐惧症,加之蟑螂围成的正圆过于超自然,让人脊背发凉。如果从高处俯瞰,尸体与蟑螂组成的图案就像一只巨眼,注视着肮脏冰冷的死亡。林迈小心翼翼跨入圈内,近距离打量尸体。跟黎晓菲一样,这是一位年轻的女性受害者,脖颈有一条青紫色勒痕,腹部有十字伤口。跟黎晓菲不同的是,这里是第一案发现场。鱼缸里面加着氧气泵,不停有水泡翻起,像是烧开似的。尸体被鱼群扰动,在水中漂浮,恰好转到鱼缸侧壁,与林迈隔着一层玻璃对视。他没有躲闪,定定地看着死者的眼睛。

林迈让石文杰带人在附近找一找,看看有没有死者的衣物。

林迈戴上橡胶手套,跟几名同事一起小心翼翼地把尸体抬出来,安放到裹尸袋中。林迈蹲下来,轻轻拨动死者脑袋,跟林迈想的一样,她也加装着"脑贴"。

林迈早就想到这是场持久战,没想到这么快便迎来第二次交锋。他下意识喊王越,叫了几次没有回应,才想起王越不在。他又给王越打电话,这次同样是打通了,但迟迟没有人接听。

以尸体为圆点向四周辐射的区域都需要一寸寸勘察,这是一场关于死亡的"考古"。林迈从方灵的职业得到灵感,方灵解剖尸体,他解剖案发现场。

"林队,你来看下。"石文杰跑进来说。

林迈跟石文杰一起走到后巷,后者把他引到一只泔水桶旁。林迈看见桶里漂着一只袜子,他直接上手把袜子取出来。那是一双肉色连体袜。饶是戴着橡胶手套,他还是感觉到令人厌恶的滑腻,像是抓着一条剧烈扭动的蛇——两头蛇?林迈望着泛着一层油花的泔水桶,突然把整根胳膊探入桶内,在里面搅动。因为桶非常深,林迈的胳膊探不到底,身体只能使劲倾斜,肩膀和胸口没入桶中,一侧的耳朵也被泔水淹住,之后是半边脸和林迈紧紧闭上的嘴。他在里面寻摸一通,起身后胳膊上缠着一条连衣裙,手里抓着一件紫色文胸。

林迈把证物一一装好,让石文杰去取证,顺便问他墙上这些门通往哪里。石文杰说是饭店后厨,死者是饭店员工。报案人员是这家饭店的厨师。林迈点点头,让他把厨师叫过来问话,却被告知厨师报案后声称头晕,在医院治疗,有同事跟过去,目前只掌握一些基础信息。

"死者叫褚红,是皇宫大酒楼的服务员。"石文杰说,"从墙上那扇铁门进去,就是皇宫大酒楼后厨。我们刚才做了一个简单的走访,饭店工作人员确认了褚红的身份,他们说褚红在这里干了一段时间,跟同事们关系都不错。"

"监控调了吗?"林迈抬了抬下巴。

"饭店监控没有并网,我们无权直接查看,我马上去申请。"石文杰刚跑出两步,带着一个身穿西服的男子回来,跟林迈介绍,"林队,这是皇宫大酒楼的大堂经理。"

林迈点点头,让石文杰去忙。如果王越在这里,林迈会省很多事,不用多做交代,王越就能主动搜集到他需要的种种。

"警官您好,我姓杨,您喊我小杨就行。"

"说说她的情况。"林迈没有跟他寒暄。

"服务员流动性很大,每年过年都会走一批来一批,褚红算是干得比较久的,来酒楼大概有三年多,她性格活泼,爱开玩笑,跟同事们打成一片。"杨经理注意到林迈胳膊上挂着的泔水,"我先带您去后厨洗洗吧,太腌臜了。"

"我自己去就行,你先走吧,有需要我们再联系你。"

"我陪着您吧,我们老板还有两句话让我务必带给您。"

"什么话?"林迈站定。

"您知道开饭店最讲究的就是人气,就餐人数越多,越能吸引消费者,等位的人多,人们越愿意等。人们来饭店,吃的就是烟火气,这要是让人知道我们饭店出了命案,顾客肯定腻歪。所以,我们希望警方在调查和公布的时候,尽量不要提饭店的名字,实在不行就用拼音首字母代替。以后皇宫大酒楼就是您的食堂,一年之内免单。"

"警方做事,不需要你指手画脚。"

"两年免单。"

"你要是再不走,我就问你妨碍公务的罪了。"

"我就走,马上走。"杨经理连忙逃离。

林迈并非为难经理,只是讨厌他对待死者的态度,一条人命跟营业额相比微不足道。

后厨的铁门打开着,站着一位穿厨师服、戴厨师帽的厨师,林迈跟他问清涮墩布的池子位置,简单冲洗了胳膊。

"警官您好,有个事我想跟您汇报。"带他找水龙头的厨师说,神色不安。

"您贵姓?"林迈顾不得擦拭胳膊。

"免贵姓胡。"

"胡师傅,您好。"

"褚红这姑娘挺机灵,就是有点……我说得不好听啊,但事实如此——骚。"

"怎么讲?"

"我们这里的服务员分几种,有负责迎宾的,有负责传菜的,有的盯大厅,哪里需要去哪里,有的管包间,从开餐到闭店就负责这几个屋。褚红是管包间的,我听说,仅仅是听说啊,专门有顾客订褚红的包间,说她服务好。她们就倒个茶水上个菜,有什么服务可言?另外,褚红平时喜欢跟几个男服务员打闹,开的玩笑非常露骨,有时候还有一些身体接触。要是单身也能理解,年轻人嘛,爱玩,但褚红已经结婚,孩子都有了。"

"多谢您提供的信息。"

"不客气,我这个人就是热心肠。就算她作风有问题,也罪不至死啊。"

一直忙活到傍晚,仍然没有看到王越的身影,林迈再给他打电话已是关机。不需要额外的预感和判断,稍有些常识,就知道事出蹊跷。林迈想着去他家一趟。路上,林迈给方灵打电话,他还没开口,方灵就说:"我已经知道了。"

"啊?有人通知你了吗?那麻烦你来一趟吧。"

"去哪儿?"

"局里啊。"

"是要开王越的检讨会,还是警队的学习会?"

"什么?王越怎么了?"

电话那头愣了一下,说:"没什么。你找我怎么了?"

"又发现一具尸体,跟黎晓菲一样,脖子有勒痕,腹部有个十字花刀。尸体运回分局,麻烦你尽快做下解剖。我现在先去找下王越,之后去局里跟你会合。"

"好。"

"那个,你,啊,没事了。再见。"

"再见。"

林迈吞吞吐吐,最后说出一句再见。通话时,他听见混浊的回声,判断她正在看电影。林迈刚才很想说,等案子结束,一起去看电影。可是他迈不出第一步,他不知道前面是坦途,还是崎岖山路;又或者,他站在悬崖边,迈出去一步,死无葬身之地,不说出口,还能跟正常同事一样交流,捅破那层窗户纸,兴许连朋友都做不成。

尴尬。是的,尴尬,林迈不怕失败、痛苦、无聊、孤独,就怕尴尬,在他看来,这是人类最煎熬的情绪。

这不是林迈第一次来王越家，后者刚搬来时，请警队的同事暖房。那天王越喝多了，搭着他的肩膀说，这里就是过渡，很快他就要买自己的房子，到时候再好好请大家喝一壶。掐指一算，三年过去了，王越当时还在念幼儿园的女儿已步入小学，新房的事还没着落。每个成年人都有一件焦头烂额的烦心事，解决了这件事，还会有另一桩麻烦补缺，很难有大段轻松的时光。所谓"人无远虑，必有近忧"，林迈以前对这些俗语置若罔闻，总觉得是正确的废话，或者毫无营养的鸡汤。随着年龄增长，林迈越发感受到古人的智慧，多年前的总结不仅没有过时，而且一针见血地刺痛着当下的人们。

王越租住的小区交房时间不长，位于一座还不错的小学片区。王越当时搬到这里，就是未雨绸缪，想把孩子送进这所学校。按理说，上片区内的小学要买房，把户口迁到辖区内的派出所，房户一致才能入学，如果学位不是特别紧俏，只有房子也可以，再不济像王越这种办了暂住证，租房也能上，只是顺位靠后。偏偏这个学校学位紧张，像他这种得调剂。调剂的原则是就近录取，可就近的小学都很普通，而且说是就近，有时候会调到很远的公立学校。王越当时是找人花钱才把孩子硬塞进好学校。

傍晚时分，天空下着小雨，王越那栋楼单元入口却人满为患。林迈以为今天有红白事，粗略扫了一眼，发现这些人举着腕机自拍，嘴里念念有词，等林迈走近，发现他们正在直播。其中一个穿着红色套装的女主持人吸引了林迈的注意。吸引注意不是说女人长得漂亮，林迈贪看了两眼,而是认出她是韩晶。韩晶也发现了林迈,以老熟人的笑容和姿态过来跟他打招呼。

"林警官,我们又见面了。"韩晶笑着伸出手。

"韩女士,你好。"林迈轻轻跟她握了一下手。

"别叫我女士,多见外,喊我名字就行。"韩晶稍候片刻,"林警官不会是忘了我叫什么了吧?真让人伤心哪。我叫韩晶。韩信的韩,晶莹的晶。你来找王越吗?"

"嗯。"林迈意识到什么,问她,"你们也是为他而来?"

"看来林警官还没看到那个热搜。"韩晶说完掏出腕机,快速调出一则视频:画面中人头攒动,还有密密麻麻的弹幕,但可以分辨出主人公是王越和于楠。林迈仔细看了两眼,发现弹幕多是谩骂。"王越火了,这些都是过来蹭流量的自媒体。我觉得肯定有误会,特地过来澄清,但是你也看见了,王越情绪激动,谁也不见,能不能麻烦您跟他捎句话,就说我们会还他一个清白。这个时候不发声,大众就以为你默认。"

林迈不置可否。

单元门锁着,林迈又给王越打了一通电话,仍然关机。单元门门口站着一位保安维持秩序,哄赶人群,让他们不要聚集,但收效甚微。此时,有人从外围挤进来,保安大声喊他退后,那人表示自己是住户。他走到门前,扫描面部识别系统,单元门打开。一群人跟着往里拥。保安奋力阻拦和关门,还是有几个漏网之鱼,包括林迈和韩晶。

"这扇门总不能一直锁着,整栋楼有一百多户呢。"韩晶说。

"这些人是要去找王越吗？"

"你上去看看就知道了。"

他们到了王越家楼层，十几个突围成功的主播正对着王越家的门口拍摄，把家门口的走廊围得水泄不通。林迈想哄赶他们，被韩晶拉住，他现在冲出去就等于为那些人增加素材，如果让他们知道林迈的身份，肯定对他狂轰滥炸。林迈觉得她言之有理，但又不能置之不理，任由这些跳梁小丑打扰王越的正常生活。

"我有个办法。"韩晶附在林迈耳边低语几句，"这就叫用魔法打败魔法。"

林迈觉得这招有点损，但一时想不到其他主意，只好让韩晶一试。韩晶跳出来说："我是王越女朋友，他之前骗我是单身，没想到孩子都上小学了。谁想知道他的丑闻跟我走。"

此言一出，主播们竞相掉头围住韩晶，婚内出轨的素材最能赚取流量。林迈趁众人离开的瞬间快速跑到王越家门口，敲门。王越通过猫眼确认后才给林迈开门。

于楠有气无力地跟林迈打了一声招呼，王越的女儿还小，这个阵仗把她吓坏了，平时调皮捣蛋，现在有些木讷，两手环绕于楠的脖子，挂在于楠怀里。王越让她喊林迈叔叔，小女孩声如蚊讷，几不可闻。

"这些人想干什么？"林迈不解道，"采访吗？"

"只有个别几个记者想采访，大部分都是过来蹭流量的主播。这个哥、那个哥，每年都有几个普通人蹿红，然后一群人来蹭流量。现在,我有流量。"王越苦笑道,"你知道吗,我都打算自己开个直播,说不定能收不少打赏呢。这年头,流量就是王道。"

"到底怎么回事?"林迈现在还没有搞清状况。

"没人关心到底发生什么,他们只想看他们想看到的。"王越脑袋扎得很低,嗓音沙哑。

"为什么不报警?"林迈说完就意识到这话说得太多余、太业余,他们本身就是警察啊,他也没想问清具体怎么回事,凭多年的友谊选择相信他,直接提供解决方案,"你们这两天先住我家,孩子学校请两天假,这种事热度升得快,掉得也快,到时你们再回来。"

"这怎么能行?"

"别怕不方便,我在车里对付两天。"

"这怎么能行?"王越又说了一遍。

"赶紧收拾东西。"林迈以命令而非商量的语气说道。林迈先出门看了看,之前的人都被韩晶带走,他招呼王越一家出门,做贼似的逃进电梯,下到停车场。车开到路面,林迈和王越下车,于楠开车带孩子去林迈家。林迈带王越上了他的车,总算暂时安心。

"你说我们天天出生入死图啥?你像人家犯罪分子,高风险还有高回报,我们图啥,就图被人骂?"王越上车后牢骚道,"干了这么多年刑警,我他妈还在租房呢,现在更好,被老百姓们指着鼻子骂。还有一群为了流量丧心病狂的垃圾天天围追堵截。我什么违法乱纪的事都没干,为什么针对我?"

"'7·15 浮尸案'的凶手又出现了。"林迈轻声说。

"我即刻归队。"王越一扫刚才的颓态。

"对了,有个叫韩晶的记者,我把她电话给你,等有空了你跟她联系,她会做一个澄清的采访。今天也是她帮忙把那些人支走的。"

"谢谢。"王越说,也没说是谢林迈,还是谢韩晶。

解剖室。

方灵向林迈解读"尸体的语言"。尸体被清理过,但林迈还是闻到浓烈的酸臭,他不确定是心理作用,还是真实味道。

"几乎可以肯定,作案手法跟'7·15浮尸案'一模一样,死者脖子有道一指宽的瘀青,窒息而死,尸体受到过性侵,同样没有发现阴毛和精液。"方灵仍是毫无波澜,但林迈知道她内心一定不平静。她就是喜怒不形于色的代言人,任何心事也都像海面之下的冰山,从不浮出水面。"最重要的是,我同样在死者大脑皮层发现5-HT2A,虽然含量不如上一个死者那么多,也可以称得上是巨量。我仔细检查了两具尸体,没有发现体外注射的痕迹,肺部也做了相关检查,没有问题。长期服用毒品人员多发的星状细胞病变、广泛脑肿胀和变性、苍白球的退行性变化、脊髓灰质的坏死、肌组织的病理改变、周围神经的慢性炎性改变及退行性改变,这些症状死者都没有。"

"没有吸毒史,但一次性吸入大量毒品,会不会造成这种情况?"

"有可能,但不可想象,吸食剂量太大了。"方灵差不多封死这个猜测。

"能不能测定出是生前性侵还是死后性侵?"林迈转而问道。

"根据阴道回缩的情况初步断定是死后性侵,具体结果要等到检查死者体内激素情况才能确定。不过根据我以往的经验,死者下体的破坏很严重,很难分辨是生前还是死后所造成。"方灵仍然波澜不惊。

林迈心情气愤,似乎是因为自己对破案的渴求才导致死者丧命。他跟方灵保证过,不管凶手是谁,一定会将其绳之以法,但现在他毫无头绪。凶手不仅逍遥法外,而且从容地收割了第二个女人的生命。

"对于案发现场的昆虫圈,你有什么看法?这有些超自然。"

"我也不太清楚,看来有必要再跟于老师见一面了。"

"头儿,我刚从褚红家出来,有点情况。"

"说。"

"褚红一家住在北焦,就是北焦客运站那个村。这算是明城最大的城中村,鱼龙混杂。褚红丈夫是电器维修工,主要修空调,也修冰箱、洗衣机。他们有个女儿,在村里上幼儿园。褚红丈夫说,夫妻二人基本没有交流,就是搭伙过日子,褚红需要一个男性劳动力,她丈夫需要一个持家的女主人,平时他起得早,自己弄点东西吃,出门时把女儿送到幼儿园,褚红一般上午十点起床,晚上十点以后回家。"

"说重点。"

"重点就是他们就像住在同一间房、睡同一张床的陌生房客,他根本不了解褚红的日常,就像褚红不懂得他的心思。抱歉我说得有点文艺,我特别理解他,我跟于楠差不多也陌生成路人了。唉,不瞎感慨了,日子该过还得过。(长长喘了口气)我在褚红家也发现了'蛋壳',褚红丈夫说,每天晚上把孩子哄睡,他就去玩游戏。那些游戏制作精良,以假乱真,他有时候觉得游戏才是真实,现实只是虚拟,他每天在现实世界疲于奔命就是为能在晚上进入虚拟世界。我觉得他就是一面镜子,照出了大部分人的生活。你看我,一说又多了,最近遇见的事太多。(长长喘了口气×2)我问他褚红平时玩不玩,他说也玩,夫妻俩还为玩游戏的事起过争执。我刚才说的情况是他们的女儿告诉我的,褚红跟她说过,做梦梦见过两个脑袋的蛇。"

"两头蛇?"

"对,就是两头蛇,黎晓菲的室友也提到过这个。"

"你刚才说褚红经常玩游戏,问下她丈夫,玩什么游戏?"

"我问过了,《草原》。"

"又是《草原》?对了,褚红案案发现场的监控录像拿到了吗?"

"这次申请下来得挺快,看来上头非常重视这个案子。饭店方面已经把监控录像发我邮箱。我马上看,有发现再联系你。"

"林队,有重大发现!"

一段录像:

Rec:2034年7月24日 22:57

画面中是一扇紧闭的铁门。

铁门打开,褚红走入画中。她动作僵硬,面无表情。褚红穿着饭店工作服,上身是印有饭店标记的半截袖上衣,下身是一条牛仔短裙、肉色丝袜、布鞋。褚红站定,一件一件脱去衣物,把自己剥干净,躺在地上。一个穿着白大褂的男人进入画中。那人戴着手术帽、橡胶手套、口罩。接着,他解开腰带,褪去裤子对褚红进行性侵,其间几次拍打女孩面部,似乎想让她醒来,把耳朵贴在她嘴边,聆听她的喘息。很快,男人抽搐一下。短暂收拾一番,男人掏出压脉带,系在女孩脖子上,抽紧,确定死亡之后,他拿出手术刀在女孩腹部划下一个十字,接着再次性侵女孩。两次,男人都采取了避孕措施。

快进。

男人起身,拾起地上的衣服丢进泔水桶,携着褚红进入饭店后厨。

监控画面切换。

男人将褚红抱起,抛进鱼缸。男人突然望向摄像头!

定格。

男人举起的右手的特写。

放大。再放大。

画面中是一只放大到有些变形的右手以及手腕处的银色腕机。

继续放大,可以看见腕机上有三颗黑色的小球,按下播放键,腕机上的小球无规则运动。

4.1 方灵的一天

雨是后半夜光临人间,到早晨还没有收手的迹象,淅淅沥沥,人间潮湿。

方灵难得休息,想睡个懒觉,结果比工作日醒得更早,好像有根神经绷着,到点就把她弹醒。方灵在床上窝了一会儿,端起腕机浏览新闻,刷到一篇介绍最新上映的国产科幻电影的短文,文末有预告片链接,点开看了,还不错。在同事眼里,方灵就像文学作品中标准的冷美人——她完全可以撑起"美人"两个字,丰满的身材、白皙的皮肤,眼睛不算大,但很有神,鼻子和嘴巴各司其职,使得她的五官看上去均匀而出挑——好像不会去苍蝇馆子吃饭,不会玩腕机消遣,甚至不会笑,不会上厕所,通俗来讲,不食人间烟火。方灵分配到江祐区分局将近五个年头,基本上没人在她的脸上邂逅过笑容;如果把笑容比作金币,她比葛朗台更加吝啬。事实上,方灵并非故作姿态,她只是自然生长,不事雕琢,她觉得相隔一段距离的相处方式很舒服,仅此而已。没有人喜欢虚与委蛇,但迫于职场与社会的压力,不得不弯腰、低头、谄媚、恭维,方灵只是恰巧选择了一个相对封闭且无须过多交流的工种,最关键的是,她过硬的职业技能足以服众,不会有装腔作势的嫌疑。久而久之,她适应了这种工作节奏和生活习惯。她也说不清是性格原因所以从事法医,还是从事法医之后,性格便如此清淡了。

同事眼中的方灵除了工作,似乎不会再有其他社交,但他们都猜错了,方灵把难得的休息日安排得满满当当。吃完早饭,方灵开车去市图书馆。方灵回到明城第一件事就是去市图书馆办理借阅证。电子阅读泛滥二十多年,仍然没能彻底取代书刊,方灵就是纸质阅读的拥趸,她给自己的规划是一年读五十本书,平均一周一本,工作日时,她多是睡前阅读,到了休息日,她则一头扎进图书馆。

市图书馆是市中心的世外桃源,但今天分外热闹,方灵遇见一群研学的小学生,孩子们像一群叽叽喳喳的麻雀,还好他们攻占的高地是儿童阅读区,方灵要找的是一本关于PTSD心理学的著作。方灵自备纸笔,认真摘抄关键语句。她不知道这么做有没有用,她只是想这么做,"随心所欲"地表达和行动。方灵原以为这是晦涩的学术专著,没想到深入浅出,妙趣横生。作为一本面向大众的科普读物,作者并没有错,他需要兼具学术和通俗,可读性高一点,书会卖得好一些,可方灵觉得他过于轻盈和松泛,消解了病症应有的朴素与沉重,反而显得有些戏谑。要怀有敬畏之心吧,方灵面对尸体的时候总是这么告诫自己。

上午十一点多,腕机响了,方灵连忙离开阅读室,跑到外面接听,来电的是她的研究生导师于北冥。

"于老师,您好。"

"小方,我中午的全息会议取消了,你有空的话我们可以见面。"

"您定地方吧,我过去。"

"那就在学校旁边的川菜馆吧。你还记得那家饭店吗?"

"当然。"方灵挂了电话,把刚才阅读的书交给自动还书机器人,离开图书馆。

小学生们聚在门口,叽叽喳喳,热闹非凡,几位老师在努力维持秩序,让他们安静下来,站队拍照。

方灵是明城本土生人,大学飞去南方,以至于很多人都以为她是从江南水乡移居明城。本科毕业后,方灵报考明城医科大学,攻读了三年研究生。明城医科大学是整个明城医院体系的基础,向明城几乎所有的公立医院"输血"。明城几个有名的医院,第一医院是全科,第二医院主治心脑神经,第三医院以骨科见长,第四医院的生育和心理是两个王牌。于北冥是第二医院的神话,据说,对明城百姓而言,他的号比周杰伦演唱会的门票还难抢。

方灵开车来到明城医科大学,直奔校门口的川菜馆,于北冥已经点好菜等着了。跟方灵想的一样,于北冥的口味一如往年,水煮肉片、酸辣土豆丝、拌三丝、两碗白米饭。念书时,每次跟于北冥教授加班,后者总会请学生们去川菜馆改善伙食。这家川菜馆店面不大,掌勺的大厨却来头不小,参加过两次国宴制作。师傅姓廖,大家都喊他廖叔。四十岁那年,意气风发的廖叔突然在后厨晕倒,被同事们送到医院,结果是脑血管破裂,多亏于北冥教授才救回一命。廖叔在鬼门关兜了一圈,立马活得通透。他听说于北冥喜欢吃川菜,就在校门口盘下一片店面,经营这家川菜馆。一般的饭店,为彰显实力、笼络顾客,总是喜欢把菜单做得又大又厚,也不分菜系,什么都做,廖叔的川菜馆常年只有十几道菜,不外乎水煮肉片、鱼香肉丝、干锅花菜等一些再家常不过的菜品。见于北冥用餐,廖叔特地出来跟他摆了两句龙门阵,之后转回后厨,不再过多打扰。

"于老师,好久不见。"方灵坐下后说。

"上次见面还是推理协会邀请你来当嘉宾,得有两年了。说吧,你遇上什么麻烦事了?"

"您怎么知道?"

"没有棘手的案子你怎么会想起我这个糟老头子?我们边吃边聊。"于北冥夹起一筷子肉片送进嘴里,"你也吃。"

如果是跟其他人谈案件,在饭桌上肯定不合适,尸体什么的太倒胃口,但对学医的人来说不存在这个问题,他们可是在太平间的值班室涮火锅的狠人。

"您听说过环城水系浮尸案吗?"方灵夹了一筷子米饭,没有就菜,嘴里是层次分明的清香。川菜馆蒸饭不用电饭煲,而是竹筒,米饭的颗粒间有竹子的气息。

"自然,且不说这件事满城风雨,你忘了我另外一层身份?"

于北冥另外一层身份是明城推理协会会长,他们每个月十四号聚会。协会中有位做电商的推理爱好者,在西山购置一栋别墅,专门用作聚会场所。于北冥上次邀请方灵出席,去的就是那间别墅。协会主攻两个方向,一是推演历史上未解的悬案,一是讨论明城本土发生的案件。于北冥听方灵说起浮尸案,立马来了精神,放下碗筷,摆出一副洗耳恭听的模样,他目前得到的讯息都来自真假难辨的自媒体,从方灵口中,他可以获取更加真实和全面的信息。

"您知道我们的职业要求,我会有选择地告诉您一些与案件有关的内容,请您帮忙分析,同时,请您务必保密。"方灵提醒于北冥。

"当然,这不是我第一次跟警方合作,还需要签署协议吧?"

"嗯,必要的流程还是要走一走。"方灵向于北冥发送了一份电子协议,于北冥确认后,方灵才把死者脑部发现超量 5-HT2A 的事情相告,于北冥听完陷入沉思。方灵也不好意思吃饭,眼看咕嘟咕嘟冒着热气的水煮肉片逐渐凉下来。

"死者有没有加装'脑贴'?"半晌,于北冥开口了,得到方灵的回答后继续说,"我前段时间主持了一项调研,跟踪一百名二十到二十五岁之间的青年,其中五十名安装着'脑贴',经过两个月的观察和测量,我们发现安装'脑贴'的用户大脑更为活跃。有两样东西深邃无解,一样是宇宙,一样是大脑,我们对人脑的认知程度跟宇宙相仿,宇宙中绝大部分都是暗物质,大脑也一样,当我们睡觉或者发呆时,大脑的活动却比思考时更加活跃。像你说的,大脑的 5-HT2A 达到死者那么大剂量,我能想到的始作俑者只有'脑贴'。"

"您的意思是说,'脑贴'对大脑的刺激失控了?"

"本来就不受控制。"于北冥说,"科技发展太快,在许多方面,人类都没有做好准备,从'脑贴'研发到大面积推广,整个过程不过两三年,根本没有时间去验证副作用。我们那个调研是受一个人道组织委托,他们致力于'人类本体论',不仅严令禁止那些嵌入式的电子设备,就连手机、电脑等传统电子产品都嗤之以鼻。'脑贴'的出现与流行,对他们而言简直是核弹级别的伤害。回到你刚才的问题,我们在调研时就发现过类似现象。为方便记录,我们将加载'脑贴'的用户称为'脑人',与之相应的则是'素人'。'脑人'大脑的 5-HT2A 明显比'素人'更多,但如果要达到死者那么大的剂量,对大脑的刺激几乎相当于电击。"

"警队有种观点,认为死者脑内的 5-HT2A 含量超标可能跟吸食毒品有关,您觉得呢?"

"几乎不可能,毒品对脑神经的刺激跟'脑贴'完全是两码事,刺激的部位也不同。"于北冥说到自己的专业,侃侃而谈。脑干中的中缝核是哺乳动物脑 5-HT2A 神经元密度最大的核团,大脑皮层是主要的投射区域,其中投射到额叶皮层的神经纤维最为浓密。还有前额叶皮层以及运动皮层,主要投射来自背侧中缝核。正中缝核和背侧中缝核的 5-HT2A 神经元包含高度并行的神经纤维,投射到多个终端领域。"所以,我倾向外在的电磁波刺激'脑贴',产生大量的 5-HT2A。"

"还有一个问题,电磁波会对昆虫造成什么影响?"

"昆虫?"于北冥敏锐地察觉到方灵透露的线索。

这几乎是不可避免的,如果想要得到答案,必须清晰地叙述问题,方灵不好把握这个度,但她相信于北冥的职业操守。

"比如说蜜蜂、蟑螂。"

"在案发现场找到的对吧?"于北冥问道,方灵轻轻点头,"这就对了。死者的'脑贴'遭受到电磁波袭击,脑干瞬间释放出大量的 5-

HT2A,人在这种情况下,基本上处于梦游或者催眠状态,是没有自我意识的,与此同时,电磁波会干扰昆虫的运动轨迹,甚至将其杀死。"

"我明白了,谢谢于老师。"

"不客气。"于北冥问方灵,"想不想听我们协会的推理?"

"当然。"

"那欢迎参加我们下个月的集会。"于北冥向方灵发出邀请。

方灵有些失望,她以为于北冥所在的推理协会已经研究过这个案件,正好听听他们的见解,结果却是一场空。方灵不能确保那天有时间,没有跟于北冥敲定。该问的问题问完了,于北冥和方灵这才想起吃饭。于北冥招呼廖叔,加热了两道菜和米饭。于北冥跟方灵说起他们上次集会讨论的案件,震惊整个明城的恶性事件,四位犯罪分子潜入一对新婚夫妇家中,轮奸了女人,将两人残忍杀害、抛尸。方灵一听就知道是"4·14案"。这个案子正是由他们分局经手,负责人是林迈。案件虽然恶劣,但并不复杂,案发不到一周就抓获其中三名犯罪分子,唯独一个未成年罪犯尚未落网。推理协会主要探讨的也是该犯罪分子的去处。

"还没逮着这个人吗?"

方灵摇摇头:"他虽然年纪不大,但反侦查意识非常强,就像人间蒸发一样,哪儿也没有他的痕迹。根据三名落网之人的供述,那个未成年人才是罪魁祸首,他们只是从犯。"

"他还不到十四岁吧。"于北冥意味深长地说,"你知道我们为什么每个月十四号聚会吗?我们协会的发起人之一,他也是一位受害人,他曾是一名小学老师,因为对学生要求比较严苛,遭到一位学生的报复。你能想象吗,就在学生们小学毕业之际,这位学生给他买了一份礼物,一个品牌的洗面奶。他毫无防备,还对懂得感恩的学生感到欣慰,没想到洗面奶里面加入了某种化学物质,导致他脸上的表皮脱落。他后来将这位学生告上法庭,但小学生未满十四岁,没办法定刑。他当时马上就要结婚,女方倒是没有嫌弃,但是女方家庭极力反对,他也不忍心连累爱人,甚至想到自杀。我们愿意给孩子机会,但是谁对受害人负责?就像那个轮奸并杀害夫妻的未成年人,你觉得他未来会洗心革面吗?"

"我不知道,未来的事情谁也不能打包票,但我知道,个人没有行刑权。"于北冥一番话,让方灵觉得推理协会跟这个杳无音信的在逃未成年人有着丝丝缕缕的联系,"你们的推理结果是什么?"

"那个未成年人吗?我们猜测他已经死了。"于北冥波澜不惊地说,"我们相信,按照目前的技术,只要锁定一个人,他就不可能与这个社会撇开关系,除非死亡。现在做什么都需要验证身份,乘地铁、去便利店买水、看电影,只要消费就会有记录。对一个未成年人来说,他不可能躲在深山老林,因此只有死亡这一种可能。"

"那么你们认为他是怎么死的?"方灵问。

"我们推理,他是在逃跑过程中死于意外。"

"尸体呢?"

"我们只是爱好者,不是警察。"于北冥笑着说,"赶紧吃饭吧,一会菜又凉了。你好久没吃他家的水煮肉片了吧。"于北冥夹起一块肉片,放进嘴里心满意足地咀嚼。

方灵突然觉得恶心,借故嗓子不舒服,不能吃太辣,用白米饭就着土豆丝,潦草地扒拉了两口。

吃完饭,方灵和于北冥一起出来,于北冥下午要去医院坐诊,方灵提出送他,被于北冥拒绝。他伸手打了一辆安吉星(无人驾驶出租车),坐到车上,降下车窗,与方灵作别。

"对了,那个找你们做调研的组织叫什么?"方灵问道。

"哦,他们自称'自然道'。"

"道教?"

"就是一个人文组织,信奉道法自然,跟道教没有从属关系。"

"谢谢您。"

"没事,能跟你聊天我也很开心,后续有什么需要帮助的尽管找我。"

"好的。"

"那我先走了,再见。"

"再见。"方灵挥挥手,目送于北冥离开。

方灵在校门口站立片刻,随后开车去了明城万物广场,一楼大厅下午三点举行一场滑板比赛,方灵是参赛选手。出乎所有人的预料,方灵是一名滑板爱好者。她比赛时会用方巾蒙面,因此赢得了"AKA蒙面女侠"的绰号。方灵停好车,乘坐扶梯来到活动现场。今天是表演赛,选手的状态相对轻松。方灵照例戴上印有"枪与玫瑰"Logo

(标志)的红色方巾,先是来了几个Ollie(豚跳)热身,之后是让人眼花缭乱的Impossible(绕板),这是她的标志性动作,当天活动的高潮是过立。方灵的记录是两立半,这对于女性滑板爱好者来说已经是非常优异的成绩,那天状态爆棚,她跟主办方示意要挑战三立。所有人都屏住呼吸,可以清晰地听见滑轮与地面摩擦的声音,随着方灵成功越过三块滑板,现场爆发出一阵欢呼。

活动结束已是傍晚,方灵拒绝了同好的聚餐邀请,乘直梯上了五楼。中午没吃多少,肚子此刻抗议,不时发出咕噜咕噜的呐喊。

五楼是餐饮聚集地,她选择了一家从未尝试过的福建菜系,味道一般,应该不会再来。对吃饭这件事,方灵向来比较随意,但不喜欢待在安全区,总是挑战从未光临的店铺。饭店里基本都是以家庭为单位,再不济也是一对情侣,或者三五好友,像她这样形单影只的顾客绝无仅有。吃完饭,方灵坐(应该是站)扶梯上六楼,那里有电影院,正好呼应她早上知悉的科幻电影。方灵晃动腕机,唤醒操作页面,下单,可选座位重申了她一个人的境况。

距离影片播放还有十几分钟,方灵坐在皮质软椅上闭目养神,听见有人议论纷纷。她本无意偷听,只是下意识向那边侧了侧身,通过她捕捉到的片段串连出一个重要信息,事发地点位于一家售楼部。方灵把关键词输入搜索栏,随即涌入一堆视频,主人公是位熟面孔,正是她的同事王越。视频很短,没有交代出来龙去脉,但大家似乎并不关心前因后果,揪住王越的身份和措辞不放,满屏溢出谩骂。方灵想跟林迈打电话,调出他的号码了,却不知道以什么样的姿态展开交谈,是通知,还是求证?这件事肯定已经发酵到他那里了吧,打电话也许只能让他徒增烦恼,毕竟他是王越的直接领导人,如果警队要问责王越,他也难辞其咎。

麻烦。

人生就是一个麻烦叠加着一个麻烦和不断面对、解决麻烦的过程。如果不能帮他人解决麻烦,最好敬而远之,因为你好心好意的过问会让当事人不得不再次面对麻烦。这大概就是方灵与同事们保持距离的根本原因,她不期待别人帮自己解决麻烦,也没想过替其他人冲锋陷阵。可是今天上午去图书馆不正是为了林迈查阅资料吗?林迈总是出现幻觉,这跟他早年间经手的一起案件有关,属于心理应激创伤的后遗症。方灵很想帮助他治疗,但林迈似乎不配合。不仅如此,林迈总是跟所有人都保持着一段距离,跟方灵的爱答不理不同,林迈平时跟同事相处和谐,总能打成一片,但方灵能够感受到他的交际只是浮于表面,内心深处筑起高高的藩篱,禁止访问。方灵也说不上来自己为何如此关注林迈,她曾理性地分析过这件事,当然是有些好感,可又没有那么强烈的靠近的欲望。

相比晚餐,电影远超预期,她很久没有去过电影院,更没有关注国产电影,惊喜地发现国内的技术和故事已经可以媲美好莱坞。方灵忘我地沉浸在诱人的剧情中,如果不是邻座的观众提醒,她都感受不到腕机震动。

方灵看了一眼屏幕,来电显示是林迈。

方灵猫腰离开座位,一路小跑到入口处,接通电话。她以为林迈要跟她商量王越的事,于是说:"我已经知道了。"

"啊?有人通知你了吗?那麻烦你来一趟吧。"

"去哪儿?"

"局里啊。"

方灵当时想到的是,局里一定非常重视王越的事,要召开一个紧急会议,给大家吹吹风,是要开王越的检讨会,还是警队的学习会。

"什么?王越怎么了?"

方灵便知道林迈还不知道自己的队员成为明城市的"公众人物",但考虑到林迈找自己的应该是公事,便说:"没什么。你找我怎么了?"

"又发现一具尸体。"方灵正琢磨这个"又"字,林迈补充道,"跟黎晓菲一样,脖子有勒痕,腹部有个十字花刀……"

5. 草原

办公室鸦雀无声,与会者盯着屏幕上的照片,那是一个身穿白大褂、戴口罩的男人,只露出一双眼睛。那双眼睛盯着众人。"当你凝视深渊的时候,深渊也在凝视着你。"林迈脑海里突然蹦出这句话。挑衅?炫耀?他的眼神异常平静,没有丝毫惊慌,仿佛在说,即使他们逮住他,也不能拿他怎么样。

会议氛围沉重,与会者皆正襟危坐,就连平时喜欢插科打诨的王越也一脸严肃。

林迈知道凶手变态,没想到如此变态,穿着打扮且不谈,先性侵被害者,杀完再性侵的做法就让人生理不适。

"放大手腕的位置。"林迈对石文杰说,"再放大,停。"特写给在男人的腕机上。"我见过这种腕机,据说不超过一千条。"

"头儿,交给我,我一定把这个浑蛋揪出来!"王越站起来,当即表态。

陈斌看了他一眼,不置可否,王越讪讪地坐下。"接下来你们准备怎么办?"陈斌声音不高,隐隐有责备的语气,或许只是疲惫。他虽然不像林迈、王越和石文杰冲到最前线,但比他们操的心更多,除了盯着案子,还要跟领导周旋,他顶住并消化了大部分压力,尽量让林迈等人把注意力集中在办案上。他的宗旨一向是提纲挈领而非指手画脚。

"两名死者生前热衷虚拟实境游戏,我们调查了她们的账号和记录,发现她们经常玩一款叫作《草原》的游戏,由死者的家属和朋友证实,她们都曾梦到过双头蛇的意象。接下来我们分几条腿走路,一边继续从被害者出发,追踪凶手,一边申请范围更大的DNA(脱氧脱糖核酸)数据库进行比对,一边尝试从游戏打开缺口,一边调查限量款腕机。"

"按照你的计划执行吧,散会。"陈斌说,"王越留一下。"

王越站起来,听见陈斌喊他,又坐回去。

林迈和方灵等人悉数离开,陈斌调出那条被疯转的视频。

"你听我解释,陈局……"王越连忙说。

"你跟我解释没用,我相信你,关键是如何让老百姓相信你。"陈斌打了一个罕见的官腔,"这件事影响恶劣,上头通知我彻查,务必给公众一个交代,还说弄清楚之前让你先休息一阵。你知道,最近两年舆论的力量可不容小觑。"

"我根本没有滥用职权。"

"我说你要是休息,这个案子就破不了了。"陈斌不听王越解释,直接把自己的态度甩给他,"上面让我找,我就找你,但怎么处置还是我说了算。你小子以后注意点,听到没有?"

"我知道了。"

"还不赶紧去追林迈。"

"是。"王越敬了个礼。

所有人都在鼓吹信息社会,互联网是世界的大脑,所有的电脑、腕机和其他智能设备共同构成它的神经网格。林迈却认为腕机像一根无形的狗绳把人拴住。时下流行的虚拟实境游戏他碰都没碰过,这是他第一次"上传"。

石文杰告诉他,"上传"是与之前的上网相呼应,登录虚拟实境游戏机就像把意识上传到虚拟世界。像黎晓菲和褚红,她们安装了"脑贴",可以跟"蛋壳"直连,像王越和林迈就需要戴上一个类似头盔的连接器,官名叫作"脑盔"。"脑盔"上面有一根手指粗的电线,与"蛋壳"连接。林迈戴上"脑盔",闭上眼睛。那根电线成为现实与虚拟的脐带。

林迈首先看到一个全白的空间,上下左右前后望不到边界。很快,王越和石文杰进入游戏。石文杰熟练地调出任务框。如果不是事先沟通过,林迈根本不可能知道那个机器人就是石文杰,也无法从那个卡通人物身上剥离出王越的形象:一个穿着背心的肌肉男,王越解释说是一部热血漫画中的角色。

"你得先注册,选择人物形象,也可以定制,但是需要花钱。"石文杰说。

"对,要不我帮你选一个。"王越说,"别这么看我,到了游戏里面,动画形象非常普遍。用游客的身份登录也可以,系统会随机给你匹配一个简单的三维图像。"

"现在的技术这么拟真了吗?"林迈忍不住感慨。

"你平时下班不玩游戏吗?那你都有什么消遣?"

"看电影。"林迈没提拼图。

"在虚拟实境也可以看电影,还能进入剧情,体验角色。"

"我习惯置身事外。"林迈转向石文杰,"我们进入《草原》吧。"

石文杰答应一声,伸出右手,凌空挥了一下,林迈眼前出现一个窗口,有各种各样的人物形象。石文杰提醒他这些都是人工智能生成,不是现实世界里的真实人物。窗口右边的侧栏有几个笼统的分类,比如青春、成熟、摇滚、哥特、民族、商务、影视。林迈点击影视按钮,接着有更为详细的分类。林迈选择经典,挑中了《剪刀手爱德华》里的剪刀手爱德华作为头像。准确地说,不是头像,而是分身。林迈摇身一变,成为约翰尼·德普[1]。

选好形象,石文杰语音念了几句短语,突然射来一片耀眼的白光,林迈下意识伸手去挡,忘记自己的手已经成为刀片,差点戳瞎眼睛。等他可以视物,发现他们来到一片茫茫的草原。这片草原一眼就能望见尽头,林迈跟王越走过去,抬头却发现与草原边际的距离没有改变,好像他们行走的时候,草原也在移动。林迈听见一阵似有若无的背景音乐,夹杂着没有文本的哼唱,让人身心放松。

"这是个啥游戏?"林迈问石文杰。

"这里就是《草原》。"

"我知道这是草原,我是说我们来这里玩什么,拔草吗?"考虑到

---

[1] 著名演员,剪刀手爱德华的扮演者。

林迈的双手已经变成剪刀,他根本无法完成拔草的动作。

"游戏就叫《草原》,黎晓菲和褚红生前玩得最多的就是这款游戏。"石文杰解释。

"这就是一片草原啊,有什么可玩的,我以为是那种赛车或者打怪的游戏。"林迈以自己对游戏一点浅薄的印象说道,"这片草原好像也不够广阔啊,虽然我们走不到头。"

"你说那些都是老掉牙的类型,现在的游戏更多是一种体验感。比如说这片草原吧,你仔细看。"王越说。

林迈低头,看见这些草在微风中轻轻摇晃,每一棵都根茎分明,草叶的宽窄和绿色也不尽相同,有的草嫩绿,有的草深绿,有的叶片边缘还有些枯萎,并不是潦草地涂色,几乎跟真正的草原没什么两样。林迈用剪刀手抚摸,不小心割断一小撮草茎。

"就这一片草原放在两年前就能烧掉几个亿的经费。"石文杰侃侃而谈道,"以前的游戏,你远看是一片生机勃勃的草原,近瞧就是马赛克。这里每根草都是单独建模,没有使用任何复制加粘贴的技术。所以这片草原成本非常高,制作成现在的面积非常不容易。这就是体验感。过去的人们在游戏里寻求刺激,像你刚才说的赛车或者打怪,甚至还有一些带有恐怖元素的探险游戏,借此逃避现实。当然,现在这种游戏仍然是经销商重点推出的项目,但同时也提供了像我们现在进入的这种游戏。这里没有刺激的关卡和需要打败的反派,这里就是一片草原。你可以在草原策马奔腾,可以放牧牛羊,也可以什么都不做,散散步,跟其他玩家闲聊。这个游戏的广告语就是

'每个人心里都有一片草原',这等于给了人们的心灵一片自留地、一个后花园。多少人这辈子都没见过草原。"

"是不是还有沙漠和大海?"林迈问道。

"什么?"

"不是所有的人都想去草原吧,这个游戏是不是还提供了其他自然环境?"

"《草原》就是草原,是指向性非常单一和强烈的存在,怎么说呢,就像某个小众音乐分支,比如国风,不喜欢的敬而远之,喜欢的人欲罢不能。玩这个游戏的人大概都有一种草原情节吧。"石文杰跟林迈解释一番。

"国风可不小众啊。"王越说。

"那比如动漫。"

"动漫也不小众。"王越说。

林迈打断他们的讨论:"怎么看不见其他玩家?"

"哦,我们是个人模式,系统自动屏蔽其他玩家,如果你想跟其他玩家交流,我可以切换到群像模式。"

"有没有一种模式,我们能看到别人,别人看不到我们?"林迈问。

"我们可以隐身。"石文杰说完,操作页面再次出现。石文杰快速点击一番,更改了模式。瞬间,林迈看见草原挤满了各式各样的角色(他想了想措辞,"人"显然不合适)。相比林迈和王越,这些角色更加大胆和复杂:有的玩家双腿变成双臂,有的玩家用几颗脑袋摆成,有的玩家是一颗苹果,有的玩家是一只收音机……这些玩家有的在草原上散步,有的坐在草地上围成一个圈。

"我们怎么才能跟其他玩家交流?"林迈问道。

"很简单,解除隐身。"石文杰说完,简单操作一番,"他们可以看见我们,我们也能跟他们接触。"

"我们分头打听,问问他们有没有见过双头蛇。"林迈交代王越和石文杰。林迈一连问了几个玩家,都表示没有见过双头蛇。二十分钟后,林迈与王越、石文杰碰头。

"林队,我们是不是搞错了?"王越的脑门上出现了几颗豆大而晶莹的汗珠,这是游戏中的动画效果,"难道黎晓菲和褚红都玩《草原》,就被凶手盯上?"

"我问你,黎晓菲和褚红之间有没有交集?"

"根据目前调查的结果来看,黎晓菲和褚红应该不认识。"

"所以说,除了年轻漂亮,《草原》是她们唯一的共同点,而且两个人都曾在被害前梦见过双头蛇,这不可能是巧合。回头你多找几个兄弟,让他们没事了就来这里打听。"

"要不要出个公告,花不了多少钱,这样所有玩家都能看到,省得我们大海捞针。"石文杰建议。

"双头蛇也能看到。"林迈说,"有时候,查案不能取巧,就像排查和走访。我们现在就是在虚拟世界进行走访。我想了很久,明城这座北方城市连蛇都很少见到,别说双头蛇了,所以她们大概率是在游戏里遇见,留下印象,然后梦到。"

"那这个事我来安排,不,我来做。"王越说。

"你还是安排吧,我还有其他好事给你留着。"林迈说,"你联系韩晶没有?"

"还没有。我觉得这种事越抹越黑,过几天热度自然就下去了,站出来解释,只会让那些追逐热点的人们更兴奋,助力他们对我构成二次伤害。"

"这个你自己决定,我让你找她是因为嫌疑人的腕机。我之前见韩晶有同款,她说是《三体》联名款。《三体》是什么你知道吗?"

"《三体》你都没听说过啊,二三十年前特别畅销的一本科幻小说。"

"按说这种畅销书都会改编成电影,我没见过《三体》电影。"

"谁知道呢,兴许拍了,只是没有上映。"王越随口吐槽,"我能问你个事吗,林队?那个,你跟韩晶什么关系?她该不会就是你深藏不露的另一半吧?"

"你整天推理,怎么琢磨出这种毫无逻辑的问题?我如果跟她有点什么,还用得着你去调查,我直接问不就行了?"林迈似乎很在意这件事,话给的虽然不冲,但语气非常重,有种急于证明和撇清的冲动。

"我就随便说说。"

"这种事能随便吗?流言蜚语就是这么形成的。"

"那你老实告诉我,你外面到底有没有人?"

"为什么是外面?"

"错了,是家里,金屋藏娇。"

"无可奉告!"林迈伸出剪刀手,咔嚓一下,剪掉王越的脑袋。

一周后,王越拿给林迈一张名单,上面列满一百余人的姓名、住址和联系方式。王越联系韩晶,在她的帮助下找到那家联名腕机经销商,找他们索要了一千名顾客的信息。

"这家店牛哄哄,"王越的神情、语气恢复到以往的松弛,看来从之前的风波中顺利脱身,"说什么这些顾客都是他们的 VIP(重要人物),根据公司规定,严禁泄露信息。我就跟他们掰扯,公司规定重要,还是国家法律重要?他们到后面又说这些顾客都是明城有头有脸的人物,他们招惹不起。我就说,我们没有不敢碰的人,有什么事把我们推出去就行,他们就拿人权攻击我。我现在听见这两个字就害怕,最后是韩晶从中斡旋,他们这才把名单给我。这女的挺有本事啊。"王越说着用手点了点名单。

"怎么就一百多个人?"林迈拿起名单查看。

"这是过滤后的。"王越邀功似的说,"光搞个名单花一周时间说不过去,我通过电话和走访相结合的形式,排除了大部分购买者的嫌疑。那些人有的案发时不在明城,有的提供了明确的不在场证明,剩下这一百多个要么联系不上,要么拒不配合。"

"你今天怎么这么兴奋啊?"

"我当然兴奋,凶手就在这一百个人里面,只要我们一个个找过去,肯定能将他缉拿归案。"王越脸上洋溢着满满的笑容,"哦,对了,还有一个有意思的事,这款腕机主要是针对女性客户,所以名单里的人基本分为两种,一种是像韩晶这样的女强人,自己有钱,买来犒劳自己,一种登记的姓名是男性,买来送人。这跟我们调查的结果一致。当然,也有一部分顾客是男性,自己买,自己戴,这些人不多,也分两种,一种是纯粹喜欢彰显身份和个性的奢侈品,一种是《三体》死忠粉,他们自称是 ETC 什么的。"

"ETC 是不停车自动收费系统,你说的那个是 ETO,地球三体组织。"

"你不是没看过这本书吗?"

"上次聊完,我熬夜看了电视剧,一个企鹅版,一个网飞版,都看了。"

"头儿,你这算不算假公济私?"王越说,"说真的,哪版好看?"

林迈懒得搭理王越,端详着名单出神,突然想到一个被他忽略的交集。购买《三体》腕机的顾客与登录《草原》的用户重叠的那一个可能就是凶手!如果他早点告诉王越,后者就不用走了几天的弯路。

王越听完林迈的分析,却摇摇头,说:"没走弯路,你刚才说那条路根本走不通。理论上是没错,但不具备可操作性。你看啊,腕机的经销商就在明城,我们的威信力可以覆盖,游戏的发售方就不一定在哪儿了,有可能还在国外。我们不可能跟他们索要玩家的信息。而且,玩家数量太多了。"

"你不是说《草原》是小众游戏吗?"

"小众只是针对那些爆款而言,那些游戏动辄几亿玩家,《草原》

没那么流行,但少说也得有上千万玩家。再说登录死者账号的办法,同样不可行。《草原》主打随机,跟陌生人聊天内容经过加密,阅后即焚,系统不会保留。除了当事人,谁也不知道他们当时说了什么;当事人事后也会忘记。所以说草原是绝伦无比的树洞。"

"我们只能用笨办法了。"林迈取消了中队所有的休假,又跟陈斌申请了三十多个民警,分组行动,同时对名单上剩余的顾客展开调查。他必须抓紧时间跟凶手赛跑。凶手还会再犯案,这几乎是肯定的,尝到鲜血的野兽绝对不会停手。

王越制作的购买者名单按照字母笔画排序。林迈说这样太不方便,为什么不按首字母排序。王越却说现在流行按字母笔画排序,显得正规和公平。林迈恨不得踹他一脚。某件事物一旦流行开来,不管好坏,都有大批追随者。

名单中的一百多个人他们用两天时间排查了一半,看上去效率似乎不如之前,但这些都是难啃的角色。其中一个购买者吸引了林迈的目光,名单上显示购买者叫穆梁,没有查到他的住址,只知道供职于一家脑科学投资科研机构。穆梁正是《草原》的负责人。

林迈和王越来到位于明城北二环外的这家名为 Brian(大脑)的脑科学投资科研机构。北二环建造了明城最大的医药产业园,吸引了全国的医药公司前来投资建厂。此举是明城近二十年来规模最大的城市规划,为明城每年的 GDP 贡献百分之十的增量。与以往人们印象中生产中成药和简易处方药的传统药厂不同,明城缔造的医药产业园主打高精尖,许多企业都是以研发为主,Brain 就是在这一时期进驻的企业。

林迈停好车,跟王越一起下来,王越上前出示警员证,简单说明意图,让门卫开门。门卫却不买账,直截了当地回绝他们,只有内部人员或者获得主管批准才能入内。王越几次跟他们强调查案,门卫仍然无动于衷。林迈在一旁也看出来,这些孔武有力的安保跟其他单位那些大腹便便的保安不可同日而语。

王越嚼着口香糖,冲上去,大喊:"开门!"

门卫看都不看他一眼。

王越急了,掏出手铐,说:"我警告你们,不要敬酒不吃吃罚酒。"

林迈见状连忙让王越把手铐收起来,小声提醒他,之前售楼部事件的新闻刚过劲,别记吃不记打。王越一边收手铐,一边骂着:"一个破研究所,搞得跟保密局似的。"

"很多游戏都有盘根错节的势力,研究所也是,而且跟游戏一样,大部分都有资本大鳄背景,根本不跟当地行政机关对接。"回到车里,林迈安抚王越。

"那怎么着?"王越指着大门说,"实在不行就硬闯,连几个看大门的都干不过,我们还算什么刑警?"

"为什么非得闯?"

"人在里面啊,不进去怎么问?"

"不能一直在里面吧。"林迈操作腕机,将一篇新闻投影到汽车前挡风玻璃上,是关于 Brain 的报道,列举了该机构的研究成果云云,文章里面有不少照片，其中一张是几个科研人员正在讨论什么的合影，下面有一行小字：穆梁博士（右二）正在向同事们讲解星形胶质细胞释放神经递质的原理和过程。"等着吧，希望博士不用加班。"

等待过程中，林迈点击穆梁的照片，在网络上检索他的个人信息：穆梁，本科毕业于北京大学生物系，硕士和博士就读于伯明翰大学脑神经专业，多年来一直在美国工作，致力于研究脑电波振荡，于两年前回国，现为Brain机构的主要负责人之一。浏览完穆梁的社会背景，林迈脑海中浮现的第一个词语是：别人家的。年幼的穆梁是别人家的孩子，学习成绩名列前茅，多次获得国家级赛事冠军，学业一帆风顺；成年后的穆梁是别人家的丈夫，工作和收入都令普通人难以望其项背，最重要的是前途无量。很难想象像他这样近乎完美的人被列为犯罪嫌疑人，《三体》腕机或许只是他为妻子或女友或女儿购买的节日礼物。

傍晚时分，一辆银色保时捷驶出研究所，林迈一眼就认出驾驶人员正是穆梁，副驾驶上还有一位女士。穆梁驶离市中心，从二环上了三环，直奔西山。

"头儿，他会不会是去作案啊？"王越问道，"不然怎么去这么偏僻的地方？"

"说不定人家在西山别墅有房呢。"

"也是，有钱人的生活咱不理解，为什么花那么多钱跑那么偏僻的山区置业呢？要我说，他肯定不止一套房产，市中心也有大House（房子）。"说到房子，王越的话头变密了。

林迈让他少牢骚几句。

经过龙泉大桥奔西山水库,林迈感觉路线熟悉,想起那晚和韩晶一起吃饭的地方。

穆梁的目的地正是西山庄。

穆梁停在西山庄门口,下车,走到另一侧,绅士地拉开车门,请女人下车。两人一前一后走进餐厅。加装了自动驾驶系统的汽车完美而精准地泊入车位。女人正是穆梁的秘书孟晓,看来他们的关系不仅仅是上司和下属那么纯粹,倒不是说一男一女不能下班聚餐,而是绝少选择这种高端餐厅。

林迈停车,门童立刻过来驱赶,餐厅是会员制,散客恕不接待。

"我不吃饭,停车总可以吧。"林迈无意跟门童争执。

"停车也不行,停车场只对会员开放。"

"我们不去停车场,就在门口停一下。"

"那也不行,整个水库都是我家的。"门童仰着头说,有种遮掩不住的优越感。

"水库是公家的,怎么成你家的了?"王越往前踏了一步。

"你、你们是干什么的?我警告你们,不要找事啊,我们餐厅老板黑白通吃。"门童明显紧张了,但强撑着维持刚才的神气。

"那你叫他出来吃了我们?"林迈和王越拿出警官证。

门童一溜烟跑走,没一会儿又出来,身后跟着一位西装革履的中年男士。他自报家门,是西山庄的经理,问林迈和王越有何贵干。林迈不想把事闹大,以免打草惊蛇,跟经理说他们在执行公务,请求提供一个泊车位。经理不想多事,亲自指导林迈泊车,还说有什么事尽管跟他吩咐,绝对配合。阎王好见,小鬼难缠,说的就是这个道理。

王越坐不住,说:"咱直接进去问他不行吗?"

"有时候看比问得到的信息更多。老话怎么说来着,耳听为虚,眼见为实。"林迈让王越别着急,在车里好好歇歇。

王越拿出口香糖,嚼了一粒,林迈闭目养神。

差不多两个小时,两人从西山庄出来,站在餐厅门口聊天,之后结伴去了停车场。林迈开车跟上穆梁,经龙泉大桥、三环、二环,原路返回到达市区,最终停在一个小区门口。这是近两年新建的小区,有酒店一样的入户大堂,门口写着小区的名字:臻睿园。穆梁目送孟晓进入大堂,将车缓缓开动。林迈再次跟上去,追到穆梁家。趁着起落杆还没降下,林迈猛踩一脚油门,紧随穆梁的车冲进地下车库。他能听见起落杆与车顶的轻微剐蹭声。王越说了一声谢天谢地,幸亏今天没开他的车。

林迈把车停在穆梁车头前方。

穆梁下来与他们理论,林迈打断他,说:"穆梁先生您好,又见面了,很抱歉以这种方式打扰您,有件事我们需要跟您确认一下。"

"现在警察办案都这么不走寻常路吗?"穆梁丝毫不慌。

"主要是您太不寻常,只能出此下策。"王越毫不客气回撑,"请您配合我们的工作。"

"请问需要我怎么配合?"

"只需要回答我们几个问题。"林迈问道,"7月12日和24日晚,您在哪里?"

"最近两个月我一直在加班,最早也要十一点多结束,今天好不容易忙里偷闲溜出来。"

"这个点也不早了啊。"王越说。

"哦,下班跟同事吃了个便饭。一直加班嘛,我这个当领导的得表示一下,不能既要马儿跑又不要马儿吃草。"穆梁说得很自然,"不如这样,天色不早了,明天请二位去我办公室再聊行不行?我该休息了。"

"你们单位可不好进啊。"林迈苦笑一下。

"这是您的车吧。"穆梁看了一眼车牌号,"明天可以直接开进来。"

"行,那明天见。"林迈说,"还得麻烦您先把我们送出去。"

穆梁重新上车,跟刚才一样先通过起落杆,林迈紧随着跟出去。

路上,王越问林迈,为什么不问问穆梁腕机的事。林迈说不用着急,凶手就在这群人当中,很可能已经打过照面,暂时不要轻举妄动。

晚上,王越跟林迈回家,接走于楠母子。连日来,王越一家三口借宿在林迈家,躲避苍蝇一般的自媒体。经过几天冷却,新闻热度降下来,围在他家门口的人们因为无利可图而散去。王越向林迈道谢说,多亏他这几天的"收留"。林迈让他别跟自己客气,要谢就谢谢韩晶。

"是得好好谢谢她。"王越说,"她帮了我大忙。"

连日来，林迈要么在办公室睡沙发，要么在车里凑合，躺回熟悉的床上，反而陌生。林迈又做了那个梦，只是这次怎么也无法醒来，或者说以为自己醒来了，结果仍在梦中，反复多次，直到天亮。睡觉比跑步还累，醒来浑身酸痛。

跟穆梁承诺的一样，林迈的车来到 Brain 门口，连一声喇叭都没响，伸缩门便缓缓打开。

"真是看门狗！"王越隔着窗户骂了门卫一句。

"不能这么说，各司其职，各侍其主而已。"林迈让王越积点口德，"没有卑微的职业，只有卑微的职员。"

"这话听着耳熟啊。"

车开进研究所，孟晓在门口等候。她穿一身职业套装，头发利落地抓成一个髻。

"大家好，我是穆博士的助理，有什么请跟我谈，穆博士正在开会。"孟晓声音不高，却自带威严。

"耍我们呢是不是？姓穆的昨天让我们今天来，结果却派你打发我们？"王越说。

"我说了，穆博士正在开会，这是临时会议，穆博士事先也不知情，有安排不周的地方还请见谅。"孟晓的语气仍然没有起伏。

"我们是跟他问话，不是找他谈心。"王越的嗓门一如既往的大。

"有事跟我说也一样。"

林迈伸手挡住王越，跟孟晓说："我们找个地方坐下聊吧。"

孟晓带他们去了一间会议室，端来两杯热茶。林迈向来只吃冷食，喝凉水，王越端起来喝了两口。

"有些事情，我们要跟穆梁先生确认。"林迈说，"麻烦他下了会来一下。"

"有事跟我说也一样，他的日程安排都是由我负责。"

林迈脑子里转了一个弯，说："也行，请你查看7月15日和7月24日晚上，穆梁先生有什么安排？"

孟晓抖动腕机，全息屏投影空中。林迈留意了她的腕机，是极其普通的基础款式，没有任何图案。孟晓查阅一番，找到穆梁这两天的工作计划，指给林迈和王越："你们看，这两天晚上穆博士参加跨国会议，跟欧洲方面的公司对接，时间都在夜里。"

完美的不在场证明，看来不是他。林迈心想，说不出是松了口气，还是更加紧张。

"多谢。"林迈说。

"穆博士是受人尊敬的学者，也是明城重点引进的人才。不管因为什么，你们都不应该怀疑他。"

"你很了解他吗？"林迈问。

"至少比你们了解。"孟晓梗着脖子说。

"我能问你几个问题吗？你们的研究方向是什么？"林迈换了个提问方向。

"这是机密。"

"好吧。"林迈不以为然。

"到底发生了什么？"孟晓问林迈。

"这是案件机密。你好像很关心他啊？"林迈擅长读取人物的内心，对身边人物的崇拜很容易转化为恋爱的憧憬。

孟晓却给出截然相反的结论："他一直在追求我。"

"最后一个问题，研究所和奥创科技是什么关系？"林迈问。

"奥创科技是研究所全资子公司，落地我们的研究课题，让投资人看到我们做出来的东西能够被市场接受。"

"原来如此。"

"现在能走了吧？"

"我什么时候说走了？"

"你不是说最后一个问题吗？"

"没错，问你的最后一个问题。"林迈说。

"言而无信！"孟晓屡次送客未果，最后自己气冲冲走了。

王越掩嘴而笑，被林迈敲了一下脑袋。

中午时分，穆梁终于开完会，见到林迈和王越有些意外，可能以为他们已经离开。林迈也没有像昨晚那样跟穆梁寒暄，直奔主题，问他的腕机什么时候买的，为什么买一个女款。穆梁的回答倒也坦诚，说他在追求孟晓，腕机是送给她的礼物。跟孟晓说的话一致。

"那为什么你自己戴上了？"王越问。

"这不是很明显吗？我被拒绝了。"穆梁苦笑一声。

名单上其他人也都做完了初步调查，除了几个人语焉不详（后面逐渐被证实这些人是为非正牌的妻子或女友之外的女人购买礼物),没有发现指向性特别明显的证据。王越推理,联名款的腕机在明城限量一千条,但不是只生产了一千条,也可能是其他城市的人流窜到明城作案。林迈觉得可能性不大,一般来说,连环杀人案的凶手可以粗略分为两种,一种是穷凶极恶之徒,像二十世纪的"白银案";另一种是成功人士,像《沉默的羔羊》。林迈认为他们的对手是汉尼拔(《沉默的羔羊》中的凶手),而非沈氏兄弟("白银案"中的主犯)。

他们正讨论,林迈的腕机抖动,是陈斌打来的电话。

"王越跟你在一起吗?"陈斌问。

"嗯。"

"你们赶紧给我回来!"

"出什么事了?"陈斌平时很少动怒,惹他生气说明事情的严重性超过阈值,他本能地想到,该不会是又有新的死者吧?

"出大事了!"

回到局里,同事直接让林迈和王越去大会议室。除了出外勤的伙计,大部分同事都在。像这样动员全局的会议一般只在过年的时候开展,氛围是祥和的、愉快的。但现在是年中,氛围压抑而沉重。陈斌脸上乌云密布。

"人差不多齐了,我说个事。"陈斌点燃一根烟,"因为'7·15浮尸案',大家这段时间都比较忙,比较累,我虽然不用下沉到一线,但请同志们相信,我一点也不轻松,我需要面对上峰的压力。我在这个位置,就应该承担责任,没关系,有什么事我来扛,尽量不影响到你们的工作节奏。我觉得我就是你们的一个大家长,我也愿意保护各位,你们有什么情绪和不满也可以跟我说,背后搞小动作让我伤心和恶心!我今天召集大家不是发牢骚,也不是想揪出来谁把案子的事捅给媒体,我相信你不是故意为之,我今天是给大家提个醒:我们是一个集体,你的一举一动都会被放大成集体行为。这件事我顶下来了,有什么处罚也是我来承担。我给你一次机会,就像家长给孩子一次机会。"

听到这里,林迈恍然明白,警局有人联系媒体,透露了查案的经过。他随手搜索,看到一篇名为《"虫杀手"——游走在明城黑夜的幽灵》的报道,详尽列出案发现场的细节,死者周围的昆虫尸体("虫杀手"的绰号由此而来)、死者腹部的十字伤口、梦中出现的双头蛇,甚至提到腕机和《草原》。许多信息就连警局同事都不知道。这篇文章的作者正是韩晶。

林迈看了一眼王越,后者没事人一样跟同事议论,讨伐那个吃里爬外的反骨仔。

不会是他吧?一定不会。王越不会干这么没骨气的事。可他真的了解王越吗?或者说,他真的了解王越的窘境吗?散会后,林迈和王越上了车,林迈问他:"是你吗?"

"是我。"王越没有遮掩和解释。

"真浑蛋!"林迈忍不住朝王越肩窝戳了一拳,"你知道这意味什么吗?这意味着把我们的工作汇报给凶手,意味着凶手知道我们的部署。这都没关系,最重要的是意味着凶手为了逃避我们的视线很可能会换个作案手法,意味着可能会有更多无辜的人们惨死。"

"不,不会的。"王越摇着头说,"凶手也许不会看到这篇报道。"

"我该说你什么?"林迈恨不能一脚把王越踢下车,事已至此,再做什么也没用,就算联系网警把这篇文章删除也于事无补,"走,我们现在去找她。"

"找谁?"王越小心翼翼问道。

"还能有谁?韩晶啊。"

"找她干什么?"

"还能干什么?把钱还给人家啊。"

"林队,你相信我,我没有拿她的钱,一分钱都没有。"王越保证道。

"那你让她抓住了什么软肋?"

"林队,别问了。别问了。"王越眼眶蓄满泪水。

林迈联想到一个肮脏的交易,他之前总听王越抱怨婚姻,难不成?再加上韩晶之前对他散发的魅力,就成了。男人的软肋,永远是女人。林迈不敢多想这种可能性,所以让王越下车。

案件自此陷入沉寂。

林迈唯一的安慰就是第三起案子迟迟没有发生。他知道,凶手不会收手,这种罪犯把杀人当成一种生理需求。一连几天,林迈仍然跟之前一样忙得脚不沾地,但总觉得有种无力感,就像高手过招,被对方预知了后手。

林迈又一次遭到驻局纪检组的审问,跟之前一样,两人按着他回忆"4·14案"的细节。林迈不得已"回到"那一天,回到地狱一般的案发现场。四人杀害新婚夫妇后并没有清理房间的血迹和指纹,地板、墙壁、沙发、被套、餐具都留下他们犯罪的证据。小区的摄像头也清晰地录入他们的五官,警方没费多少工夫就确定他们的行踪。他们逼着死者把钱都转到其中一人的账户,又用他的身份证开了一间电竞房,四人一直在这里落脚。他们根本没有任何防备,转账和开房都需要实名认证。抓捕行动,林迈一马当先,冲进四人藏身的旅馆。林迈先敲了敲门,谎称来打扫卫生,刚下了一条门缝,林迈便一脚踹开房门,门板撞在开门之人的鼻子上,顿时鲜血直流。对方一边捂着鼻子,一边臭骂。林迈在他肚子上揣了一脚,那人便倒在地上,像虫子一样瑟缩着,动弹不得。另外两个人见林迈来者不善,思想并不统一,一个准备逃跑,一个抄起椅子要跟林迈较量。林迈不慌不忙,关上门,挂上锁链,转过身,举椅子的嫌犯已经跑到跟前,林迈抬起双手,稳稳地攥住椅背,并不着急做下步动作。那人龇牙咧嘴,却撼动不了分毫,最后只得松手,去找其他趁手的工具。林迈直接把椅子抡下去,拍在他脑袋上。想要逃跑的人吓得不敢动弹,裆部尿湿一片,臊气冲天。

"所以,"检查组的同志说,"你承认在抓捕犯罪嫌疑人的过程中有暴力执法的情况?"

"我不知道你们怎么理解暴力执法,当时的情况是他们有三个人,而且有暴力倾向,我只是迅速制服他们,袭击我的两个人失去威胁后,我并没有伤害另外一名嫌疑人。"

"你是否随身携带配枪?"

"是。"

"那你完全可以举枪,我相信,如果他们看到枪很可能会束手就擒,如此一来就不会造成剑拔弩张和大打出手的局面。"

"事发紧急,我没来得及拔枪。"林迈敷衍了一句,他当时的心理活动其实很简单,他觉得对付这群人根本用不着拔枪。

"重点不是枪。"另一位同志说,"当时分局决定进行抓捕行动,大部队马上就到现场,你为什么不等人齐了再行动?"

"我说过,我担心他们随时跑走,一旦离开房间,跑到街道等空阔地,我一个人想抓捕三人就不容易了,所以必须趁他们没离开之前抓捕。"

"你这是在狡辩。"

"你们说什么就是什么。"

"别以为你破获几起案件,就有恃无恐,该奖奖,该罚罚。"

"我们先不讨论暴力执法的问题,关于在逃人员付辰骁,你还有什么想说的?"唱红脸的同志说,"付辰骁未满十四岁,就算他比同龄人早熟,归根结底还是一个孩子。我们不相信一个孩子能在被通缉的状态下安然度过四个多月,不被抓获,也没有任何社会活动痕迹。"

"我们花了很多时间和精力,找不到他,我们比你们更着急。"这是心里话,没人比林迈更想逮住付辰骁。

"我们查过抓捕行动当天电竞酒店的监控,也跟前台了解过情况,他们说一直都是四个人入住,偏偏你去那天,付辰骁不知所踪。"

"我只是客观陈述当天的经过,信不信由你们。"林迈站起,离开会议室,他自觉给够这些人面子。工种不同,林迈理解他们的初衷和手段,只是没时间干耗。回到办公室,王越、石文杰和专案组的同事们都在埋头工作。王越看见林迈,腾地一下站起来,气冲冲就往外走,被林迈叫住:"你干什么?"

"我要去干这两个自以为是的家伙!"王越愤愤不平,"我们拼死拼活查案,不仅要面对嫌疑人的明枪,还得提防自己人的暗箭,这样下去,都靠后捎了,谁还往前冲?"

"你给我坐下。坐下!"林迈说,"干好你分内的事情。"

"头儿,我就是想为你出一口恶气。"

"怎么出?你过去跟他们打一架,回头我还得写检查。你这不是替我平事,是给我找事,有这时间好好查一查黎晓菲和褚红最近半年的活动轨迹,除了《草原》,她们还有没有交集?"

"我现在比黎晓菲、褚红的直系亲属都了解她们,但我总觉得这些都是无用功。老百姓们以为我们刑警都是神探,要是让他们知道查案就是依赖关系和苦功,肯定会对我们的印象大打折扣。"

"查案本就如此,那种灵机一动就识破嫌疑人诡计的桥段只出现在小说和电影中。"林迈和王越聊了几句,熄灭他的怒火之后转向石文杰:"你那边怎么样,许萱萱和孑维烨有什么动作吗?"

"那天从足球场回来,许萱萱一直没有出门,我们跟踪了孑维烨,查到他的行踪,他接受了《明事儿》的采访,面向全社会招收信徒。"石文杰向林迈汇报,语气随意了不少。

"《明事儿》?"林迈想起韩晶,或许可以跟她打个电话,但想到韩晶收买王越,将他们正在调查的案子公布于众,林迈就气不打一处来。王越是泄密者,韩晶则是始作俑者。

晚上回家,林迈就着牛奶啃面包聊以充饥,吃完饭,坐在客厅拼图。算是因祸得福吧,案子进入停滞期,他获得空前绝后的私人时间,经过最近这些天努力,拼图的全貌逐渐显现。查案时,警察跟站在手术室外等待生产的陪护家属一样,产妇刚刚推进产房,陪护总是又紧张又兴奋,慢慢地,随着时间流逝,他会变得冷静下来,可以游刃有余地看看新闻,或者打个盹儿。刚刚接手一个新的案子,心情总是激动澎湃,以为用不了多久就能破案,查案到某个阶段就变得疲惫、无所谓,每天都是大量的烦琐的走访、查资料,不管多么锋利的棱角都能打磨圆滑。林迈想起刚刚加入刑警队时,陈斌跟他说过一番话:"警察也是人,只不过是比常人多了一些经验,警队也不是以智商作为遴选人才的标准。事实上,大部分案件都是需要一点一点攻坚,遇到狡猾的对手,需要花费的时间就更久,而且很可能无疾而终,历史上那么多未解的悬案都是这么形成。"陈斌总结了破案三要素,大海捞针般的调查、敏锐的嗅觉以及星辰之外的运气。三者的占比如下,调查占到百分之八十,嗅觉和运气各占百分之十。

林迈一边拼拼图,一边复盘案件。说复盘不太准确,一局棋下完,才能说复盘,而这个案子至今未破,一旦进入停滞期,就很难望到头,除非采集到全新的证据或者凶手再度犯案,林迈竭力遏制后一个念头,却忍不住去想,凶手再次夺走一个女孩的性命,露出蛛丝马迹,林迈将其绳之以法;凶手从此"金盆洗手"。假如林迈可以选择,他会怎么取舍?

三十岁之后,林迈就不太能熬夜,以前盯梢,两天两夜都不带合眼,照样有劲抓捕犯罪分子,现在熬半宿第二天就无精打采。不知不觉又到了后半夜,林迈连着打了几个哈欠,准备睡觉,腕机响了,是一串熟悉的号码,是周芸。莫名其妙地,林迈竟然有点害怕这个看上去冷若冰霜又弱不禁风的小女孩。

"您好。"

电话里只有一些窸窣的声音,林迈仔细听,像是牙齿打战。

"您好?"林迈有种不祥的预感。

"林警官,我见到双头蛇了。"

"在哪儿?"

"在《草原》里面。"

"我是说,你在哪儿?"

"我就在中央公园。"

"我马上过去。"林迈放下手中的拼图,驱车赶往中央公园小区。鬼使神差一般,林迈没有走正门,把车停在水系公园,穿过绿化带,结果小区的后门被物业封死了。应是黎晓菲的案子让小区居民心有余悸,毕竟发生在身边的凶杀案和法制节目中的凶杀案是两码事,人们都有趋利避害的属性。林迈着急去找周芸,情急之下,翻墙进来。

"林警官。"周芸开门看见林迈,两眼噙满泪花,扑到他怀里,像只受惊的小鹿。

"没事了,别害怕。"林迈抬起无处安放的双手,安慰周芸,"先让我进去行吗?"

周芸这才游出林迈的胸口,带他进入客厅。林迈坐在沙发上,和周芸保持着一段距离,以免她再次扑来。身为人民警察,林迈有义务保护她,但保护有不同方式。整个晚上,周芸都没有睡,林迈在沙发一动不动守候,天亮之后,林迈给王越打电话,让他和石文杰一起过来。林迈把石文杰留下来陪周芸,和王越一起回局里。

出了门,王越打趣林迈:"头儿,你什么时候来的?"

"昨天晚上。"

"孤男寡女共处一室,整整一个晚上,你真不怕人说闲话啊。"

"我不怕人,我就怕你。"

"怕我——"王越回过味来,"什么意思,我不是人吗?"

"这可是你自己说的。"林迈笼出一个哈欠。

"你昨天晚上没睡好吧?"

"我昨天晚上就没睡。"

"一宿没睡?我跟你说,你现在跳进黄河也洗不清了。"

"我还跳银河呢!咱们赶紧回局里。"

"你不先回家补补觉吗?"

"你再多说一句话,我就把你炖了补补。"

没有人想到,凶手会在之前犯案的地方再次狩猎。

林迈的计划一公布,遭到全队反对,队员用理性的视角剖析、讨论和否定,认为他过于异想天开。

林迈接到周芸的求救电话,当即派王越把她接到局里。周芸向林迈手绘了她看见的双头蛇,并非传统意义上长着两颗脑袋的怪胎,周芸画中的形象更加怪诞离奇,是一条首尾都是脑袋的蛇怪。因此,首尾的称呼也不再成立,因为两边都是脑袋,不存在尾巴一说。如果说前者只是基因异常的产物,还有诞生的可能,后者则是接近神话般的存在,就像《山海经》上的奇珍异兽。难怪林迈跟王越在《草原》上寻找双头蛇未果,从一开始,他们就没有把握准"双头"的真正含义。

按照他们之前的认识,双头蛇是凶手锁定猎物的标记,所以,周芸很可能就是下一个目标。林迈跟局里申请,为她提供保护,并根据她制定下一步抓捕方案。同事们反对的就是这件事。他们普遍认为,明城市常住人口七百多万,年轻貌美的女性少说也得有一百多万,凶手不可能这么死脑筋,偏偏挑黎晓菲的室友下手。

"反正我如果是凶手,我肯定得避开黎晓菲和褚红的交际圈,不然不是自投罗网吗?"陈斌跟大家持相同观点。

"都想不到,或许正是凶手的如意算盘。"林迈说,"他不可能停下来,即使铤而走险。"

"会不会,双头蛇只是一个幌子?我经手过一个案子,凶手接连杀害三名女性,共同点是长发及腰。这个案子捅出来后,理发店人满为患,留长发的女孩争相剪了短发,结果凶手再次作案时开始挑短发女性,警方之前的部署全部踏空。"陈斌说,"我的意思是,凶手会不会跟我们玩了一个猜疑链。他以为我们不会往这想,我们以为他以为我们不会往这想……"

"陈局也看过《三体》啊。"王越插了一嘴。

"让你说话了吗?"陈斌吼了王越一嘴。

"不管怎么样,必须为报案者提供保护。"这是林迈的底线。

"这个简单,王越,你这几天放放手里的工作,为报案者提供二十四小时的保护。"陈斌点了点王越。看上去是个苦差事,却是对王越的信任,这种时候,安排脏活累活比让他休假更惬意。

"保证完成任务。"王越立马响应道。

从会议室出来,林迈仔细叮嘱王越,让他务必看好周芸,千万不能掉以轻心和自作主张,有情况立刻跟他联系。王越不以为然,认为凶手不会来中央公园小区刨食。王越离开,陈斌叫住林迈,让他这段时间盯紧筛选出来的几个嫌疑人——根据腕机排查出来的几个可疑人物,凶手很可能藏在这些人当中。陈斌煞有介事安慰林迈说,不是不相信他的推理,只是资源优化使用,毕竟人手有限,必须尽可能地照顾到方方面面。他还说,上面的压力越来越大,他快顶不住了。

"顶不住会怎样?"林迈问完觉得有些多余。

"顶不住就顶不住呗,还能怎样?"陈斌语气轻松,说完却叹了口气。那一瞬间,林迈突然觉得这个老大哥苍老了。

离开会议室,没走多远,方灵又把他叫住,跟他共享最近的发现。

方灵申请了对黎晓菲和褚红的大脑进行更加深入的研究,死者大脑皮层积蓄的大量 5-HT2A 的确跟"脑贴"有关。

"还记得褚红死前的监控录像吧,死者像个牵线木偶,跟被洗脑了一样。我们发现,'脑贴'作为中继站,会对人类大脑进行远程攻击,让受害者脑内的活动提高一个数量级,导致人脑直接瘫痪。"方灵不急不缓地分析。

在林迈听来,这有点像魔法攻击,一时难以消化:"那些虫子是怎么回事?"

"可能跟脑波有关。"方灵停顿一下,"凶手利用'脑贴'对被害者进行攻击时,会以被害者大脑为中心散发出非常强烈的脑波,就像是诱蚊剂,附近的昆虫都会被吸引过来。"

"那最后都死了又是怎么回事?"林迈追问道。

"功率,要想通过'脑贴'攻击被害者,功率一定很大,这些昆虫就是被功率杀死,前面我说了像诱蚊剂,这时则像灭蚊灯。"

方灵说话时没有起伏,林迈看着她,突然从她的头发里飞出一只蜜蜂,接着是从她的眼睛中、嘴巴里,瞬间,方灵被蜜蜂包围。林迈知道这是幻觉,竭力不让自己在方灵面前失态。

"你没事吧?"

"没什么。"蜜蜂飞走了。

"记得吃我给你拿的药。"

"嗯。"

又是那个梦:没有尽头的长巷,燃烧的人影。林迈又一次从梦中惊醒,他照例去冰箱拿出一罐凉牛奶,仰脖灌下。腕机在这个时候响了,是王越。

"林队,你快来,出事了。"

"哪儿?"

"中央公园。"

"看见凶手了吗?"

"没有。是那个女孩,她自己走出来。我现在跟着她呢。"

"走出来了?"林迈看了一眼时间,凌晨三点多,"这么晚了,去哪儿呢?"

"不知道,她像梦游一样,闭着眼睛,穿着睡衣,光着脚。"

"你盯紧她,我马上到。"林迈下到停车场,驱车赶往中央公园小区,路上给陈斌打了个电话,请求支援,之后跟王越保持通话。

按照王越说的,他在周芸单元门口盯梢,周芸傍晚回来后就上了楼,凌晨三点左右,从楼里出来,走得很匀速,像被设置好了步速。周芸没有走小区正门,是顺着内部路来到后门,翻墙头出来,走向水系公园,走向第一案发现场。林迈猜得没错,果然是灯下黑,凶手不仅挑黎晓菲的室友作案,还把她弄到之前行凶的地点,手段也升级了。根据褚红被害时拍摄到的录像和方灵的研究,凶手可以通过"脑贴"攻击被害者的大脑,之前推测只是让被害者失去意识,没想到还可以控制意识。

林迈猛踩油门,一路风驰电掣,得亏是深夜,路上几乎没有车辆和行人,路口的红绿灯可以根据车流量智能调控等时,因为只有他一辆车,所以开了一路绿灯。

"林队,需要我把她叫醒吗?"王越问道。

"先跟着,"这时候叫醒周芸绝对能救她一命,也是最稳妥的做法,但是他们就失去一次逮捕犯罪嫌疑人的良机。林迈做着煎熬的心理斗争,"我担心突然叫醒会对她有影响。"

"我懂了,就像不能叫醒梦游的人对吧。她现在已经通过了小区的后门,走到水系公园。"

"你刚才说她光着脚?"林迈突然想起什么。

"对。"

公园里的路可不好走。林迈觉得自己有些过分,甚至可耻,怎么能让一个弱不禁风的小女孩以身试险?他恨不得抽自己一个嘴巴。可眼下他没别的办法,只能加快车速,早一秒赶到,周芸就多一分安全。

林迈赶到水系公园的时候,远远听见一声枪响,他飞快朝枪声的方向跑去,顾不得被树枝和荆棘划伤的胳膊、脸。林迈跑到现场,首先看到站着不动的周芸。她应该已经清醒,(不知是不是被枪声惊醒)双手捂着嘴巴,顺着她的目光望去,是王越和用压脉带勒着王越脖子的凶手。王越的手枪掉在地上。林迈冲过去,一拳打在凶手的脸上,后者仰面跌倒。王越大口喘息着,回头在凶手腿上踹了两脚。天色有些暗,看不清凶手的脸,林迈打开腕机的手电筒,照清凶手的五官,竟然是付辰骁!他举起手格挡强光,银色腕机上三颗小球不规则

243

运动。

"搞了半天,竟然是这小子啊。"王越言语间难掩兴奋之情,"这下圆满了,'4·14案'可以结了,'7·15浮尸案'破获,你的嫌疑也洗清了,皆大欢喜。"

"先把他带回去再说。"林迈却高兴不起来,"你没事吧?"

"没事,这小子劲还挺大。"王越捡起手枪,"我开的枪,没冲人,就是吓唬他一下。"

"我跟陈局通气了,大部队马上就到,你们把人带回局里。我先送周芸回家。"林迈跟王越交代清楚,走到周芸面前。她还有些惊魂未定,迷茫又害怕地望着眼前的一幕。"没事了,我送你回家。"林迈说完,周芸像是没听见似的一动不动。林迈轻轻碰了碰周芸的肩膀,后者吓得叫出声来。林迈不再试图跟她交流,默默陪着她。

十分钟后,陈斌亲自带队,跟林迈和王越会合,把付辰骁带走。陈斌要找林迈了解情况,被林迈制止,让他有事跟王越沟通。陈斌见状招呼人们离开。

天色将亮,周芸终于清醒过来,问林迈:"林警官,我们怎么会在这里?"

"你先休息休息,回头我们再聊好吗?来,我送你回家。"林迈早就注意到周芸光着脚,半蹲下来说,"我背你。"

周芸没有拒绝,攀到林迈背上,脑袋耷拉在他的肩膀上。林迈把周芸送回家里,伺候她躺好,守候了半个小时左右,准备离开,周芸突然拉住林迈。

"林警官,你能陪陪我吗? 我怕。"周芸的声音细若游丝。

林迈坐在床边,任由她紧紧攥着自己的手。林迈突然想到自己救过的另外一个小女孩,她现在差不多也跟周芸一般年纪吧。

当天稍晚些时候,周芸给林迈发送了一封邮件,详细记录了她有印象的经过:下班后,她跟往常一样坐公交回家,热了一份即食米饭,吃完开始玩《草原》。其实她不太想玩,因为之前在《草原》遇见双头蛇,她有些害怕,但好像脑袋里有个声音不停催促她开机,接驳,她完全不受控制。至此,她还有自我意识,但感觉自己像个旁观者。在游戏里,她再次遇见那条双头蛇,那条蛇缠在她身上,她想甩脱却不能,她想大叫却也不能。后来,她失去意识,连旁观者都不是。她不知道自己怎么出的门,怎么走到公园,直到听见那声枪响才清醒过来,但巨大的恐惧攥住她的心脏,让她浑身无力,想要离开而不能。

经过两个多月奋战,"7·15浮尸案"的元凶终于落网。对于一起连环杀人案来说,两个多月的侦破称得上迅捷,一些大案重案四五年、十几年都没有进展,甚至成为积案或者悬案。从周芸家回来,林迈和王越一起提审了付辰骁。

询问笔录(三)

询问时间:2034 年 8 月 12 日 14 时 26 分

询问地点:明城市江祜区分局第二审讯室

询问事由:2034 年 7 月 16 日凌晨 2 时许,在明城市环城水系南段发现一具尸体,7 月 24 日凌晨,在明城市皇宫大酒楼后厨发现一具女尸,经调查,被询问人有重大作案嫌疑。另——4月14日,一对新婚夫妇被四人团伙残忍杀害后分尸,其中三名嫌疑人落网,被询问人为该案在逃人员。

询问人:林迈

记录人:王越

被询问人:付辰骁;性别:男;出生日期:2020年11月23日

住址:不详

邮编:05****

身份证号码:1******20201123****

联系电话:不详

询问人告知:我是明城市公安局江祐区分局的刑警林迈,警员编号005***。我们已经掌握你杀害黎晓菲和褚红的证据,以及对周芸杀人未遂。接下来依法对你进行问讯,按照刑事诉讼法规定,你有义务配合我们的审问,不得伪证或者隐匿罪证,否则是要负法律责任的。下面开始正式问讯:姓名?

被询问人:付辰骁。

询问人:年龄。

被询问人:不到十四周岁。

询问人:昨天晚上,你在环城水系南段做什么?

被询问人:我睡不着觉,过去散心,恰巧看见有人神情恍惚地走向水系,担心对方投河,施以援手。请问,见义勇为也有罪吗?

询问人:凌晨三点去公园散心吗?

被询问人:不允许吗?有人熬夜玩游戏,有人熬夜钓鱼,我就喜欢熬夜散步。

询问人:你不要以为未满十四周岁,我们就拿你没办法。今年四月上旬,你和三名同伙潜入一对新婚夫妇家中将二人残忍杀害,其他三人已经被抓,他们承认了以上事实。今年七八月份,被害人黎晓菲和褚红惨遭杀害。这几个案子是不是都是你做的?

被询问人:不是。

询问人:(拿出"4·14案"另外三名嫌犯的照片)你是否认识三人?

被询问人:不认识。

询问人:(拿出黎晓菲和褚红的照片)你是否认识二人?

被询问人:没见过。

询问人:我们已经掌握了充足的人证物证,负隅顽抗只有死路一条。

被询问人:行了行了,不逗你们玩了,人是我杀的,我还不到十四周岁,反正不用坐牢。

询问人:我警告你,态度放端正一点。

被询问人:(低头狞笑)你们能怎么着我?我伏法、我认罪,我会好好改过自新,但我不会再让你们逮到我。

询问人：少废话，老实交代犯案过程。

被询问人抬头微笑……

付辰骁交代的作案经过与案情相符，虽然林迈始终觉得有些不匹配，却不得不接受现实。

历时两个多月的案子终于告一段落，林迈却没有轻松的感觉，他给王越和石文杰放了假，自己仍按部就班地工作。

一个案子接着一个案子，一天接着一天。

5.1 韩晶的一天

韩晶是那种到哪儿都能成为焦点的人物。以前上学,她是校花,一颦一笑牵动着一群痴情的追求者的心;在电视台,她是名副其实的台柱子,主持两档收视率名列前茅的节目;从电视台辞职,跟几个朋友成立新媒体公司,韩晶也是主心骨,公司的重大决策都是由她制定。当时还有几个同事看她笑话,觉得她放弃体制内的工作是头脑发热,安安稳稳多好,瞎折腾什么?韩晶很快便让那些看笑话的人笑不出来,韩晶公司一个月的营业额是他们几年的工资。这个世界就是这么现实,用钱作为评判标准,虽然功利,却很客观。韩晶之前采访过一个作者,由他的同名小说改编的电影成为以小博大的票房神话,他本人一跃成为市场上炙手可热的文字工作者,许多影视机构都花高价收购他的另外几部作品。他之前出版的几部小说,最高的销量也不过一万册,火了之后,他登录几个头部主播的直播间,几秒钟就卖出去数十万册。该作者因为生活所迫,此前已经考虑放弃写作,身边的亲人和同事也都认为他不务正业,等到他的书卖钱了,这些人纷纷把他视为成功的典范。现实就是这么现实。韩晶从不觉得自己比常人更聪明或者付出更多,她唯一引以为傲的是有自知之明。有人评价她为达目的不择手段,有人说她是精致利己主义者,韩晶对这些评价全盘接受,或者说,她根本不在乎别人怎么评价,她的世界里,自己总是摆在第一位,别人怎么想、感受如何,从来都不是她考虑的事情。她想办成的事,很少失手。韩晶总结,办事的两个基本点是人和钱,要么有人,要么砸钱。

韩晶得知环城水系浮尸案,意识到这是一个爆炸性的大新闻,不管是正经消息的拥趸,还是八卦新闻的受众,都很难抗拒一起发生在身边的离奇杀人案。韩晶立马联系警队的熟人,打听到由江祐区分局负责此案。她之前主持《法治进行时》,跟江祐区分局有过一次合作,连忙翻出当时的报道,找到那几名警员的信息,记下。韩晶刚开始想通过林迈打开局面,只接触一次,韩晶就知道这条路走不通。作为主持人,韩晶最厉害的不是控场,而是看人。每个人都戴着不止一层面具,越长大,面具的数量和种类越多。韩晶擅于揭开人们的面具,面具越多,弱点越多。林迈的面具却只有一层,韩晶跟他接触两次就看透了他,却拿他没有办法,林迈是那种油盐不进的类型,韩晶以为像他这种角色只存在于港片中。这种角色用钱和人都很难渗透,必须找到他的弱点,拿捏他的七寸。只要是人就有弱点。

早上,韩晶照例凌晨四点起床,换上运动衣、跑鞋,出门,在小区的塑胶跑道晨练,每天都要跑够五公里。之前有早起的老人说闲话,认为韩晶只是装装样子,没想到她风雨无阻,每天准时下楼跑步。不了解韩晶的人,以为她只是一个徒有其表和伶牙俐齿的美人壳子。今天早上下雨了,韩晶披了一件薄款雨衣。她的观点非常朴素,一件事必须天天坚持,如果有一天偷懒,那么就有第二天,就会有无数天。韩晶把锻炼身体放在凌晨四点就是因为这个时间段一般不会有人打扰。不管晚上应酬多晚,哪怕是凌晨三点回家,睡一个小时,韩晶也要四点起床跑步。跑完步回家冲个热水澡,热一杯牛奶,烤两片面包,煎个鸡蛋。吃完饭也不过五点多,韩晶便开始一天的工作。成功的人总是相似的,失败的人各有各的理由。《明事儿》之前出过一期"年轻人应该拼命还是躺平"的报道,她采访了几位上班族,他们一致呼吁躺平,但深入了解他们的工作和生活之后,韩晶觉得他们其实已经躺平了。

今天照例安排得很满,上午是"自然道"的采访,中午跟一个开发商的工程老总吃饭,下午出席"城发投"冠名的网球赛开幕式,直播揭幕战,晚上还要去Livehouse。去Livehouse是通告,但不是作为记者的通告,而是作为乐队的通告,韩晶另外一层身份是"机械姬"乐队的键盘手兼主唱,每次演出,韩晶都会佩戴一副定制的面具,几乎没人知道她还有这个分身,包括其他乐队成员,他们平时都是云排练,演出的时候才碰头,而那时,韩晶已经佩戴了面具。"机械姬"乐队受邀成为明城西山摇滚音乐节的嘉宾,同台竞演的都是一些老牌乐队。

韩晶早就听说过"自然道",刚开始,她以为这是邪教组织,或者骗取老年人养老金的诈骗团伙,后来看过一些报道,发现"自然道"有他们的信仰和逻辑。这个组织和她一样,都容易被先入为主,但他们通过自己的努力与坚持改变了他人的看法,虽然他们并不在乎外界的看法。韩晶一边吃早饭,一边搜集"自然道"的资料,百科页面只有寥寥几段介绍:

"自然道"是一个宣传人类应该尊重和回归自然的民间组织，道众呼吁现代人脱离电子产品的束缚。现代人，从出生到死亡都被各种各样的电子产品包裹着，工作需要电子产品，生活离不开电子产品，休闲娱乐也是以电子产品为介质，电脑代替人脑，快感完胜思考。我们已经快忘了大自然的模样，尤其是"脑贴"推广使用之后，人类彻底放弃能动性，随着电子涟漪漂流。我们联合专业机构针对"脑贴"对人脑的刺激和伤害做过跟踪研究，实验结果触目惊心，"脑贴"和其他电子产品一起正在扼杀人类文明，假以时日，人类就会变成电子产品的奴隶和附属，我们的存在完全是为了人工智能服务，它们通过数据洞悉了我们的需求，孜孜不倦地向我们输入，麻痹我们，圈养我们，改造我们，取代我们。

介绍最后用红字写了一句话：人类是人工智能进化的阶梯！

单看这段文字，韩晶提炼出一个主要矛盾、两个基本观点：人类与电子产品（或者人工智能）的矛盾；人类应该亲近自然和人工智能正在驯化人类。这不算新鲜，类似的理论在二十世纪后半叶甚嚣尘上，甚至是工业革命时期就萌芽了，但最后都被证明是阻碍历史进程的谬论。近几年，随着人工智能的突破，无人驾驶系统、无人机投递、虚拟实境等领域获得空前成功，彻底改变人们的生活方式，与此同时，也把人们和自然推得更远。怎么看，"自然道"都像一个无病呻吟、跟社会发展唱反调的神棍组织,但过去两年,"自然道"非常活跃,做了不少让人刮目相看的大事,比如成立"自然基金会",每次天灾人祸,他们都冲在最前线,捐款捐物,组织专业救援队。这符合"自然道"另外一个宗旨:决不放弃任何一个自然人。在这个语境下,自然人是指没有安装"脑贴"的人类,相应的,他们把加装了"脑贴"的人类称为电子人。"自然道"在全球风靡,收获不少拥趸者,有不少电子人拆除"脑贴",还原成自然人。当然,大部分人认为"自然道"的道众是一群跳梁小丑,任何试图阻止历史的车轮滚滚向前的势力最终都会被无情地碾进车辙里。韩晶之所以做这期采访,一是对"自然道"有种莫名的亲切感,一是他们给的钱很多。这符合"自然道"的形象:腰缠万贯的土包子。

早上九点钟,韩晶准时来到青少年足球训练中心,孑维烨约在这里采访。青少年足球训练中心近期在举办五人制比赛,场边临时搭建了看台。比赛通常在周末晚上开打,今天是工作日,又是早上,训练中心显得空旷而静谧。

"我很喜欢运动场,人们在运动的时候贴近自然。"孑维烨说,"你好,韩女士。"

"现在很少有人喊我女士了。"韩晶说。

"那怎么称呼您?"

"他们都叫我韩大美女。"

"您的确很漂亮。"孑维烨说,"我们开始吧,韩大美女。"

"我先问你几个笼统的问题,后面聊起来了,你可以自由发挥。"

韩晶拿出纸笔,上面有她提前写好的采访提纲,另外,也是准备记录。看到韩晶的装备,孑维烨愣了一下,早在几十年前,记者采访时就开始使用录音笔或者其他电子设备,韩晶手中的纸笔几乎是古董了。"哦,我习惯了。我高中就梦想成为一名记者,用碳素笔和作业本开启人生第一次采访,一直到现在。"这是个讨好型的谎话,韩晶高中时代的确想成为记者,但她早就采用更加便捷高效的记录工具,纸笔都是现买的。

"很好。"孑维烨点头道。

"第一个问题,也是读者和观众最关心的事情,你为什么戴泳镜?如果涉及隐私或者某些痛苦的往事,我们可以揭过不提。你听过那个昵称吧,'泳镜哥'。"

"以这种方式出圈,我深表遗憾。我戴的并不是泳镜,镜片是特制的,用以过滤这个世界无处不在的电磁辐射,之所以做成泳镜的形式,是为了与眼眶结合得更加紧密。这个眼镜还在测试阶段,马上准备量产,所有道众人手一副,免费发放。"孑维烨侃侃而谈。

"第二个问题,你们跟其他组织不同,他们都是想方设法敛钱,你们对信徒非常慷慨,虽然我不知道这副眼镜造价几何,但免费发放一定要不少开销。你们的收入从哪儿来,有固定的投资机构,还是来自信徒捐赠?"

"都不是。"

"那方便透露一下你们活动资金的来源吗?"韩晶打起精神,跟孑维烨的泳镜相比,这才是爆点。

"我能问韩大美女一个问题吗?"孑维烨反客为主。

"当然。"

"你相信这个世界上有外星人吗?"

"啊?"韩晶大为意外,但多年的职业素养打底,她马上反应过来,这应该是孑维烨的幽默,她决定配合他,"我相信。"

"握住我的手。"孑维烨伸出右手,韩晶大方地跟孑维烨的手握在一起,"我感受到你的真实想法了,很遗憾,你不相信。"

胡乱猜测也好,心理学也罢,孑维烨说中了,韩晶并不相信这个世界存在外星人,或者说,在遇到这个问题之前,韩晶根本没有考虑过这件事。外星人对忙忙碌碌的老百姓而言过于遥远和浪漫。

"是不是我不相信,你就不会回答我的问题?"韩晶问道。

"当然不会,只是你不相信这个世界上有外星人,也就否定了我的回答,因为'自然道'所有的经费都是由外星人提供。"孑维烨说得非常诚恳,越是这样,韩晶越觉得好笑,"一开始我们非常躲闪,不敢泄露外星人存在的事实,后来发现人们根本不信,索性广而告之。"

"你的意思是,外星人创立了'自然道'?"

"没错。"

"它们在哪儿?如果有外星人,它们在哪儿?"韩晶感觉自己被耍了,这种事情只是说说还挺幽默,一而再、再而三地重复,就有了捉弄的嫌疑。

"你无意间跟获得诺贝尔物理学奖的伟大科学家提出了同一个问题。"

257

"费米悖论。"韩晶脱口而出,她前年采访过获得诺贝尔物理学奖的中国科学院院士,对方当时刚刚获奖,各种各样的采访排着队,他让媒体代表把问题交上来,首先选择了韩晶。为准备这次采访,韩晶连轴转了半个多月,聘用三位大学物理老师辅导。

"人们都称韩大美女是多面手,不管天文地理,还是娱乐八卦,没有你不知道的领域,看来所言不虚。"孖维烨说,"费米悖论本身并不严谨,当我们问它们在哪儿时,已经犯了先验主义的错误,我们并没有接触过外星人,凭什么认定它们是看得见的?"

"比如说它们来自更高的维度?"

"非常好的举例。"

"所以,它们的目的是什么?"韩晶没想到会走到这个方向,这也是采访的乐趣所在,她虽然做好提纲,但采访本身是开放的,就像写小说,作者在落笔前写好梗概和大纲,行文会把故事推到哪里并不能完全确定。韩晶对"自然道"背景做了很多猜测,某个商业帝国、政府背书,甚至是黑恶势力,怎么也没有想到外星人。"不管是谁,都有一个目的吧?"

"目的就是提醒和帮助人们远离电子产品,这是对大脑的污染,就像塑料对海洋的污染,普通人可能觉得与己无关,但只要你肯花时间了解一下真实情况,就会感到触目惊心和迫在眉睫,不会认为我戴上这副眼镜是故弄玄虚和危言耸听。"

"远离电子产品是手段,不是目的。"

"你比我想象中更聪明。"孖维烨说,"但我不能告诉你。"

"我喜欢你的诚实,可你今天答应接受我的采访,不是准备毫无保留地向我展示'自然道'的所有吗?让我更加全面和客观地创作这篇报道,让更多人认识'自然道',接受'自然道'。如果你对我们有所隐瞒,读者也会对你们的好感大打折扣,这可不利于传道啊。"

"我可以给你另外一个流量密码。"孑维烨说,"写文章不是要抓住读者眼球吗?我给你一个超级爆点,让任何一个读到题目的人都会想要点开,任何一个点开视频的观众都会看完,任何一个看完的观众都会得到无与伦比的体验。"

"外星人吗?"韩晶以其人之道还治其人之身,不可否认,外星人的确是超级爆点,但百分之九十九点九的读者都会以为她胡编乱造,除非——"你能展示外星人存在的证据?"

"你知道我为什么接受你的采访?"

"因为我没有'脑贴'?"韩晶随口说。

"这是非常关键的因素,但不是全部。我们想发布一个招募启事,希望更多朋友加入'自然道',我知道你有不少粉丝。"

"这涉及商业合作了,我报价可不低啊!"

"尽管开口。"

"那我可狮子大开口了。"韩晶没想到孑维烨找她还有这层用意,但送上门的钱,没有拒绝的道理。韩晶收起纸笔,和孑维烨敲定合同细节,如果不是中午另外有约,她倒是有兴趣和孑维烨一起进餐。

中午的饭局非常无聊,就是一些企业家互吹,韩晶只是他们的谈资,对韩晶来说,这些人又何尝不是她的垫脚石,通过跟他们接触,打通所谓的圈层,获得普通人轻易无法获得的资源。席间,韩晶接到一个电话,是个陌生号码。韩晶欠身说声抱歉,去包房的洗手间接听。

"请问是韩晶吗?我是公安局的。"

韩晶以为是诈骗电话,刚想挂断,又觉得声音耳熟,说:"我是。"

"我们之前见过面,我叫王越。"

"哦,王警官。"王越的热搜是个插曲,她其实懒得追逐这种社会热点,没人比她更清楚,这些热点形成得有多迅速,消散得就有多猛烈。她虽然做自媒体,但不喜欢热搜,她追求更有张力的新闻,只是拗不过合作方的推搡,她才带了一个摄影师去王越所在的小区。王越的视频在网上发酵,很快就有网友曝出他的姓名、住址。韩晶没想到在这能遇见林迈,她当下调整策略,林迈这种人多少钱也撬不动,但可以用人情绑架他。韩晶和林迈联手转运了王越一家人,他怎么也得记自己一个好。"您找我有事吗?"

"上次的事,谢谢你。"

"举手之劳。"

"对您是举手之劳,对我可是帮了大忙。"

"您打电话就是为说声谢谢吗?太客气了。"

"还有件事需要麻烦您。我想问您的腕机是什么时候、在哪儿买的?"

"我记不清了。"像她这样光彩夺目的女性,每天都有拆不完的礼物,她甚至不知道这条腕机是谁送的。

"请您好好回忆一下。"

"我一时半会儿想不起来,这样,我现在在外面吃饭,等我下午回家好好查一查。"

"麻烦您了。"

"配合警方调查是我们每个良好市民应尽的义务。"

挂了电话,韩晶没有立刻从厕所出来,琢磨了一下,觉得应该见王越一面。她最开始想从林迈身上寻找机会,几次接触下来,她发现林迈油盐不进,王越或许是个突破口。

饭局结束,韩晶给王越打电话,约在公司会客室碰头。从市电视台辞职后,韩晶跟合伙人在明城最高的写字楼租了几间屋子作为办公室,她笃信,环境可以改变人。韩晶查找聊天记录,发现这条腕机是海洋地产销售总监送她的礼物,答谢她为他们新开盘的项目做的报道。韩晶敏锐地察觉到,这或许跟案子有关。

下午三点,王越准时出现在会客厅,韩晶用一杯香醇的手磨咖啡招待他。王越显然对咖啡没有太多要求,浅尝了一口放下。

"林警官最近还好吗,他还欠我一顿饭呢。"韩晶这么说没错,但旁人听来会以为他俩私交甚笃。

"他最近忙得晕头转向。"王越看韩晶的目光明显有了变化,语气也温和许多,"我们聊正事吧,您查到腕机从哪儿、什么时候买的吗?"

"你们怎么这么关心这玩意儿?"韩晶举起胳膊,"能不能跟我说说?"

"不好意思,请您配合。"

"当然配合,我不仅可以告诉你我的腕机从哪儿买的,我还可以帮你一起去找经销商索要其他人的名单。他们可不好说话啊。"

"我会让他们好好说话。"

"这当然,警方出面肯定不一样。"韩晶无意间提到王越的痛处,或许是有意。

"我们都是依法办事。"王越连忙补充一句。

"都不是外人,你在我这不用这么拘谨。"韩晶说,"关于售楼部的事,我们公司可以免费公关,其实也不是公关,只是摆事实、讲道理,偏偏现代人就不跟你讲道理。我有时候也觉得切身利益比道理更重要。对了,王警官的房子买了吗?我认识不少房产行业的朋友。"

"这个……"王越支支吾吾道,"方便吗?"

"举手之劳。"韩晶盯着王越,就像猎人盯着猎物,只需要稍加引诱,他就会掉入韩晶的陷阱,"就你上次看那个绿湖家园,他们城市总跟我关系不错,售罄只是营销手段,他们会故意把好楼层的房源捂一捂,一是让消费者觉得房子抢手,二是先处理那些不好卖的。要不这样,你先跟嫂子商量一下?"

"不用商量,您帮我问问吧,就绿湖家园。"

"您稍等。"韩晶当着王越的面拨打绿湖家园城市总的电话,"喂,宋总,我是韩晶。"

"韩大美女,你怎么想起我了?"

"我帮你们楼盘介绍一个客户,是我特好的朋友,宋总能不能给我优惠一点。"

"能能能！既然是韩大美女的朋友,就是我宋某人的朋友,我给走个内部价,打93折。"

"宋总之前不是说还有推介费吗？"

"房子一成交,我马上让财务打你账上,别人都是一点五个点,我给你返两个点。"

"太感谢宋总,两个点我就不要了,你帮忙直接给我朋友优惠到总价里面吧。"

"好,好,没问题。"

"那就这么说定了,回头我请宋总吃饭。"

"怎么能让韩大美女破费呢？你让我请你吃饭就是赏脸了。这样吧,咱们也别回头了,你朋友今天有空吗？让他来项目部找我,我给他把房子的事办了,咱俩晚上吃饭。"

"可是我晚上有安排了,我先问问他时间,只要房子的事落停,吃饭的事我绝对不爽约。"

"一言为定。"

挂断电话,韩晶问王越："王警官今天有空吗？"

"有有有。"

"那跟嫂子看房子去吧。"韩晶盯着王越说,"呀,我刚才忘了跟他说你的名字,还得再打个电话知会一声。对了,我正好有点事需要您帮忙,对您来说也是举手之劳。"

6. 死亡

林迈亲自撰写了"7·15浮尸案"的警情,彻底画上句号,凶手对受害人家庭造成的伤害却是省略号,普通人将案件当成茶余饭后的谈资,没人知道他们到底经受着怎样的煎熬。

转眼已到十月份,一场秋雨过后,天气瞬间转凉,头一天还是裤衩半袖,转日竟有人武装了羽绒服。网友调侃,明城只有冬天和夏天,然后就是做你的春秋大梦。三十岁后,许多儿时的记忆突然清晰。儿时的冬天似乎特别漫长和严寒,下一场雪,经冬不化,还有一些闪烁着民间智慧的俗语和道理不时飘入脑海中,比如春捂秋冻。林迈不是为养生,单纯是想遵从这则古老的教诲,常常挨冻,不到零下绝不向保暖内衣妥协。即使入秋,林迈仍然不吃热食,多年来的锻炼,肠胃早已习惯。王越调侃他的身体和性格一样冷若冰霜,林迈也不反驳。王越解决了住房问题,但背上一身房贷和一个处分,看上去不比之前松快,倒是石文杰天天佩戴着微笑的面具。从石文杰身上,林迈反思自己,到底要不要向方灵表达爱慕,好几次,他都抱着破釜沉舟的心情订购了鲜花,却又在无人机配送时取消订单。

又一次,林迈下定决心,打开购物页面,准备下单一束粉色玫瑰,开屏广告是最近在明城大街小巷刷屏的西山摇滚音乐节。这是明城的领导班子全力打造的音乐节,林迈听石文杰提起过几次,王越也准备和于楠去浪漫一把。这也许是个机会,不知道方灵喜不喜欢听音乐。林迈突然发现,除了她的专业,林迈对方灵几乎一无所知,他们平时见面只谈论尸体。

林迈刚刚付款成功,陈斌打来电话,让他去一趟办公室。

"有事不能电话说吗?"林迈的心里还纠结着表白的事情。

"就几步路的事,你赶紧过来。"

"你知道就几步路啊,你有事找我,就不能自己跑一遭?"

"我没跟你闹着玩!"陈斌语气严厉地挂断电话。

林迈连忙去找陈斌。他跟陈斌是十几年的同事,彼此都熟悉对方的节奏,陈斌一旦严肃起来,就是有重大事件。

"什么事这么急?"林迈问陈斌。

"你先看下这个。"陈斌推给林迈一份刑事侦查卷。

刑事侦查卷　正卷

(一)诉讼文书及技术性材料鉴定部分

1.卷宗封面

2.卷宗目录

3.立案、管辖文书

(1)《接受刑事案件登记表》《接受刑事案件笔录》

(2)《立案决定书》

(3)检察院《立案通知书》

(4)《指定管辖决定书》

（5）《移送案件通知书》

4.回避、律师参与诉讼文书

（1）《回避申请书》《回避/驳回申请回避决定书》《不服驳回申请回避决定复议申请书》《复议决定书》

（2）《涉密案件聘请律师决定书》

（3）《准予会见涉密案件在押犯罪嫌疑人决定书》

5.强制措施文书

　　…………

6.侦查文书

　　…………

第一次问讯笔录

时间：2029 年 9 月 24 日 15 时 20 分至 2029 年 9 月 24 日 21 时 45 分

地点：墨城市

侦查人员姓名、单位：保密

询问人员姓名、单位：保密

犯罪嫌疑人姓名：王周童

别名：童童

曾用名：无

性别：男

出生日期：1998 年 7 月 15 日

民族：汉

文化程度:硕士

政治面貌:群众

身份证件名称:身份证

号码:×××××19980715××××

工作单位(职业、职务):墨城市梅奥诊所普外(普通外科)主任

户籍所在地:墨城市

现住地址及电话:保密

个人网名、QQ号码、微信号码、电子邮件:保密

违法犯罪经历:无

是否具备阅读汉语能力:是

是否具备听、说汉语能力:是

是否怀孕或哺乳自己未满一周岁的儿童:否

是否限制行为能力:否

现在对你宣告犯罪嫌疑人有关诉讼权利和义务:

根据《中华人民共和国刑事诉讼法》的规定,在公安机关对案件进行侦查期间,犯罪嫌疑人有如下诉讼权利和义务:

1.有权使用本民族语言文字进行诉讼。

2.对于公安机关及其侦查人员侵犯其诉讼权利和人身侮辱的行为,有权提出控告。

3.对于侦查人员、鉴定人、记录人、翻译人员有下列情形之一的,有权申请他们回避:

(1)是本案的当事人或者是当事人的近亲属的;

(2)本人或者他的近亲属和本案有利害关系的;

(3)担任过本案的证人、鉴定人、辩护人、诉讼代理人的;

(4)与本案当事人有其他关系、可能影响公正处理案件的。

4.对于驳回申请回避的决定,可以申请复议一次。

5.自接受第一次讯问或者被采取强制措施之日起,有权委托律师作为辩护人。经济困难或者有其他原因没有委托辩护人的,可以向法律援助机构提出申请。

6.在接受传唤、拘传、讯问时,有权要求饮食和必要的休息时间。

7.对于采取强制措施超过法定期限的,有权要求解除强制措施。

8.对于侦查人员的提问,应当如实回答。但是对与本案无关的问题,有拒绝回答的权利。在接受讯问时有权为自己辩解。如实供述自己罪行的,可以从轻处罚;因如实供述自己罪行,避免特别严重后果发生的,可以减轻处罚。

9.核对讯问笔录的权利,笔录记载有遗漏或者差错,可以提出补充或者改正。

10.讯问未成年人时应通知其法定代理人。

11.未满18周岁的犯罪嫌疑人在接受讯问时有要求通知其法定代理人到场的权利。

12.聋、哑的犯罪嫌疑人在讯问时有要求通晓聋、哑手势的人参加的权利。

13.依法接受拘传、取保候审、监视居住、拘留、逮捕等强制措施和人身检查、搜查、扣押、鉴定等侦查措施。

14.公安机关送达的各种法律文书经确认无误后,应当签名、捺指印。

15.有权知道用作证据的鉴定意见的内容,可以申请补充鉴定或重新鉴定。

16.自愿如实供述自己的罪行,承认指控的犯罪事实,愿意接受处罚的,可以依法从宽处理。

17.依法接受传唤、取保候审、监视居住、拘留、逮捕等强制措施和人身检查、搜查、扣押、鉴定等侦查措施。

问:以上诉讼权利和义务听清楚没有?

答:听清了。

问:你是否申请回避?

答:不用。

问:你是否聘请律师为你提供法律帮助?

答:不用,律师帮不了我。

问:我们是墨城公安局的刑警(出示证件),因你涉嫌杀人罪,根据《中华人民共和国刑事诉讼法》第×××条,对你传唤(拘传、刑事拘留),现依法对你进行讯问。你应当如实回答我们的提问,对本案无关的问题有拒绝回答的权利。你听清楚了吗?

答:别废话了,我知道自己犯的事必死无疑,我现在就一个要求,临死前见见我父亲。

…………

以下内容为王周童犯罪经过:王周童的几起犯罪现场没有留下任何指纹、毛发、精液,每次作案都会戴医用橡胶手套,并戴手术帽、口罩、脚套;他会在夜里选择独行女性作为目标,悄悄跟进,用浸透乙醚的手绢将被害人迷倒,拖入车中,用压脉带将其勒死,在汽车后座铺上一层塑料布,进行奸尸。他很小心,每次都戴避孕套,防止精液泄出。事后,他会用手术刀在死者腹部划下一个血十字,将尸体标记为自己的战利品。经查,王周童父亲也在医院工作,是一名严重ED(性功能障碍的一种)患者。王周童在童年时代,曾目睹过父亲在医院停尸间猥亵尸体。那个尸体的腹部有一个十字伤口。医学上,关于ED是否遗传尚无定论,不过那次偷窥在王周童的心理上留下了不可磨灭的阴影。

卷宗记录,王周童心狠手辣,心思缜密,几年来连续作案高达十四起,前十三起制造了十三具尸体,最后一起被害人意外逃脱魔掌,向警方报案后方将其抓获。也就是说,如果没有最后这次失误,王周童说不定还会逍遥法外。

王周童被注射死刑。

"这是墨城同僚给我发的资料,他是当年督办王周童案的警员之一。他看到了韩晶那篇报道。"陈斌说,"你怎么看?"

"这个案子当时肯定很轰动,不过现在讯息泛滥得太猛烈,人们连五天前的热搜都没兴趣,别说五年前的新闻。我觉得有可能是模仿犯罪。根据卷宗来看,王周童所犯下的案子都是先杀再奸,他有严重的 ED，只能对尸体耀武扬威。而我们在酒楼后巷发现的视频显示，凶手先强奸被害者，之后用压脉带勒死，再奸尸。由此可见，'7·15 浮尸案'的凶手不存在生理问题，他的行为更像一种'致敬'。"这个半路杀出来的线索让林迈兴奋，但是冷静下来，又发现没那么有用，唯一得出的结论就是凶手模仿王周童杀人，再往下推理，也许还可以得出凶手很可能是墨城人士，或者在墨城生活过一段时间。不过也不一定，林迈还没有跟陈斌互通有无，自己便推翻了这个结论，凶手可能只是恰巧看到王周童的新闻。

"你觉得付辰骁知道王周童吗？"陈斌问。

"不清楚。"

"我换个问法，你知道王周童吗？"

"第一次听说。"

"这么大的案子，我们干刑警的都不知道，你觉得他一个未成年人从哪儿得到的渠道？"

"网上呗，现在的新闻传播得多快。"

"问题就出在这里，墨城警方跟我说，当年侦办完王周童案，就把档案封存，相关部门找过他，严禁泄露跟案情相关的任何事情。网络上删除得一干二净。"陈斌解释道，他干刑警三十多年，经手的案子没有一千也有八百，经常接到电话，提醒他哪些案子不能声张，否则，否则他也说不准会有什么后果。不过像王周童案这种删得一干二净的情况，他还是第一次遇见。"我们假设，付辰骁不知道王周童，可能一比一还原王周童式犯罪吗？答案显而易见。两个互不认识的人相隔五六年以同一种手法实施犯罪,这种概率就跟在太阳系之外再找到一颗孪生地球一样渺茫。"

"你这个类比还挺科幻。"

"你怎么跟王越似的碎嘴,正经点。"陈斌说,"那么就只有一种可能,付辰骁模仿王周童犯罪,问题在于,他怎么知道这起案件?我跟墨城警方通电话时聊过这个问题,他认为付辰骁可能去过墨城,或者有墨城的亲戚、朋友,这起案件虽然从网络上彻底抹去,但不可能从人们大脑中删除,就算时隔多年,人们记不清了,但受害者身边的亲朋好友不会忘记。"

"这不就得了,我刚才差点被你绕进去,王周童的案子真实存在,付辰骁就有可能知道,然后模仿犯罪。"林迈不以为然,往常都是他对某件事情充满怀疑,陈斌表现得无所谓,就这件事而言,林迈觉得陈斌过分敏感了。

"希望是我多虑吧。"

"没别的事我先出去了。"

"你再等等,还有个事。"陈斌说,"检查组的人最近来过吗?"

"自从付辰骁落网,他们就偃旗息鼓了,他们之前一直怀疑我杀了付辰骁。"林迈站起来说,"看来还得再提审一次付辰骁。对了,就算付辰骁杀害新婚夫妇、黎晓菲和褚红的事情确凿,他仍然会因为未成年这层保护罩免于法律的惩罚吧?"

"按照目前的律法来说,的确如此,嫌疑人超过十二周岁不满十四周岁,按规定,需要报请最高人民检察院核准后才能追诉,参考之前几起未成年杀人案的判罚,我觉得肯定会追究他的刑事责任,至于怎么量刑,就不是我们能够左右的了。"

"你觉不觉得时代发展太快,许多标准都滞后了。"林迈又坐下来,"也不是说以前的社会和人类比现在单纯,只是以前信息传递得慢,节奏也慢,一个孩子,十四岁很难心智成熟,现在不一样,八九岁的孩子就很世故了,到十四岁基本上能和二三十年前的十八岁相媲美,他们很清楚自己要什么,也知道后果,我认为应该做些调整和修改。"

"你知道稿税的征收标准吗?"

"啊?"陈斌把林迈问蒙了,他们似乎在说两个毫不相干的物种。

"我给你算算啊。"陈斌拿出纸笔,边写边说,"首先,稿费达到八百块就开始收税,不同的收入有不同的征收标准。"陈斌在纸上写下4000元,在下面写,应交个人所得税=(稿酬收入-800)×20%×(1-30%)=(稿酬收入-800)×14%,"这是一个标准,4000元以上,就是另外一个标准。"陈斌写,应交个人所得税=稿酬收入×(1-20%)×20%×(1-30%)=稿酬收入×11.2%。"如果参加征文比赛得奖,要缴纳两成的意外所得税。这个征收标准已实施半个多世纪,一直没有调整,要知道半个多世纪之前的居民收入和现在可是天差地别。这些事情调整起来特别麻烦,需要兼顾太多,国家就像一艘巨轮,惯性太大了,不好转弯。"

"你懂得真多。"林迈望向陈斌,全是佩服,没有挖苦。

"不值一提。"陈斌摆摆手说,"对了,老范是墨城人,你可以先找他了解情况,有必要的话,去趟墨城。"这时,座机响起,陈斌接听,神色突变。

"出大事了。"陈斌对林迈说。

"又怎么了?"

"所有警力暂停手中的工作,立马出警。"陈斌说,"明城出大事了。"

林迈一时没有反应过来,出大事就跟太阳一样,既熟悉又陌生。路上,陈斌告诉林迈,就在刚刚,《明事儿》栏目组更新一篇报道,介绍"自然道",不少观众在观看节目时出现昏厥、呕吐和癔症等症状,目前初步统计,至少有两万多人受到不同程度的影响。受害者男女老少都有,但以年轻人为主,大概能够占到百分之九十的比例,受害者都安装了"脑贴"。

"我立马带人去逮捕孑维烨。"

"不用,他已经自首。"陈斌说,"孑维烨认领了这起袭击事件,称其为天谴。"

"那我们现在去做什么?"

"救人啊。"陈斌说,"我们已经从全网删除该报道,但受害者还在不停增加,上面要求我们调动所有警力去救人。"

询问笔录(四)

询问时间:2034年8月17日16时14分

询问地点:明城市公安局江祐区分局第三审讯室

询问人:林迈

记录人:王越、石文杰

被询问人:孑维烨

询问人:姓名?

被询问人:子维烨。

询问人:年龄?

被询问人:53岁。林警官你好,又见面了。

询问人:你知不知道,因为你,目前已经造成数百人死亡,数千人昏迷不醒,数万人头晕恶心,你口口声声宣扬道法自然,跟刽子手有什么区别?

被询问人:我只是给人类文明敲响警钟,与数十亿人相比,这点伤亡不值一提。相信你也看到了,人们对虚拟实境有种不顾一切的狂热,他们在现实生活中受到的种种压榨和苦痛都可以在虚拟实境中得到补偿,长此以往,人们就会越陷越深,最后溺毙于虚假的天堂。你愿意看到全人类都变成数字奴隶,还是通过我制造的混乱悬崖勒马?我只是用了一点小小的手段,就能造成如此规模的伤害,假如别有用心之人袭击或者人工智能起义,"脑贴"就会成为埋在人类大脑的炸弹。

询问人:你所谓的"敌人"根本不存在,而你的犯罪事实不容置疑。

被询问人:我的历史使命已经达成。人类的子孙后代——假如人类文明继续存在——会缅怀我的,他们会视我为英雄和传奇。

询问人:你首先是个杀人犯。

被询问人：这都是他们咎由自取。

询问人：我们不想听你这些拯救人类文明的高谈阔论，聊聊你袭击无辜市民的手段吧。

被询问人：1997年12月16日18点51分34秒。

询问人：认真回答我们的问题，不要故弄玄虚。

被询问人：我回答得非常认真，查一查这个时间，你们就都明白了。(林迈跟王越、石文杰小声耳语几句。)你问了我许多问题，我能不能问你一个问题？

记录人(王越)：你想什么呢？

询问人：问吧。

被询问人：你相信这个地球上有外星人吗？

询问人：许萱萱之前问过我这个问题。

被询问人：不，她问的是"你相信这个世界上有外星人吗"。

询问人：外星人不过是你们造的神吧？就跟那些原始的图腾一样，我相信不是神创造了人，而是人创造了神！

被询问人：我理解你的意思，你说的神都是虚构的，或者说，只存在于人们的口口相传和文字记载中，而外星人真实存在。

询问人：你把外星人叫出来，我就承认。

被询问人：你还是以人类文明的视角去思考外星人的种种，它们为什么必须跟人类一样是碳基生物，甚至，为什么要是物质的？外星文明就盘踞在我们大脑中。

询问人：你是想说，外星人只存在想象中？这跟那些神有什么区别？

被询问人:不,我指的就是字面意思。你听说过一句话吧,"人类一思考,上帝就发笑。"这句话也可以说,人类思考时,外星人的活动就变得活跃。

询问人:怎么可能?

被询问人:(盯着林迈)怎么不可能?我们"共联"时之所以能够听到其他人的想法,就是外星人在搬运信息。如果你不相信,就握住我的手。(被询问人伸出右手)握住我的手,你就可以洞悉我,当然,你的秘密也会毫无保留地展现在我面前。

1997年12月16日18点51分34秒。

审讯结束,林迈就调查了这个日期,搜到"3D龙事件"的新闻:

1997年12月16日18点51分34秒,播出《精灵宝可梦》的时候,因该集里有数次爆炸场景,其中有个片段中出现红蓝交替闪光,时长约5秒,导致685名儿童患上了光敏感性癫痫病。事后调查,这些孩子晕倒的原因是因为观看动画片,那集的名称叫作《电脑战士3D龙》,因此事件以此命名。

画面中"闪"的特效是两个图片交替出现的结果,最常用的是"黑白"交替,每秒二十四个画面,经过十二次交替就能出现酷炫的画面特效。在《电脑战士3D龙》的故事中,为配合3D龙的色泽,爆炸的场景渲染成"红蓝"交替,频率更高。幼童视觉系统正处于发育阶段,受不了猛烈的光学刺激,因此晕倒、恶心,这在医学上被称为急性光过敏症。

韩晶对孑维烨的采访时,有一个对他面部的超长特写镜头,观众正是看到这时出现了不适,后者在他的镜片中植入了针对"脑贴"用户的"3D 龙"。

有没有外星人仍然无法定论,但即使外星人存在,打击手段也是通过高科技,跟"自然道"的主旨相悖。想到这里,林迈不知该同情孑维烨,还是可怜那些被他伤害的无辜者。

林迈好久没有来过医院,上一次还要追溯到三四年前,因为腰椎间盘膨出,去明城市人民医院理疗科做康复。人食五谷杂粮,难免生病,但从林迈记事以来,他几乎连个头疼脑热都没有,为此,他特地咨询过在心内科工作的亲戚,亲戚也说不清楚,了解他的饮食习惯后,觉得他不生病可能跟吃冷食有关。亲戚的观点是,除了人类,几乎所有哺乳动物都吃冷食,但它们患病率极低。这个观点过于牵强,但起码有了理论支持。

这次来医院也不是看病,是咨询问题,在方灵引荐下,林迈和她一起找于北冥了解与伽马波有关的信息。跟于北冥的会面约在医院的办公室,他们像病人一样等着被叫号。

虽然知道自己的想法过于可笑和无聊,于北冥和方灵只是师生关系,而且于北冥已经六十出头,家庭美满,但林迈还是忍不住对他充满竞争对手的敌意;事实上,林迈连表白都没有,他上次订的花束又被取消了。他曾设置过一个节点,等"7·15浮尸案"破获,就跟方灵表明心意,可案子破了,他还是退缩了。林迈也说不上为什么,枪林弹雨他都不皱眉,方灵比枪弹杀伤力更大。

"于老师,这是我的同事,之前跟您提起过,江祐区分局刑警中队的副队长林迈。林迈,这位是我的博导,于北冥教授。"方灵为他们穿针引线。

"久仰久仰。"于北冥伸出右手,热情握住林迈的手,左手又亲切地附上去。

一般这种握手方式表示尊敬,而他看上去不像走过场,似乎真的听说过林迈的大名。如果只是方灵在于北冥面前提过几次,应该不至于发酵出这么深厚的情感。

"您好。"林迈礼貌而克制。

"您在我们协会可是神一样的存在,明城几个有名的案子都是您破的。"

"您过奖了。"林迈明白于北冥的敬意从何而来了,但不知道他们是什么协会,提到协会,林迈想起"自然道",广义来说,教派也是协会的一种存在形式。方灵提前知会过造访的目的,林迈又提了一嘴,揭过客套的过程,进入正题。

于北冥告诉林迈和方灵,伽马波是脑电波的一种。脑电波按照每秒波动次数分为五种,分别用五个希腊字母表示,分别是阿尔法、贝塔、伽马、德尔塔和西塔。频率的单位是赫兹。伽马波的频率大约位于25-70赫兹区间。用电极粘在实验者的头皮,可检测到不同状态下的脑电波。清醒并思考时出现贝塔波和伽马波,清醒闭眼时出现阿尔法波,瞌睡时出现西塔波,深睡时出现德尔塔波,集中和大量用脑时,出现强烈的伽马波。

"接下来的问题可能有些,怎么说呢,异想天开。"林迈说,"请问,按照目前的科技水平,您觉得有可能聆听到他人的思想吗?"

"你指读心术?"

"可以这么理解。"

"无稽之谈,如果写成小说,连科幻都谈不上,顶多算奇幻。"

"如果加上外星人呢?"

"那就另当别论。"

林迈把子维烨的理论相告,没想到于北冥非但没有质疑或嘲笑,反而认真给出结论,按照子维烨的说法,只有一种可能,外星人以伽马波的形式驻扎在人类大脑中。林迈想起子维烨说过,外星人不一定是实体,甚至不是物质的。这时,林迈的腕机响起。接听之前,林迈就预感来电显示是王越,不出所料。"怎么了?"

"头儿,"王越的声音急促、低沉,"又发生一起命案,死者和黎晓菲、褚红情况一样,看来我们抓错人了,凶手仍然逍遥法外。"

"地点在哪儿,我马上过去。"

"西山水库。"

一路风驰电掣,到达西山水库附近,林迈想起前不久跟韩晶一起来这里吃饭,穆梁和孟晓也在这里约会。林迈并不讨厌韩晶,她漂

283

亮、大方、知性、率真,是大多数男人心仪的类型——林迈也属于大多数——林迈对她的冷漠一部分来自本身性格,还有一部分是防备,似乎接近其他女人就是对方灵不忠。这个想法当然不成立,却是他的切身感受。到水库附近,林迈和方灵下车,王越在现场等候。

"头儿,你不是在外面吗,怎么跟方警官一起来了?莫不是……"

"不是。"林迈打断王越的猜想,"石文杰呢?"

"小石头去找老范了,这会儿还没回来。他们从局里过来,走环线应该挺快。"

"我今天见了老范,没看见小石头啊!"

"他是这么跟我说的。"

"我们先去看看。"

三人向案发现场跑去,林迈远远听见一阵号啕,走近了,看见那人跪在地上,脑袋几乎掖进胸口,却是石文杰,他比林迈和王越提前到达现场。

"小石头,怎么回事?"王越也认出石文杰,连忙跑过去扶他,却被老范荡开。

"范师傅,怎么回事?"王越改问老范。

老范也不清楚,他们到达现场,石文杰看见尸体,就变成现在这样。稍微想一想,林迈就明白了,石文杰一定认识死者,看样子关系不一般,应是他最近交往的女孩。

跟另外两起案件一样,死者浑身赤裸,脖子有一圈勒痕,腹部有十字伤口,基本认定是同一人所为。林迈安排王越带石文杰先行离开。石文杰像失去自我意识般纹丝不动,王越和老范连拉带拽把石文杰弄到车上,老范留守,王越折回案发现场帮忙。

"头儿,我去干活了。"王越说完走开。

林迈仔细盯着尸体,不远处有几件衣服和背包,林迈戴上橡胶手套查看,基本确定是死者的东西。以衣服为圆心,堆了一层苍蝇、蚊子和潮虫的尸体。拿开衣物后,林迈看见一块腕机,他用女孩的指纹解锁,给自己打了一通电话,显示出女孩的号码,联系同事帮忙调查。因为陈斌的斡旋,此案受到市一级领导高度重视,开了一路绿灯,他们不需要再去各部门打申请、等审批。很快,同事就把死者信息发送到林迈腕机。冯婉,今年二十六岁,护士。

没一会儿,王越跑过来,气喘吁吁道:"头儿,我刚去跟报案人谈话,他们是一对情侣,自带帐篷,这几天一直露宿在音乐节现场,晚上去舞台后面解决生理需求时,发现尸体。"王越又开始推理,"头儿,难道我们抓错了?黎晓菲和褚红不是付辰骁杀的?也不对啊,那他为什么对周芸下手?"

"现在还不能下定论。"

"付辰骁总不会有分身术吧?"

"我简单查看了尸体,死亡时间至少在两天以上。付辰骁两个月前落网,人不可能是他杀的。"林迈说完望向无垠的水库,总有一种感觉,马上就会有一头水怪从水库中昂起长达数十米的脖颈。

把尸体带回局里,在解剖室,方灵进行了全面和进一步的检查,林迈跟她一起进来。他想在第一时间拿到报告。林迈克制着自己,仔细观察尸体,从她的头发到胸部,从受伤的腹部到惨白的双脚,最终盯着死者的阴户。林迈如此投入,让一旁的方灵都有些尴尬,找话说:"给你的药片吃了吗?"

"嗯。"林迈含糊一声。他根本没吃,一颗也没有,他觉得自己罪有应得,活该做那些永无止境的噩梦。又或者,他觉得自己没病。

"效果怎么样?"

"嗯。"

"其实——"

"嘘。"林迈管方灵要了一把镊子,俯下身,凑近死者的下体,夹出一根弯曲的阴毛,就算凶手戴着避孕套,在剧烈的摩擦和碰撞之中,难免会有阴毛脱落,"辛苦你,检测一下。"

凶手前两次犯罪都非常谨慎,这次总算露出马脚,有了这个铁证,一定能把凶手揪出来。

方灵当即与付辰骁的 DNA 进行了检测,结果并不匹配,紧接着跟全国犯罪人员 DNA 数据库匹配,同样没有响应。说明这人没有前科。

"'三体'腕机呢,我们当时建立了这些人的数据库,辛苦你再对比一下吧。"

"好的。"方灵面无表情。

林迈蹲在走廊,等待结果。

夜深了,走廊只有微弱的橘色灯光,林迈望向走廊尽头,盯的时间久了,感觉光芒似乎开始流动,像是漫过来的洪水。林迈下意识想要逃跑,结果怎么也站不起来。水光淹没脚踝、小腿、腰身、胸口、脖颈,等水光浸入他的口鼻时,林迈发现自己不能呼吸了。他努力向方灵呼救,张开嘴,却涌入黏稠的冰凉的液体。水光充满整个走廊,他在下坠。他还在纳闷地板怎么消失了,就看见方灵跳入橘色的水光中向他游来。

"林迈!你没事吧?"

林迈猛地惊醒。

"没事。"林迈说,"有结果了吗?"

"死者体内的阴毛与穆梁的DNA一致!"

询问笔录(五)

询问时间:2034年8月15日10时05分

询问地点:明城市江祐区分局第二审讯室

…………

询问人:姓名?

被询问人:穆梁。

询问人:年龄?

被询问人:四十五。

询问人:2034年7月15日晚,2034年7月24日晚,你在哪里,做什么?

被询问人:这个问题两位之前已经问过我,我也回答过了,那两天我都在实验室。

询问人:事到如今,你还嘴硬吗?

被询问人律师:我的当事人有权拒绝回答该问题。

询问人:现在证据确凿,我劝你老老实实认罪。

被询问人律师:你们警方提供的证据都无法直接定罪,按照疑罪从无原则,应该将我的当事人释放。

询问人:没有证据我们不会把你们带到这里,给你们机会主动坦白是政府对你们的关怀。

被询问人律师:请出示更加有力的证据。

询问人:(拿出装在证物袋中的印有《三体》图案的腕机)褚红被害时,监控拍到凶手与穆梁佩戴的腕机一样,而根据我们调查,整个明城只有一千名消费者拥有这款腕机。

被询问人律师:所以,你们并没有直接证据了?

询问人:2034年10月16日晚,你在哪里?

被询问人:我在西山,参加音乐节。

询问人:我们在西山水库发现一具尸体,在死者阴道提取出一根体毛,经过DNA测序,与你本人的基因一致,对此,你有什么可说的?

被询问人:我是冤枉的。

询问人:事实清楚,证据确凿,你还想抵赖吗?

被询问人:我全程都没有离开乐迷区域,有朋友为我作证。

询问人:谁?

被询问人:孟晓,我的助理,是她约我去看音乐节,我们俩一直在一起。

询问人:咱俩想一块了,我正好有她的证言。

询问人出示证据:(以下内容来自孟晓的证词)

孟晓的全息影像:2034年10月16日晚,我和穆梁观看音乐节,但他似乎对表演不感兴趣,不时去这转转,那看看,中间有段时间,穆梁说去水库边透口气,大约一个小时才回来,他回来后,我们一起离开了。(你跟穆梁是什么关系?)我们是上下级,我是他的秘书,但他一直在追求我,我答应了,去看音乐节也是他提出来的约会。

被询问人:孟晓在撒谎,我一直都没有离开现场,反倒是她中间离开一段时间。

询问人:事到如今,你还想狡辩吗?

被询问人律师:从现在起,你一个字都不要说,一切交给我们处理。

询问人:被询问人律师,我现在要求你立刻离开审讯室。

审讯进行到一半,陈斌推门进来,把林迈揪出去。

"你怎么又来捣乱,这次真的是拿住凶手。"

"刚刚接到指示,这个案子另有处理,我们把人看住,明天一早有人交接。"

"开什么国际玩笑?"

"你别管国际玩笑,还是星际玩笑,我们当刑警的,跟当兵的一样,服从命令是天职。"

"证据确凿啊,穆梁就是凶手,还需要怎么处理?拉过去枪毙吗?"

"这就不是你我需要考虑的事情,我们的任务已经完成。"

"你的任务完成了,我的还没有,我的任务是为死者沉冤昭雪!"

"不要意气用事。"

"陈斌,"林迈直呼其名,"人是我抓回来的,怎么处理,我说了算。"

"你要是敢胡来,看我怎么收拾你!"

林迈转身走开,任陈斌在身后叫骂,他知道,陈斌是在替他着想,林迈何尝不知道这些门道和规矩,但他脖子太硬了,低不下头。林迈明白,陈斌说的话已经成定局,除非他现在冲进拘留室把穆梁一枪崩了,否则明天一早,他肯定拦不住某些人,真是让人又恐惧又无奈的存在。王越知道了这件事,骂了几句娘,但他比林迈乐观,穆梁杀人犯罪的事实明确,不管他有多么手眼通天的关系都不可能脱罪。实在不行,就再找韩晶曝光,有时候舆论更有力量。

"我有一个想法。"林迈说,"铤而走险的想法。"

"你说吧,我肯定支持你。"

"我想把穆梁提出来,让子维烨看看他的思想。"

"这我很难支持你啊!"

"一切后果,由我承担。"

"头儿,你想好了,弄不好可是要背处分啊!"王越问道。

"哼,处分。"林迈哂笑道,"处分、规矩、道德、法律。"

"我不是这个意思,兄弟是那种忘恩负义的人吗?我是怕你被陈局收拾,保不齐,陈局也得跟你一块被收拾。"王越若有所思道,"你说,这个穆梁到底什么来头,办了这么多年案子,从没遇见过这么大的阻力。"

"不管什么来头,最终都要接受法律和人民的审判。"林迈坚定道。

"就怕审判不了他。"

"你知道你车技为什么不行吗?"林迈说,"开车上路,只要不变道,你就不用随时观察后视镜、仪表盘,目视前方即可,不要担心两侧和对向的车辆,不要担心等红灯时会被后车追尾,不要担心直行时会被拐弯的车辆剐蹭,你现在等于是一心多用,一边开车,一边替别人开车。所以,不要瞻前顾后,做好本职工作。我们的本职工作就是维护人民群众的生命与财产安全,谁要是给人民群众找不自在,我就让他不自在!"

"头儿,你啥时候变得这么伟岸啊?"王越打量着林迈,似乎感到陌生。

"少废话……"

"多做事。"王越抢白道,"行,我这就去安排,反正我是铁了心跟你干,一条道走到黑。你要是记大过,我就被警告呗。"

"对了,石文杰怎么样了?"

"不吃不喝不说话两天了,要不你去劝劝他,我说什么他都没反应。"

"让他自己消化吧。"

"头儿,你知道吗,这几年我总觉得自己不幸,事业没有起色,婚姻一塌糊涂,我一直归咎于运气,现在幡然醒悟,我的生活其实很好,工作稳定,妻女相伴,房子也有了,我缺的不是运气,而是认真和努力。"王越感慨道。

林迈想说点什么,又觉得多余,轻拍王越的肩头。

林迈去拘留室找孑维烨,提出他的想法,孑维烨满口答应:"但有一点,思想是流动的,你能够窥察他的内心,他也可以照见你的欲望,你能坦然地在外人面前剖开自己吗?"

林迈想了想,点点头。

王越把穆梁带进孑维烨的拘留室,三个大男人坐在等边三角形的三个顶点,手牵着手,画面看起来尴尬又可笑,还有一些莫可名状的恐怖。

随着交流深入,林迈果真听到了穆梁的思想,他的思想竟然有两个人,穆梁脸上原本的书生气一扫而光,不屑地勾了勾嘴角,瘆人地笑了两声,但随即又换回刚才那副表情。两副表情不停更迭,最后竟然共存,从穆梁嘴里快速说出一串含糊不清的词语。他的左半边脸激动,脸色通红,眼珠暴睁,肌肉抽搐,嘴角不停地抖动,似在骂骂咧咧,右半边脸则相反,气色平和,眼睛平静,肌肉放松,嘴角坦然,似在慢声细语;左手不断挥动,幅度相当大,右手却平静地下垂。

"你到底是谁?"林迈"想"道。

"告诉你也没关系,我是王周童!"

"王周童?"林迈刚开始以为这是双重人格,但很快推翻自己的想法,双重人格不会同时出现,总有一个显性,一个隐性。林迈仔细分辨,只能断断续续听到两种完全不同的口音,有普通话,也有方言,具体内容无法甄别。

这样的情形持续片刻,穆梁的脸上先是平和下来,继而变成一副狂暴的表情,用方言吼道:"这是我的身体,滚出去!"

"滚出去,这是我的身体!"

两个声音对峙,忽然,声音融为一体:"林警官,我看见你心里的恶魔了。所以你跟我有什么区别,我们都是杀人凶手!"

"我问你,穆梁承认杀害黎晓菲和褚红,为什么否认最后一起案子?"穆梁被提出去,审讯室内只剩林迈和孑维烨。

"很简单,那不是他做的,思想不会说谎。"

"那是谁做的?"

"他也不知情,我猜是模仿犯罪。林警官,任重而道远啊。"

"道路不管多远,都会有尽头,尽头就是你们这种人的死期。"

"林警官,现在你相信我了吗?"孑维烨并不在乎林迈的挖苦。

"我虽然不知道你搞的什么鬼,但我一定会拆穿你的把戏。"

"那你可要快点,我不会等你太久。"

"你且住呢。"林迈没空搭理孑维烨,离开审讯室,找陈斌汇报。思想不能作为呈堂证供,他们需要实打实的人证和物证。

局里召集明城市的心理和脑神经专家对穆梁进行问话。其间,穆梁再次表现出一脸双情、一体两人的情况。在专家建议下,警队把穆梁送到医院做了一个全面的脑功能检查。负责检测的正是于北冥。

"人的意志对大脑的支配只有一个中心,不可能达到真正意义上的一心两用,除非大脑一裂为二。大脑生理电流检测表明,嫌疑人的左右大脑各有一个明显的血液与生物电流的焦点,即兴奋中心,它们互不影响。当他一脸双情的时候,之所以听不清他说话的内容,是因为他在同时说着普通话和方言。"

"怎么会这样?"林迈问道。

"一般来说,人的左脑和右脑之间通过胼胝体相连,传递神经介质,但他的胼胝体时而断开,时而连接。当胼胝体断开时,他就成为两个人,连接时,他会随机成为其中一个人。这样的病人并非第一例,而这种病人,医学上称之为'裂脑人'。"

"可他怎么会是王周童呢?难道说,他看过王周童的案例,把自己想象成他?王周童五年前就已经被处死了。"

"这我就不清楚了。"于北冥说,"有没有可能,我是说可能啊,让我也参与一下这个案子,我本身还是咱们明城推理协会的会长,最近推理的重点就是水系浮尸案。"

"不好意思。"林迈果断拒绝于北冥。

"您不用不好意思,是我不好意思,太唐突了。"于北冥伸出右手,说,"关于这个案子,您有什么需要帮助的尽管找我。"

"谢谢。"林迈握住于北冥的手。

一个在五年前就被执行注射死刑的人竟然换了一副皮囊、一个身份好端端地活着，摇身一变成为归国的科学家。王周童是医科大学毕业的学生，毕业后进入医院，成为普外科的一名主治医师，完全没有接触过脑科学相关行业，不可能在五年之内掌握这些艰深的理论。

从医院回来，林迈一头雾水，原本破获的案子疑窦丛生：穆梁是"裂脑人"，王周童是怎么回事？或者应该说，王周童是"裂脑人"，穆梁是怎么回事？本应该在五年前就判处死刑的犯人如何摇身一变成为国家一级科研人员？一个又一个问号，像一把把锋利的镰刀，收割着他脆弱的神经。

对于我们生活的世界，你了解多少呢？

不管你了解多少，都是一知半解和一星半点。

从医院回来第二天，陈斌把林迈叫出去。林迈以为陈斌能够答疑解惑，但对方却抛给他另外一个困惑："穆梁被释放了。"

"什么？"林迈不敢相信自己的耳朵，"开什么玩笑？"

"五年前，死刑犯王周童没有被处以极刑，而是参与了一个机密实验。"

"什么实验？"

"都说是机密了，我只知道这么多。"陈斌叹口气说，"收手吧，就当没这回事。"

"你知道自己在说什么吗？"

"你听不明白人话吗？人被放了，不要再管。"

"到底怎么回事？"

"上面只告诉我,事情他们会处理,让我们别再掺和。"

"怎么处理?"

"穆梁主持研究的项目至关重要,他会被保护起来,他们承诺穆梁以后只是穆梁,另外一个人格已经被彻底删除。"

"保护起来?你越说越离谱。"

"我们只需要当成什么也没发生过就行。照常上班,继续破案。每天都有新的案子,我们需要往前看。"

"死了三个人啊!你我都是警察,你能忍受这种事情?说不定还会死更多的人。他一定还会犯罪,必须把他抓回来!"

"你别冲动。"

"我没冲动,我只是不明白,怎么会这样?"

"别瞎胡闹!"

"如果法律制裁不了他,我来。"

"他们承诺会清理干净穆梁脑袋里有关王周童的痕迹。你要记住,犯下这两起案子的是王周童,不是穆梁,王周童是杀人犯,穆梁是于国于民都有千秋之功的科研人员。"

"我答应过方灵,不管凶手是谁,一定会将其绳之以法。我不能接受这个现实,我一定会把他再抓回来。"

"别瞎胡闹。"陈斌再次提醒林迈,"你如果管不住自己,我就帮忙管住你。"

"如果我执意要胡闹呢?"

"那个跟我通信的警察死了!"陈斌喊道。

两人相识二十年,林迈从未见过陈斌如此失态,在林迈印象中,陈斌好像从来不会动怒,他就像是一片广阔而平静的水域。

"调查王周童那个警员?"

"对。"

"怎么回事?"

"说是心梗,晚上下班,他在体育公园跟几个球友打篮球,突然喘不上气,送到医院时人已经没了。这个节骨眼儿,你不觉得奇怪吗?他之前跟我说,他顶着巨大的压力跟我联系。"陈斌说,"干我们这行,难免会碰到特别的案子,这时候我们应该怎么做?迎难而上,不管对方是谁,只要违法犯罪,就得接受惩罚和审判,但这次不行,我可以不要这个局长,但我不能让你们以身试险。"

"我找过老范了。"林迈说,"当年查办王周童案的刑警他认识,那个警员被小偷捅死了,他害怕一直没敢跟我透底。我想说,怕危险,别当警察啊。"林迈说完转身离开,走出警局的时候,阳光分外刺眼。他不知道这么做是对是错,只知道他必须这么做,他不相信一个穷凶极恶的暴徒会放下屠刀,他不相信一个怙恶不悛的凶手会迷途知返。他希望照耀人间的不仅仅是太阳,还有正义。

6.1 老范的一天

老范岁数大了,派出所需要出外勤都是找年轻人跑腿,他只是在人手不足时充数。平时朝九晚五,跟普通上班族没什么两样。

老马退休后迷上打毛衣,老范下班,老马就让老范坐在沙发上,撑开双手,帮她捋毛线。老范今年六十岁,三十年前,老范的母亲和姥娘每到秋天都会打毛衣,后来就没有人再做这种手工活,各种各样层出不穷、让人眼花缭乱的保暖内衣取代了传统的毛衣。老马是老范的妻子,老范就喊她老马,就跟老马喊他老范一样。两个人从结婚到现在都是以"小范""小马"和"老范""老马"互称,只有跟外人介绍时,才说称谓;称谓也不提老公和老婆,而是统称为爱人。老马年轻时学过织毛衣,她送给老范的第一件礼物就是亲手织的围巾。搬了两次家,这条围巾早不知所踪。老范问老马,想起什么了,又开始鼓捣"针线活"?针线活通常指女红,但考虑到打毛衣也是用到棒针和毛线,倒也相得益彰。老马也说不出个因为所以,就像作家的灵感,总在不经意间降临。

一般老年人睡得早,醒得早,通常五点多起床,老马和老范每每睡到七点,还得借助闹钟才能睁开眼。若是周末,老范不上班,两人能足足睡到九点。老范和老马膝下只有一个闺女,今年三十出头,奉行不婚主义,老范和老马不过多干预,随她自由,随他们自在。老马比老范小三岁,去年秋天办了内退,现在延迟退休的老范还有五年的班,两人早上吃不到一块,往往是老范七点起床,做好早饭,吃了先走,把老马那份放在热菜盘上保温。老范以怕老婆出名,但他从来都不怕老马,他是疼爱和尊重。老范拎得清楚,结婚过日子,没必要搞得剑拔弩张、斤斤计较,多一些理解与耐心,有时候付出反而是一种收获,老范也不在乎别人笑话他怕老婆,乐得顶着这样一个头衔,反正关起门是他俩过日子。

今天不知怎么回事,老马倒比老范早醒,难能可贵地为他张罗了一份早餐,也不算张罗,而是出门遛弯,打包了一份老豆腐和油条。

"今天太阳打西边出来了?"老范一边吃一边跟老马开玩笑。

"昨晚没睡踏实,净做梦了,一会儿梦见回到初中,期末考试,我坐在教室,一道题不会,着急得直掉头发;一会儿梦见结婚,马上就要典礼,我突然后悔,跑到酒店门口,打了一辆车就走,我一看,出租车司机还是你。"

"这说明你逃不出我的手掌心。"老范笑着说。

"后来又做了恐怖的梦,梦见咱家变成鬼屋,打开衣柜,里面挂着个吊死鬼,舌头垂到裤裆,瓮声瓮气地说话,让我把他脖子上的麻绳解开。我哪儿敢啊,吓得转身就跑,结果门怎么也打不开。我就给吓醒了。"

"你咋不叫我啊?"

"我咋不叫你啊!你睡得多沉,我甩你两个耳光都没反应。"

"我说早起脸疼呢。"

"你说,我要不要去医院看看,这是不是神经衰弱?"

"不用,你还记得咱们结婚五六年的时候吗?你脖子上长了个瘤子,去医院做手术,术后三天就能出院,你愣是住了半个月,医生都说你痊愈了,只有你自己不放心。现在跟当时一样,都是自己吓自己。这世界哪儿有鬼?还是自己吓自己。"老范开导老马,两人结婚三十多年,老马一直是疑神疑鬼的性格,老范前些年还想纠正老马,后来发现没用,一个人是什么样就是什么样,想着改变几乎不可能,老祖宗早就把话都挑明了,江山易改,本性难移。

"怎么没有鬼?你是干警察的,还不知道吗?那些杀人放火的罪犯都是鬼,人不能干这种丧良心的事。远的不说,就说今年这两起恶性事件,四个大男人跑入新婚夫妇家里,做的那些事足够把他们枪毙一百回了,还有环城水系里面那具女尸,凶手还逍遥法外呢吧?这些都不是人!"老马恶狠狠地控诉和诅咒。

提到环城水系的浮尸案,老范沉默了,这起案子很像当年墨城时发生的一系列奸杀案,但当时的凶手早已落网,判处死刑。他跟老马结婚后,就从墨城搬到明城,案件发生时,他早已定居明城,这起案子是他回墨城参加同学聚会时在饭桌上听来的。侦办这个案子的是他之前的同事顾伟乐,老范喊他老顾。有次老顾来明城出差,老范请他下馆子,席间聊起这起案子,老顾却只字不提,也让老范不要再跟人说起这个案子。老范以为他有什么顾虑,没有多问。老范属于技术科,负责后勤工作,几乎不直接参与办案,若是打听过头了,容易引起误会。没多久,顾伟乐就因公殉职。当时墨城开展反扒行动,所有刑警和民警都要参与。顾伟乐在公交车上抓到一个小偷,被他的同伙捅了一刀,正中脾脏,失血过多而死。老范当时就觉得这件事没有看起来那么简单,但他没有选择揭秘,而是把自己包裹起来。

吃完早饭,老范照常去局里上班,屁股还没坐热,林迈来了。每个单位都有一位明星员工,江祜区分局的明星非林迈莫属,他以疯狂和细心闻名,经他手的案子总是很快告破。

"林警官,你怎么有空来我们这?"老范站起来跟林迈打招呼,"找人还是?"

"我找您。"

"找我?需要出任务吗?"

"不是出任务,是找您了解一起发生在墨城的案子,准确地说,一系列。"

"我先给你拿瓶水。"

"不用了。"林迈挥手拒绝,"我就想问问您,听说过墨城2023年到2029年间发生的一系列奸杀案吗?被害人都是年轻女性,凶手将被害人勒死后奸尸。凶手在2029年夏天被抓获,名字叫王周童。"

"有印象,但当时我调到明城,只是听说过那个案子。"

"您能跟我讲讲吗?越详细越好。"林迈就像学生向老师虚心请教课后题一样。

"这个案子当年在墨城影响非常恶劣,凶手是外科医生,利用职务之便偷出麻醉剂,他在街上挑选目标,确定被害人的住址,耐心跟踪观察,等到对方落单,便趁着夜色行凶,迷晕被害人,用压脉带勒死,再侵犯尸体。当年侦办这个案子的人是我的同事。我问过他这个案子,但他一个字都不肯透露,我是通过外围的三言两语还原了这个案件。我记得王周童被抓后,墨城居民发起抵制运动,有网友扒出来王周童的工作单位和家庭住址,他有个父亲,也被曝光了,遭到大量网暴,最后工作也没了。"

"那您知道王周童父亲叫什么吗?"

"这不清楚,我只知道他父亲好赌。"

"有什么特征吗?"

"我记得当年他被网暴时,微博上有不少他的照片,他右手的小拇指少了半截,有人说是小时候放驴时被驴咬了一口,也有人说他出老千被人逮住给剁下来的。"

"谢谢您,看来我得去趟墨城。"林迈走出两步又折回来,眼神凌厉,"范警官,您知道这个案子,当时为什么不跟专案组汇报?"

"我、我害怕。"老范被吓住了,对老顾当年的死亡心有余悸,也震慑于林迈的威严。

"害怕?"林迈说,"怕什么?"

"怕死。"老范坦言道。

"怕死就别当警察!"林迈甩下这句话离开。

整整一上午,老范失魂落魄,有同事跟他说话,老范哼哼哈哈,一副爱答不理的模样,脑子里一片空白,疯狂地想什么,又不知道想什么。往常,局里没什么事的话,老范都会回家吃饭,今天他呆呆坐在座位上,根本感觉不到饿,也忘了回家,直到妻子老马的电话打进来,问他怎么还不回家,是出任务了吗,若是出任务,怎么不提前打声招呼。老范支支吾吾,不想拿老顾枉死的理由打掩护。老马跟老范朝夕相处三十多年,一下就听出老范的心事。

"你等着,我过来找你。"老马没有问老范到底怎么回事,只是觉得他身边现在需要有个知心的人。

"好。"老范说。

感觉过去好久,又像是一瞬间,老范看见老马和石文杰一起过来。他还在纳闷,老马怎么把石文杰带来,后者开口道:"我中午给师娘打电话,听师娘说您出事了,急急忙忙赶来。"

"我没事。"老范语气低沉,让人听来反而不放心。

"需要去医院吗?"石文杰说。

"去什么医院,我歇一会儿就好。"老范责备石文杰小题大做,让他赶紧回到岗位。石文杰却不放心,说什么也要留下来。

"有你师娘呢,你在这多余。"

"我待会儿,反正现在是午休时间,不碍事。"

老范不再哄赶石文杰,转而跟老马拉起家常,两人聊到以前在墨城的时光,那时他们还没有结婚,生活奔波而充实,老顾当时也是单身汉,经常来老范家蹭饭。老顾酒量平平,但很爱喝,每每喝多了就拉着老马跳慢三,一边跳一边唱歌,唱邓丽君的歌,歌跟舞的节奏搭不上,总是踩老马的脚。回忆欢乐时光,昨日仿佛就在眼前。老顾死的时候他没有站出来,"7·15 浮尸案"他再次退缩。他觉得自己对不起这身制服。

送走老马和石文杰,老范坐在电脑前发呆。

必须得为老顾做些事情！这是老范脑子里最强烈的念头。老范努力挖掘与王周童案有关的细节，并没有太多进展，一是时间久远，一是他本来也是听说。老范想着这个案子当时在墨城影响恶劣，网络上反应很激烈，肯定有不少消息或者戏说。老范打开电脑，关键词搜索"王周童"，出来了有限几个链接：

植科院赴鄂州高中开展招生宣传
华中农业大学植物科学技术学院
……鄂州高中高二（六）班王周童同学听完讲座后表示："杨细燕老师的报告使我对农业大学的认识有了改变，原来农业大学并不是破旧落后的，而是有许多的尖端科技。我感受到了华中农业大学高深的学术水平和浓厚的文化底蕴，我对杨老师所讲的智慧农业十分感兴趣，未来我将努力学习，努力为国家发展贡献自己的力量。"

河北传媒学院王周童深情演唱，迷人的声线真是好听！

很明显，这都是同名人的新闻，老范往下翻了几页，都没有找到相关报道，于是又加了一个关键词"墨城"，出来的搜索结果都是与墨城相关的页面，没有王周童什么事。老范还是不甘心，再加上"连环杀人案"的关键词，直接提示他有敏感词，搜索页面被屏蔽。老范换个思路，改搜与王周童父亲有关的内容。当年这件事闹得沸沸扬扬，网络上充斥着王周童父亲被网暴的消息。结果仍然一无所获，老范思来想去，只有一个原因，关于王周童的一切都被人为擦除。

老范一通电话，又把石文杰召唤回来。如今早已步入信息时代，每个人既是现实生活中肉体凡胎的存在，又是社交网络上虚拟信息的交织。现实生活中，一个人死掉就是死掉，但网络上想要彻底删除一个人几乎不可能，只要出现过，就有迹可循。石文杰自信满满，势必要从网络"复原"王周童，结果碰了一鼻子灰，不管下潜到多么底层的数据，仍然找不到与王周童相关的一行代码。

"这不科学。"石文杰说。

"还是找不到吗？"

"这种情况我也是第一次遇见，按理说，只要他曾登录过网络，哪怕只是浏览，不发表任何消息，也能追踪到他的蛛丝马迹。除非，"石文杰停下来，眼睛空洞地盯着老范，"除非他从不曾存在过。"

晚上，石文杰接到林迈的电话，让他赶到西山湿地公园。

"怎么回事？"老范见石文杰眉头紧锁，关切道。

"又有一起命案。"石文杰站起来，"师父，我先走了，您自己多保重。"

"我跟你一起。"老范从椅背上抄起警服，利落地披在身上，大踏步往前走，根本没有跟石文杰商量的意思。

"师父，您也要去？"

"废话。"

"您休息吧，我先过去，假如现场有需要，我再给您打电话。"

"少废话！"

老范坐上石文杰的车,一路风驰电掣。

西山湿地公园是几年前新近建设的一处公园,说是湿地,其实是因为距离西山水库不远,公园开发了一片露营地,收留想要暂时逃离钢筋水泥的城市居民们。公园刚建成的时候,老范携老马来这里打过卡,两口子还坐了船,老马因为畏水,坐直了,一动不动,也不跟老范搭话,他们就像刚刚确立关系的情侣一般拘谨。最近明城大搞文旅,举办摇滚音乐节。路上,老范听石文杰讲,死者就是在西山水库被发现的。第一起案子,死者黎晓菲被抛尸于环城水系,第二起案子,死者褚红被抛尸于鱼缸,就从抛尸地点来看,凶手有着明确的处理手段,利用水来销毁证据,又或者,就像对尸体的伤害一样,他对抛尸地点有某种执念。

师徒二人到达西山湿地公园时,天色暝昧,山区的夜晚似乎比城市来得更加汹涌和绵密,眨巴眼的工夫,便黑得伸手不见五指。

他们到达现场时,林迈和王越还在路上。老范跟着石文杰往里走,很快见到了平铺在地上的尸体。夜黑了,白花花的尸体显得分外刺眼。石文杰接近尸体,突然停下来,整个人石化一般。老范察觉出不对劲,凑过去一探究竟,只听见石文杰发出一声尖厉的干号,痛彻心扉,响彻云霄,几乎不像是人类所能发出的声音。

石文杰认识死去的女孩,不仅仅认识,而且关系不一般。啊,这应该就是石文杰跟他们提起过的女孩,她叫什么来着,诺诺、若若、落落,哦,酷落落还是库洛洛。老范很想安慰徒弟两句,却不知该说什么。

这时,林迈来了。

7. 正义

王越以前称石文杰像一根木头,现在,他更像一块石头,应了王越给他起的昵称。林迈特别心疼,却没有办法,任何言语的安慰都无济于事,就像一个人从悬崖摔下,只剩一口气,这时候问他"有没有事"和让他"顺其自然",反而是一种折磨与残忍。

"7·15浮尸案"至此画上句号,他们能做的都做了,凶手也受到相应的惩罚,他们应该打起精神面对新的挑战,但不论是对林迈还是石文杰来说,这个案子都不能这么轻易地完结。王越不止一次找林迈,跟他抱怨,这件事就这么算了?林迈让他别吱儿哇乱叫。有些事,他们只能接受,无法反驳。

林迈获得了两天难能可贵的休假,他把自己圈在客厅拼图,却安不下心,速度肉眼可见地变慢了。经过这段时间零零散散的补充,拼图大概完成一半,除了艳丽的色彩,很难从现有的进度判断具体是什么图案。他花了很长一段时间,才确认现在是傍晚,外面是下坠的夕阳,而非上升的朝阳。当初买房,他特意选择西楼头,黄昏日落是他一天最喜欢的时刻,如果度过一个殷实的工作日,这一刻的滋味就更加美满和惬意。夜晚降临之前,他可以让激越了一天的心情好好沉淀。

这时,他接到一通电话。

是个陌生号码,青春期的女声。

"叔叔。"

林迈并不熟悉这个称谓,除了在公交车和地铁上为小朋友让座时能从对方口中收获一声"谢谢叔叔",他几乎没有在日常生活中被称作叔叔。他一时想不起来是谁。

"是我啊,叔叔忘了我吗?"女孩的声音有些委屈,但这也给了林迈提醒。

"当然没有,叔叔只是没想到你会给我打电话。"这是真心话,也是一句蠢话,听上去更像是指责,而非感激。还好女孩没有走这个心眼儿。

"我今天高中毕业,老师让我们感恩父母,我就想起了你。爸爸妈妈说过,你是我的再生父母。"女孩用稚嫩的声音努力营造出庄重。

"好。"林迈只说了一个字,眼眶不知不觉湿润。

"谢谢你当年救了我,我妈妈还说,你救了我们全家。"

"这是叔叔的责任。"

"等我放暑假了可以去看看你吗?或者,你来看看我。我上大学就要出国了,不知什么时候回来,不知还会不会回来。"

"好,叔叔答应你。"

"爸爸妈妈送我的毕业礼物是一款腕机,这是我的号码,请你保存。对了,这是我拨出的第一通电话。"

"我会的。"

"叔叔,再见。"

"再见。"

"叔叔。"女孩却没有挂断电话,而是问道,"那个坏蛋真的死了吗?"

"什么?"

"绑架我的坏蛋,他真的死了吗?"

"嗯。他早就葬身火海了。"

"可我总觉得他还活着,随时都可能冲进我平静的生活,再次抓走我。去国外读书也是我的想法,我总是心神不宁。我知道这是心理作用,可就是控制不住,医生看过,药也吃过,没用。你说,如果他还活着,会不会再次行凶?"

"你不用担心,他再也不会伤害到你。"

挂断电话,林迈望着正在下沉的夕阳,思考着女孩的问题,突然感到一阵炙热,阳台上出现一个人形的火源,或者说,一个燃烧的人。这是梦中一直追杀他的形象。燃烧的人向林迈探身,怒吼,从嘴里喷出火光,林迈起初想要躲闪,想起女孩的话,又镇定自若地盯着对方。燃烧的人转身在房间乱窜,所到之处都被引燃,林迈的拼图也被点着。林迈坐在火中,安然闭上眼睛,过了很久,缓缓睁开,火人不见了,火不见了。他不知道自己到底有没有战胜心魔,但他知道,当年的选择没错。

穆梁的案子,还没有结束。

林迈召集专案组成员,与会人员只有他、王越和石文杰三人。这样也好,一方面,林迈不想连累其他同事,另一方面,调查必须保密,他应该提前考虑到这两点。听完林迈的想法,王越和石文杰的反应截然不同,王越举双手赞成,他有意争取表现和立功,为自己犯的错尽量找补。石文杰沉默不语。

"你倒是表个态呀!"王越催促石文杰。

"我们就算查出来,又能怎样?"石文杰一反常态,语气生硬,"我们还能把穆梁抓回来吗?抓回来后能给他判刑吗?"

"如果我们能查到,除了王周童,穆梁也参与了犯罪,一定可以把他绳之以法。"

"我不相信。"

"小石头,你到底怎么回事?我们知道你心里难受,但不能因为这点事就什么都不做。"

"这点事?"石文杰盯着王越,"如果死的是你老婆,你也说是这点事吗?"

"你他妈找抽是不是?"王越说着就给了石文杰一巴掌,后者发狂一样乱挥双手。

林迈没想到他们两人竟然动手,连忙岔开王越,却被石文杰击中脑袋。王越也急了,隔着林迈的阻拦,跟石文杰叫嚣。石文杰把连日来的憋闷、苦痛、压抑一股脑宣泄出来。林迈只好放开王越,去限制石文杰。打到后面,石文杰被林迈和王越摁在地上,刚开始使劲挣扎,后面像摊烂泥似的趴着,号啕大哭。

等石文杰哭干泪水,林迈把他拽起来。

"怎么样,还需要撒气吗?"

"谢谢林队、王哥。"

"那我们现在聊案子。"林迈说,"穆梁这个案子的关键是王周童,我准备去趟墨城,实地走访。"

"头儿,我跟你一起去。"

"林队,我就不去了。"

"你什么意思,要不要再打一架?"

"我在网上查,也给你们打掩护。"

"我试过,网络上根本没有任何与王周童有关的信息,就像人间蒸发一样。"

"只要他曾在网络留下痕迹,就不可能彻底删除。交给我吧!"石文杰摩拳擦掌,是甩开膀子大干一场的姿态。

功夫不负有心人也好,瞎猫碰见死耗子也罢,真让石文杰挖出了王周童的资料。石文杰说了一堆网络镜像、底层算法之类的名词。资料显示,王周童是墨城人,在墨城市第三医院任职,外科医生,2023年到2039年,王周童残忍杀害十三名女性,这些都是档案中记载的信息,档案中没有写王周童父亲尚在人世。

为等石文杰,林迈和王越错过饭点,林迈请他们去单位旁边的面馆对付一口,林迈照例要了一碗凉面,王越点了香菇面,石文杰点了海鲜面。面条端上来,王越毫不客气地从石文杰碗里舀了一勺卤

317

子,和进自己的面条,接着给石文杰还了一勺香菇,美其名曰二合一,如此一来,两人同时收获一碗海鲜香菇面。王越跟老板要了两碗面汤,他和石文杰各一碗,林迈只喝常温矿泉水。

"头儿,这个问题压在我心里多年,今天你必须给我答疑解惑,不然憋得实在太难受。"王越拿筷子翻挑面条,让两种卤均匀地挂在面条上。

"继续憋着。"林迈低头吃饭,王越说话的工夫,他已经吞掉半碗,进食对林迈来说只是充饥,不存在其他层面的附加价值。

"那不行,我今天必须问。你为什么每次都吃凉面,夏天情有可原,快入冬了,不嫌凉啊?即使夏天,也不能每次都吃凉面啊!我主要是担心你把胃吃坏了。"

"少废话,多吃面。"林迈吃完剩下的面条,鲸吞一口矿泉水。

"你来口我的面汤吧?原汤化原食。"王越说着把碗端起来,要往林迈手边送。

"不用。"

"我还没喝呢,不脏。"王越坚持给林迈,"我也不嫌你脏。"

林迈伸手去拦,两人僵持片刻,面汤溅到林迈手背,他连忙撤回手,就像僵尸被阳光灼烧,拿起矿泉水瓶,往沾到面汤的手背浇冲。王越失去林迈的作用力,猛地向前一送,汤碗摔在饭桌上,碗没碎,面汤洒了。

"对不住,头儿。"王越一边道歉,一边抽出纸巾擦拭桌面,"手没烫着吧?"

"没事。"林迈也觉得自己的反应有些过激,但他控制不住对热的恐惧,这更多是一种心理问题,一朝被蛇咬,十年怕井绳。林迈提出一个话头,岔开尴尬,问石文杰:"王周童挖出来了,穆梁呢?"

"我说过,只要登录网络,就会留下痕迹。"石文杰说,"穆梁根本不用挖,他的信息到处都是,百科页面详细得就像编年史,事无巨细地记载了他从出生到现在的所有经历,就连他大学时代勤工俭学的事情都有,我还找到他注销的社交媒体账号。穆梁最早的一条从2016年开始,一直到2028年该社交媒体宣布停止运营,一共发布了3426条,每一条我都看了,通过这些数据就可以还原出一个有血有肉的人。他到达明城之后发布的内容非常笼统,只有一些模棱两可的文字和图片。百科页面记载了穆梁毕业的大学,我特地托人查了他的学籍,没问题,但是得到一个有趣的信息,那一级毕业生对穆梁毫无印象。我如法炮制,顺着穆梁的履历核验,所有公开的信息都是真实的,但除了他目前就职的 Brain 科学研究中心,其他单位都对穆梁毫无印象,还有些人断言,根本没见过穆梁,至于为什么会有他的毕业或者就职证明,他们也说不明白,只说可能是造假。我觉得,穆梁没有造假,或者说,是穆梁造了一个并不存在的过去,通过数据组成的牢不可破的过去。"

"啊,就像兰道·史蒂文。"

"谁?"王越和石文杰一脸茫然。

"《肖申克的救赎》你们都看过吧?一部老片,但历久弥新。"林迈解释道,"安迪帮助典狱长洗黑钱,一手塑造了兰道·史蒂文这个虚拟的人物,他有出生证明,有驾照,有社会保险编号,但他只存在于文件上,就像过去的穆梁只存在于网络上。"

"借尸还魂啊?"王越边吃边说,吸溜面条的声音响彻云霄。

林迈望着王越的面条出神,一碗白面加香菇卤,就是香菇面,加海鲜卤,就是海鲜面,就像穆梁和王周童,谁占据了这副躯体,表达出来的就是谁的人格。

穆梁可能是一个伪造的身份,在他进入王周童的身体之前,应该还有另外一个身份。林迈调查了穆梁主持的一个项目,发现这个项目的前负责人是一个叫程广秋的学者,此人已于五年前去世。林迈以"程广秋"为关键词进行调查,出来的信息就非常多,大部分都是关于他科研成果的报道以及对他主持的项目的夸赞。林迈从这些报道中找到程广秋的讣告,对比了时间,发现正是王周童执行死刑的日期。

无缝衔接。

林迈独自开车去了墨城,一方面,他不想连累王越和石文杰,另一方面,他也不确定能不能找到王周童的父亲。

根据石文杰查到的地址,林迈直接来到目的地。跟中央公园一样,王周童父亲居住的小区也是一个超大型的刚需盘,黄色的外立面打满或深或浅的补丁,一副老态龙钟的样子,好像随时可能崩塌。林迈找到具体楼栋和单元,上门确认,开门的却是一个抱着孩子的年轻妈妈。

"你好,请问这是王周童家吗?"

"你走错了。"女子搂紧孩子,是母性保护幼崽的本能反应。

"我是警察。"林迈亮出警员证,试图打消女子的紧张与敌意,"请问王周童的父亲是不是住在这里?"

"我不认识王周童。"女子没有放松警惕,即使她对林迈的身份深信不疑,那他也是一个陌生的警察。

"那您能告诉我,这间房子的上任主人搬到哪里了吗?"

"我不知道。"女人准备关门。

"这个房子是您租的也好,买的也好,总要经过中介吧,能不能把中介的联系方式告诉我,这您总该知道吧?"

林迈拿到中介电话,拨通后,对方以为林迈是买房的意向客户,十分热忱,待清楚林迈的身份,热忱中夹杂了一丝敬畏。林迈约他面谈,要到他工作单位的地址,驱车前往。中介一脸谄媚地接待了林迈,事无巨细地告诉他王周童父亲的情况。王周童父亲叫王志华,嗜赌如命,卖房子也是为了还赌债。

"卖了房子,他住哪儿呢?"

"麻将馆啊。麻将馆都是二十四小时营业,他困了就在沙发上睡,醒了上牌桌。"

问清王志华经常光临的麻将馆,林迈从中介公司出来,在麻将桌上找到王志华。后者发现了他,抓起一把麻将,朝林迈丢来,起身就跑,身体一高一矮,摇晃得很厉害,随时可能摔倒。林迈没花多少工夫就逮住了王志华。

"大哥不要打我,我过几天就还钱。"王志华求饶道。

林迈便明白,他一定把自己当成讨高利贷的混混。

"你是王周童的父亲吧?"王周童事发,他受到牵连,被单位开除,被众人唾弃。

王志华从刚才的恐惧中跳脱出来,变得不屑和冷漠:"我不认识他。"

"王周童,你的儿子。"

"我没有儿子。"王志华出口自知说漏了嘴,便装作一副无赖模样,"我什么都不知道。"

"你儿子还活着。"林迈长驱直入。

"什么?童童还活着?"王志华眼中闪过一丝光芒,随即暗淡,"但那已经不是他了。"

林迈以为事情有了转机,再问,王志华又恢复一问三不知的状态。这时,迎面走来两个光头,凶神恶煞,颐指气使,见了王志华就问他要钱。

林迈帮王志华出头,刚想说他是警察,但警察的身份恐怕震慑不住异地的流氓。林迈可以轻松地将这两个莽撞后生打跑,仍然不能治本,便问:"他欠了你们多少钱?"

"不多,就两万。"

"上个礼拜还是一万出头。"王志华说。

"那是上个礼拜。"

林迈止住他们的争论,帮王志华刷了这笔钱,那两个光头兴冲冲地走开,他们恐怕也没想到这笔账能轻易就要回来。

"我不会承你的人情。我什么都不知道。"王志华说完就走。

林迈默默跟着他。

"我真的什么都不知道。"走了很长一段路,王志华停下来说:"他们什么都没告诉我,我只是偷偷看到一份文件,里面提到什么'种脑'计划。"

"详细说说。"林迈站在王志华旁边。

"我也不清楚,只知道是跟大脑、意识有关的项目。"

"好吧。"林迈准备离开。

"等等。"王志华叫住他,"我儿子,真的还活着吗?"

"不,他已经死了。"

回到明城,林迈把"种脑"计划告诉陈斌,后者动用了所有关系,包括朋友和线人、白道和黑道,终于找到"内幕"。

一般来说,人脑的记忆和理解能力都是连续性的,无法全部将其输出。也就是说,在一项重要的科研项目中,如果研究旷日持久,研究的人物的生命时长至关重要,一旦这个人中途去世,对项目的打击是毁灭性的。但问题来了,很多研究的关键人物甚至主持者都是上了年纪的耄耋老人,所以许多项目的推进都面临着这样的风险。为了降低甚至消灭这种风险,"种脑"计划应运而生。所谓种脑,只是一种形容,并非播种大脑,而是提取实验对象 A 的意识,种植到实验对象 B 的大脑内,在此之前,要把实验对象 B 的大脑兴奋中心进行关停,重新在另外的半脑制造一个兴奋中心。毫无疑问,程广秋就是实验对象 A,被判处死刑的王周童是实验对象 B,他们合并成了对象 C,即穆梁。只是不知道出于什么原因,王周童的兴奋中心重新启动,造成一体两人的现象。

王周童控制身体的时候重新犯下了两起强奸杀人案,所以的确跟穆梁无关,后者仍然是科技进步不可或缺和不可替代的资产。

但他总觉得哪里不对,想来想去,想到穆梁(王周童)对死者进行了两次性侵,第一次发生在死者生前,这跟王周童犯下的案子有些出入。王周童患有严重 ED,只有面对尸体的时候,才有勃起的可能。穆梁参与了整个犯罪,他对尸体有着本能的排斥,所以在迷晕女孩之后就迫不及待完成了性侵,然后再杀死女孩,留给王周童。

对!他有罪!

从墨城回来不久,方灵来到林迈家里。

方灵的突然造访让林迈欣喜若狂,但他表现得很克制,只是后悔平日没怎么收拾屋子,为随处可见的外卖盒和啤酒瓶自惭形秽。

"坐。"林迈把马扎上的脏衣服抱走,请方灵就座。

"你去墨城了?"

"刚回来没两天。"

"我过来看看你,顺便给你拿些药。"方灵把药瓶递给林迈。

"谢谢你。"

"最近睡眠怎么样,还做噩梦吗?"

"好多了。"

"那就好。"

"喝水吗?"林迈说着去开冰箱。

"不用麻烦,我坐坐就走。"

"不麻烦。"林迈拿出一瓶冰镇矿泉水招待方灵。

方灵随便在林迈家里转转,不经意间推开他书房的门,看见里面贴着关于穆梁强奸杀人案的资料。在那里,她还有"意外收获",上次给林迈拿的安神药物,瓶盖都没有打开过。

"你为什么骗我?"方灵拿起药瓶。

"我——"林迈不知道怎么解释,难道说自己觉得罪有应得?

"穆梁的案子,陈局都已经叫停,你这么积极干什么?"

"你听我说,还记得那个视频吗……"

"我知道你疾恶如仇,但有些事我们必须服软。"

"我答应过你,一定会抓到凶手。现在,凶手就在那里,你让我眼睁睁看着他逍遥法外?我做不到。我只要拿出足够的证据,即使陈局……"

"我不想有一天解剖你的尸体!"方灵喊道。

林迈看着方灵,沉默片刻之后,缓缓地说:"我是一名刑警,选择这个行当时,就做好了殉职的准备。"

"可是我没有做好失去一位同事的准备。"

"仅仅是同事吧。"林迈觉得自己真该死,什么时代和年纪了,还在玩欲擒故纵的把戏。

方灵不说话,看着林迈。

最后还是林迈打破沉默:"我已经停不下来。"

他已经停不下来。

他不可能停下来。

林迈确认凶手就是躲在穆梁身体里的王周童,或者说,躲在王周童身体里的穆梁,而他们都躲在一堵又高又厚的墙的后面。想要让穆梁付出应有的代价,就不能用寻常手段,他只有一条道:以身试险!

研究所加强了安保措施,林迈无论如何都无法进入其中大摇大摆逮捕穆梁,事实上,这些天蹲守在研究所和穆梁居住的小区,他连穆梁的人影都没见过。林迈打听到,穆梁准备出国,名义上是技术考察,明眼人都知道是畏罪潜逃。一旦穆梁离开明城,林迈只能抱憾终身。他其实也不清楚,就算堵到穆梁,接下来怎么办?一枪打死他,还是带回局里监押?他只知道,他必须出现在这里,否则无法面对自己。

又一天,傍晚,林迈没有等到穆梁,却发现了孟晓。孟晓等红绿灯时,林迈直接走过去,拽开副驾驶的侧门,坐进去。孟晓吓了一跳,待看清是林迈,恐惧中又夹杂了愤怒。

"你来做什么?"

"调查穆梁。"

"调查不是已经结束了吗?"孟晓问道。

"官方的调查结束了,有些事情还没有答案。"林迈说,"我现在就问你一句,你还相信那个德高望重的穆梁教授吗?"

"我,我不知道。"

"你应该相信警方。"

"可是你们把他放回来了！"孟晓声音陡然提高。林迈可以理解她的愤怒和无助。

"我这不是又来抓人了吗？"

"没用的。你们拿他没有办法，他身边有很多保镖，你们再不可能像上次那样抓人。"

"所以我需要你帮我。"

"我能做什么？"

"你答应他了吗？"

"什么？"

"你说过穆梁一直在追求你。"

"我们本来在一起了，但又分开了，这件事对我打击太大，这段时间上班都很恍惚，我、我准备辞职。"孟晓的声音听起来很疲惫。

"你能不能把他约出来？"

"什么？"如果刚才只是惊讶，这次则有些惊吓，她似乎不敢相信林迈竟然对她提出这样过分的要求。

"把他约出来，剩下的事情交给我。"

"你想做什么？"

"替天行道。"

"我为什么要相信你？"

"因为我是一名警察！你可以永远相信警察！"

事情顺利得出乎意料,孟晓急于摆脱穆梁这个烦人的自大狂,分外配合林迈,成功骗过穆梁,后者则对孟晓垂涎已久,把她从研究所带到一间公寓,做这些事的时候,他斥退了安保人员,给林迈可乘之机。

一进屋,穆梁就像背着父母偷看黄色录影带的中学生一样毛躁又急不可耐地关上了门,把孟晓抱在怀里啃。孟晓几次尝试推开他,都被他凶猛而粗暴地驳回。孟晓有些慌神,从客厅跑到厨房,想要找些趁手的东西防身,不小心打开冰柜,看见里面冻实的同事,吓得失声大叫。

"我原本没想杀你,是你自己往死路上走。"穆梁从口袋中抽出一副橡胶手套,一根压脉带。

"林警官,你快出来啊!"孟晓大喊。

穆梁手里的动作僵住了。

林迈现身。

"你怎么在这里?"穆梁问道。

"我是警察,你是嫌犯,当我们相遇,原因自然是抓捕。"

"你、你们——"穆梁看明白眼前的形势,脸上担心的神情闪现过之后转为一种有恃无恐的无谓,"我可是重要财产,你们无权伤害我。"

"没有人有权利伤害他人。"

"你想做什么?我警告你,你敢动我,就是与全人类进步为敌。"

"你放心,我不会动你,我会把你抓回局里,我不相信,在这样的赤裸裸的证据面前,你还有什么叫板的资格!"

"我会让你付出代价。"穆梁恶狠狠剜了林迈一眼,然后盯着孟晓说,"还有你,我会把你撕裂的,臭婊子。西山水库的事情,我还没找你算账呢。"

"有什么话回局里说吧。"林迈用手铐箍住穆梁的双手,他全程没有反抗,要么,他心如死灰,要么,他不以为然。很明显,穆梁是后者,他有足够的信心可以从暂时的厄运中脱身。他甚至笑了,他竟然笑了。

"事到如今,你还嘴硬吗?"林迈吼了一声。

"但我什么都没有做,全都是王周童干的,与我无关。"

"没错,都是我做的,你要抓就抓我,要杀就杀我,不准动穆教授哦,他可是栋梁。"另一个声音说。

"你不是已经被清除了吗?"

"你以为清除意识跟删除程序一样简单?没人会冒这个风险。而且,他需要我作为幌子。恶之花一旦绽放,就会永远盛开。你也许是个好人,对恶的理解还不够。"

"你说的对,恶人还需恶人磨。这次我不会放过你!"林迈用手指着他的鼻子。

"拭目以待。"

林迈转身去拉门,穆梁被铐住的双手突然勒住他的脖子,他本能地去格挡,终究让对方偷袭成功,他以为穆梁想要扼死他,但随即他的口鼻被一块湿湿的手绢捂住。他不熟悉这味道,但他再清楚不过,这是乙醚,是王周童当年行凶的工具和手段。

"本来想对付孟晓,现在便宜你了。我会杀死你。不,王周童会杀死你。不,杀死你的是你自己。"穆梁的声音越来越远。

入行以来,林迈经历过许多危在旦夕的时刻:有一次抓捕一伙抢劫银行的惯犯,对方拼死抵抗,子弹蹭着他的额头飞过;还有一次,如果不是王越眼疾手快,在歹徒的匕首从背后袭来时推了他一把,他也许当场就会魂归天国。但这次他没有这么好的运气,昏迷之后,将成为砧板上鱼肉,任人宰割。

方灵一语成谶。

想到方灵,林迈又给自己找了一个节点:如果死里逃生,就跟方灵表白。

不知过了多久,林迈头昏脑胀地醒来。他举起双手,握了握拳头,他还活着。他站起来,摇摇头,看见蹲在厕所门口的孟晓。

"穆梁呢?"

"我杀了他。"孟晓冷静地说。

"到底怎么回事?"

"我希望能够将他绳之以法,但看来没用,就像第一次那样,他会再次躲过死刑。想要杀死他,只能靠我自己。我给你看一样东西,你就会明白。"孟晓说着撩起上衣,露出腹部,肚脐之上有一个十字疤痕,"死里逃生之后,我度过一段非常艰难的日子,就当我以为一切过去,可以重新生活的时候,发生了环城水系那起案子,我知道,那个恶魔又回来了,并且,还带来另一个恶魔。你说,是不是在我们每个人心中,都有一个魔鬼呢?现在,我杀了人,罪不可赦。"孟晓伸出双手,握拳并在一起,"请逮捕我。"

"我们调查过了,西山音乐节第一天,也就是第三名被害人遇害那天,穆梁拥有绝对的不在场证明,至少那晚他没有作案。我一直想不明白,他人没有到现场,怎么会有他的毛发,直到刚才我才恍然大悟,杀害那个女孩的人是你吧?"林迈为孟晓戴上手铐。

"没错。"孟晓供认不讳,"我想陷害穆梁,让你们把他绳之以法。我很后悔这么做,搭上一条无辜的性命,从一开始,我就应该杀死穆梁。但恐怕我杀死的只是王周童。"

"什么意思?"林迈惊道。

"我也是最近才发现,穆梁利用'副脑',把自己的意识转移到其他人脑中,我查看了他的记录,除了王周童,他还与数十个副本建立了连接,其中最小的一个才十四岁。"

"付辰骁?!"林迈猛地想起"4·14案"。

"所以,我们也许杀死了王周童,但到底杀死了穆梁没有?"

林迈给王越打电话,把孟晓押解回局里,警方调查了公寓冰柜中的尸体,经查,正是穆梁的上任秘书。至此,"7·15浮尸案"正式落下帷幕。

林迈终于等到了所谓的"节点",但他没有买花,而是邀请方灵看电影。影院的片目以国庆档上映的电影为主,有口碑逆天的,有票房逆跌的,这些电影林迈一部都没有看过,却选择了上映两个多月的"老片"——密钥一再延期的《哪吒5:混天绫》。电影延续了哪吒系列的高水准,不论剧情还是特效都无可挑剔。影片讨论的主题跟他前段时间调查的"7·15浮尸案"不谋而合,都是关于人的一体两面。

从电影院出来,天色向晚,两人并肩走在空旷的街上,奇怪的是,林迈心里想的却不是身边的方灵,而是世界上此时此刻正在发生的罪恶,某个城市的某个房间里,也许正在发生一起命案。

"电影还不错。"方灵主动开口了。

"嗯。"林迈尽力让自己表现得活泛一点,"你平时都有什么消遣?"

"看电影。"方灵说。

"那看来我们来对地方了。"

"还有滑板。"

"什么?"林迈吃了一惊,怎么也想不到方灵竟然会玩滑板,方灵和滑板似乎是两个毫不相干的意象,就像飞鱼和鸟。

"不可以吗?"方灵反问道。

"有点出乎意料。"

"那你呢?"

"你猜一猜。"

"是运动类吗?"

"不是,算益智类。"

"打牌?"

"打牌怎么算益智类呢?"

"打牌需要计算。"方灵说。

"拼图。"

"我也出乎意料。"

两人一路走一路聊,气氛融洽,林迈很想就这样跟方灵走下去,聊下去,但路有尽头,话也有结束的时候。

跟方灵告别,林迈回家便坐在地毯上开始拼图。林迈一边拼图,一边想起在穆梁的公寓,孟晓跟他说:"我们也许杀死了王周童,但到底杀死了穆梁没有?"重点是"我们",孟晓似乎也洞察了他的内心。林迈不知道怎么回答她的问题,但无法否认跟孟晓并肩作战的事实。逮捕孟晓之后,林迈就向陈斌交代了自己的违纪行为,等待检查组介入。

那晚,林迈有如神助,一块又一块,几乎没有间断,饶是如此,也用了一晚上才拼完。这是一幅"坛城沙画"的图案,色彩绚丽,佛光普照,是美好的极乐世界。朝阳照进房间,照在拼图上,光亮让色泽活了过来,林迈似乎进入了那个充满欢乐祥和,没有苦难罪恶的世界。不知多久,林迈小心翼翼地举起"坛城沙画",重重摔在地上,四分五裂的极乐世界!

穆梁的案子落停,林迈终于抽出时间审讯子维烨,王越却告诉林迈,子维烨不见了。

"什么叫不见了?"

"不见了就是不见了,凭空消失。"王越说,"我调取了拘留室的监控,他就这么'砰'一下不见了,就像大变活人。"

"怎么可能?"

"眼见为实。"王越问,"所以,头儿,你现在相信这个世界存在外星人吗?"

不确定,林迈真的不确定,他脑海中反复翻腾着一句话:不管你对这个世界了解多少,都是一知半解和一星半点。

7.1 穆梁的一天

年轻的感觉真好。

这是程广秋与王周童共用的身体,最直观和幸福的体验。他差不多花了半年时间才接受穆梁这个新身份,慢慢遗忘程广秋这个原始记录。他去世的时候八十三岁,许多事情有心无力,比如胡吃海塞一顿,比如放浪形骸一次。他奋斗一生,拥有大部分人可望而不可即的荣誉,却没有身体和精力去享受,这让他非常恼火,有种冲锋陷阵打了一辈子仗,却在胜利前夕牺牲的既视感。更惨的是,他主持的项目存在夭折的风险,现在来到最关键的阶段,如果他倒下了,肯定会有人顶上来,但那些候选人他都了解,花架子大于真本事,维持项目正常运转都是奇迹。就在这个时候,他接触到"种脑"计划。

程广秋很满意这具身体,除了报告中的"ED",不过他随即跟医学界的朋友了解到,ED分为生理性的和心理性的,如果是后者,说明患者的机能健全。程广秋进入王周童的身体,需要两至三个月的适应期,全程在相关人员的监视之下,每天服用大量药物,做各种检查。这之后,程广秋还要出国接受一次深度整容,用通俗的话来说,就是整得连他妈妈都认不出来了。在此期间,程广秋还要熟悉自己的新身份,熟记新身份的成长节点。经历以上步骤,程广秋才变成穆梁。

穆梁迫不及待地尝试了这具新身体,他没花多少精力就在明城一家洗浴中心找到了渴望已久的服务,体验非常棒。这种感觉久违了几十年。

穆梁以为获得了这副身体的所有权,没想到五年后的一天,身体的原主人以一起谋杀案宣告回归。死者正是研究室的一名员工,她脖子上有紫色的手印,明显是被人掐死,身上的衣服也都被撕碎,遭到侵犯。

"你都做了什么?"穆梁问道。

"你不是都看到了吗?"身体里的声音回答道,准确地说,是他的嘴巴同时发出两个声音。

"你、你杀了人?"

"是你杀了人。我已经死了五年,怎么杀人呢?"

"滚出我的身体!"

"这是我的身体!"

"你到底想做什么?"

"我还没想好,不过,我肯定还会继续杀人。你如果看不下去就去报警,让警察把我抓起来,那样的话,你也就暴露了吧。所以,既然你已经进入我的身体,就说明上天把我们捆绑在一起,没有你,我已经死了,没有我,你也已经死了。"

"可我不想杀人!"

"没有让你杀人啊!我来动手就好,反正你也帮不上什么忙。"

"那这具尸体怎么处理?"

"你自己住吗?"

"对。"

"那就搬到你家喽。"

"开什么玩笑?"

"你自己选择吧,要么抛尸,要么藏尸。"

"你要尸体做什么呢?"

"不要误会,尸体对我来说是一次性的,我不可能再碰,我单纯就是想为你减少麻烦,就这具尸体而言,藏尸比抛尸更安全,相信我,我可是老手,你什么都不用管,交给我就好。"

穆梁却不能不管,他需要尽量占据身体的主动权,所以他趁着夜色把女同事搬上汽车后座,一路运回家里。穆梁唯一担心的就是监控,不过只要一周不出事,监控就会自动覆盖,他只能祈祷。

"看把你吓的。不过倒是跟我第一次作案一样。我当时也非常害怕,走在马路上,看见交警双腿都打战。一直到我杀第三个人,快感超过了恐惧,那是一种无与伦比的享受。"

"你真是个变态。"

"我只是做了大部分人想做而不敢做的事,设想一下,假如给你创造一个毫无后顾之忧的犯罪条件,你会不会做一些平时想做而不敢做的事?现在,我就是你的条件。就算哪天我们被人抓住,你完全可以把我推到台前,自己则安安生生地躲在幕后。"

"我不会跟你同流合污的。"

"别着急下结论,你只是被道德、秩序、风俗等压抑得太久。"

那天晚上,穆梁紧急下单了一台家用冰柜,将同事的尸体封存在里面。奇怪的是,做这些事的时候他一点都不害怕,就像往冰箱里装速冻食品。

忙完之后,穆梁去厨房洗净手,顺便洗了一只西红柿。他不记得自己有生吃西红柿的习惯,可能是王周童的癖好吧。

晚些时候,他躺在床上,怎么也睡不着,鬼使神差一般把同事的身体从冰柜里取出来,摊在床上。他很快克服了对尸体的厌恶,与相熟的人做爱远比找小姐来得更刺激,即使是相熟的死人。尸体的眼睛睁开,没有聚焦,一头短发再也没有生长的可能。

王周童说得没错,他只是没机会表达恶,而现在,他有了这个条件,一个绝对安全的环境,就算事发,也不会殃及他分毫,有王周童这个身份为他保驾护航。他不用对自己的行为负责,他可以为所欲为,做任何想干却违法乱纪的事情。

一周后,穆梁租了一间公寓,用行李箱将尸体运过去。

7.2 死者的一天

周末,黎晓菲想睡个懒觉,却早早醒来,辗转反侧,索性去水系公园晨跑。跟许多喜欢立志的年轻人一样,黎晓菲搬来中央公园就发愿晨跑,搬来三年,跑了两次。

公园人不多,水系两岸倒是有不少钓鱼的人,不知他们是头天晚上没走,还是早上刚来。

黎晓菲跑了二十多分钟,出了一身汗,由内而外透着一股舒坦。她再次下定决心,从明天开始晨跑,风雨无阻。

最近烦心事真多,黎晓菲计划去庙里拜拜,晨跑回来,她问室友周芸和许萱萱要不要同往,被周芸说迷信。黎晓菲不信因果循环,只是图个心理安慰。许萱萱倒是同意了,但不建议黎晓菲去求神拜佛,她有更好的渠道。

"你这个还不如求神拜佛,神佛最起码还有几千年历史文化传承,'自然道'兴起才几年?"黎晓菲有些吃惊,也有些失望。她听过"自然道",印象中,跟前些年的"断舍离"一样,不过是一种提倡让人们关注内心、精简欲望的生活方式。

"神佛都是人类编造出来的精神图腾,'自然道'信仰的宗主是真实存在的。"许萱萱一本正经地传教,"皈依'自然道',什么烦恼都没了。"

"我玩游戏也能忘记烦恼。"黎晓菲不以为然,在她看来,所谓

"自然道"跟邪教或者传销组织没什么区别。

"玩游戏只是忘记烦恼,但烦恼仍然存在,信'自然道',可以把烦恼斩草除根。而且,'自然道'的活动非常简单,只要大家拉拉手就行。"

"你别说了,我听完瘆得慌。"

"我倒是觉得挺有意思。"周芸说。

"啊,那我带你参加,我保证你的心灵会得到前所未有的平静。"许萱萱转而对周芸传教,"不过有一点,'自然道'不接受装载'脑贴'的成员,但如果你们可以拆除,我们还是会欢迎你们加入。"

"为什么?"

"因为'脑贴'会产生电磁波,影响人类大脑正常运转。"

许萱萱说得非常认真,反倒惹得黎晓菲想笑,同时,更加坚定了她对"自然道"的看法。黎晓菲是那种从小就知道自己想要什么、为达目的不择手段的角色,她绝不会委屈自己。她的观点很简单,人活一辈子,几十年时间转瞬即逝,讨好自己还来不及,为什么顾及他人的感受?所以,许萱萱再想邀请黎晓菲加入"自然道",她都一口回绝。许萱萱却不遗余力,不惜搞出危言耸听的言论,说她是在救黎晓菲。黎晓菲只好严肃地警告许萱萱,如果她再纠缠,就举报他们非法集会。这是后话了。

那天,黎晓菲没有去拜佛,没人陪,懒得出门,以前这种事有陆子昂鞍前马后,现在一个人,是有点无聊,但她不后悔,感情这种事,最好当机立断。

早饭是蒸鸡蛋糕和手抓饼。鸡蛋是从饭店顺的,拿一个略深的广口盘子,打两个鸡蛋,用筷子搅散,再倒温水,继续搅拌,让蛋液和水充分融合,直到和着水的蛋液上面起了一层浮沫,用铁勺撇去浮沫,蒙上一层保鲜膜,用筷子戳几个洞,如此蒸出的鸡蛋糕鲜嫩光滑。手抓饼的做法就简单了,只需要撕去塑料纸,放进电饼铛,出锅后挤一些番茄酱即可。鸡蛋糕和手抓饼可以同时进行,弄出这样一份早餐仅仅需要几分钟,这样褚红能多睡一会儿。褚红以前爱睡午觉,学生时代,每天吃完午饭,总要眯上半个小时,否则整个下午都昏昏沉沉,甚至直接在课堂上睡着。如今在饭店工作,中午十一点到下午两点是最忙的时候,褚红连打盹儿都不能。褚红不是没想过换个工作,但她没有一技之长。她上初三时刚好赶上普高和职高分流,家里为了不让她上职高,每天晚上都盯着她写作业,学校的作业写完了,还要额外补充一套练习册,周末也是被课外班塞得满满当当,当时国家正在打击和治理混乱的教培行业,取缔了许多违法的办学机构,褚红的母亲和班里几个家长联合,找了英语老师在家里给孩子们补课。总之,上有政策,下有对策。褚红还算争气,考上县里的一中,但她一生的好运气似乎就在这一场考试中消耗殆尽,上高中之后,褚红的成绩一直稳定在中下游,最终考了一所大专,学习商务英语。毕业后她想着找外贸行业的工作,发现几乎所有的公司都要求本科,她的英语并不出色,堪堪考过了六级,专四直到毕业也没有考过。更惨的是,她发现英语,包括其他外语,突然就被一枚小小的同声传译纽扣统一了,不同语种和方言的人沟通起来全无障碍,所以外贸行业最重要的不再是语言沟通能力了。褚红读了三年的专业,就像做了一场梦。反过来再看当初念了职高的同学,他们早早便学到了受用终身的技术,在度过了最初两年的学徒时光后,大部分当上了小老板,过着衣食无忧的生活。

做完早饭,褚红继续爬到床上,让丈夫起来吃饭,再去送女儿上学。饭店只需要十点上班就行。

到岗之后,第一件事是培训,背诵消防"四个能力"。褚红有气无力地滥竽充数:"检查消除火灾隐患的能力、组织扑救初起火灾的能力、组织人员疏散逃生的能力、消防宣传教育的能力。"员工们背完"四个能力"之后是大堂经理的讲话。经理姓杨,人们都喊他杨经理。杨经理讲:"饭店是我家,要给前来就餐的顾客宾至如归的感觉。"这两句话不算高明,但听起来很唬人,显得有水平。经理讲完话,褚红就去了她负责的包房,开始打扫卫生,准备迎客。其实有了智能扫地机器人,基本用不到人工打扫,褚红只是简单抹抹桌椅,摆摆餐具。她正百无聊赖地假装忙碌,杨经理推门进来。

"忙着呢?"

"嗯。"

"你来公司多久了?"杨经理习惯称呼公司,而不是饭店,好像这样就显得他高人一等。

"快三年了。"

"时间过得好快啊!我记得当时还是我面试的你。"

"对。"

"三年,说长不长,说短不短,你对未来有什么打算吗,总不能一直当服务员吧?"

"走一步算一步吧。"

"你也知道,现在人工智能发展多快,我们好多竞争对手都把服务员辞了,换成人形机器人或者无人机,就连厨师也不保险,预制菜的口味和营养跟上来了,厨师就多此一举。我们饭店也想着优化一些员工。"

"那我知道了。"褚红直起腰,把抹布摔在圆桌上。

"你知道什么了?"

"你们要优化我呗。"

"谁说优化你了?"杨经理色眯眯地说,"我今天来找你,是透风,不是吹风,你知道该怎么做了吧?"

"我会认真工作。"褚红当然知道杨经理打的什么歪主意,他过来报信,就是想揩油。杨经理跟饭店不少服务员都很暧昧,几次明示暗示过褚红,用一些好处作为诱饵,想跟她发生关系,都被褚红或装傻充愣或假意逢迎地带过。

"这年头,谁管你认真不认真,就看你会不会来事。"

"一个破服务员的工作,需要来什么事?"褚红索性跟杨经理摊牌,"你跟别人腻歪我管不着,也不想管,你要是再跟我出言不逊,小心撕烂你的嘴。"

"行,你等着。"杨经理放了一句狠话,仓皇而逃。

晚上工作时,又有男客人想要占她的便宜,刚开始让她帮忙拍张合影,后来推搡着要跟她一起照相,照相就照相吧,手还搭住她的肩膀。褚红不能生气,顾客一投诉,一天白干不说,月底的绩效也就没了。钱虽然不多,可是够给小孩买不少玩具。

褚红现在这些同事谁也不会想到她在上学时以腼腆和羞报著称,同学们给她取了一个外号,叫"害羞草",一碰就自闭。毕业这些年,她已经锻炼得足够"外放",跟男同事打闹,开带点颜色的玩笑,只是一层保护色。

好不容易把那桌客人送走,褚红开始收拾一桌狼藉,忙到晚上十点多才算停当。她累得不行了,但想到孩子和丈夫,她觉得又有了些力气。褚红跟往常一样从后厨离开,抄一点近路。刚走到后厨,就有一个人从背后抱住她,在她脖子后面乱啃,胡须扎得她很疼。褚红用力挣脱,转过身发现是厨师老胡。

"你干什么老胡?"褚红喊道。

"别装正经了,我给你钱。"老胡煞有介事地准备了现金,估计是怕留下转账记录,他把钱拍在案板上,看样子有十张左右,"你跟杨经理的事,员工早就传开了,他给你的好处,我也能给。"

"你哪只眼睛看见我跟姓杨的有事了?"

"你敢做还怕人说吗?"老胡说,"饭店谁不知道你最骚。"老胡说着还想上下其手。

"你再往前一步,我把你剁了。"褚红从案板上抄起一把闪闪发亮的菜刀。褚红知道男人们的心思与恶意。

"咱们就玩一玩,有什么?再说,我给钱啊,你不吃亏。"老胡指了指那薄薄一沓现金。

褚红把菜刀劈到案板上,抓起现金摔在老胡脸上:"滚蛋!"

褚红骑着电动车,走在深夜清冷的街上,一点也不觉得害怕或者生气,她早就麻木了,有个念头闪过,离开这家饭店,可是离开之后,还能去哪儿,或者其他地方就会比这里更好吗?而且,她为什么要走,她不怕那些臭男人!你是一个漂亮的女人,你是一个低微的女人,你就应该沦为男人的玩物,就是这么简单粗暴的逻辑。褚红只想快点回到住处,回到那个盒子里,回到《草原》。

女儿早睡着了,她蹑手蹑脚躺在女儿身边,用指背轻轻剐蹭她的脸颊。丈夫也睡着了,呼噜打得震天响,她们母女早已习惯他制造的噪声。在女儿身边依偎一小会儿,褚红起来,钻进"蛋壳",进入《草原》。

冯婉觉得明城发展越来越好,以前看新闻,总有当地人对自己生活的城市引以为豪,冯婉其实大为不解,她觉得人类与城市之间的脐带不过是一套住房,随着近两年明城大举进行市政项目建设,冯婉终于有了强烈的归属感,最让她欣喜的除了便民措施、公园、体育游乐场地,还有市里倾尽全力打造的西山音乐节。冯婉是一个普通的上班族,每天的生活清汤寡水,但她业余生活很丰富,有动漫、游戏和音乐相陪。她习惯看漫画,而不是动画,她觉得这样才能真正触摸到作者的本心,但看漫画有个问题,就是要等。画家们喜欢挖坑,到后期,坑越挖越大,读者越陷越深,他们倒好,填坑的速度越来越慢,甚至搁浅,好像这本漫画与他们无关,苦了那些嗷嗷待哺的粉丝。跟一般女性不同,冯婉很喜欢大型战略性游戏,喜欢宏大而详细的世界观,喜欢星球和种族之间的对抗,最爱的一款游戏就是《星际移民》,但游戏和漫画一样,容易烂尾,《星际移民》也不例外,前面的剧情引人入胜,很快就虎头蛇尾。《草原》是个例外,这本来不是冯婉喜欢的类型,在公司的办公室和同事一起吃午饭时,听她们兴致勃勃地讲起,便下载了游戏尝鲜,没想到一发不可收,可能是人们都有倾诉欲。相比之下,音乐带来的慰藉和愉悦就非常保险,随时戴上耳机,随时就能沉浸其中。以前每每到了"五一""十一"等假期,冯婉就会买票去参加音乐节,参加完演出,就在当地随便逛一天,没有任何预期和目的,就是走走看看,陌生的街道,陌生的建筑,陌生的人群,陌生的食物。今年,明城有了自己的音乐节,冯婉早早就关注票务信息,开票第一时间抢到一张套票,比早鸟价还便宜。

从那天起,冯婉就开始期待音乐节,这种期待单纯而强烈,就像小时候期待过年一般。根本不用闹钟提醒,早上四点多,冯婉就兴奋地醒来,在床上躺了一会儿,起床洗漱,换上为音乐节特地买的新衫,整个人从内而外洋溢着幸福。是真的幸福,最近好事连连,刚刚涨了薪水,又遇见一个还不错的男孩,可以相处试试,青春期时追的漫画在停刊十年后突然重新连载……人生从没有像现在这样值得期待。演出要到下午才开始,冯婉收拾停当还不到六点钟,平时这个点,她还在睡觉。夏日的清晨,六点多已天光大亮,冯婉很少在这个时间出门,她感觉新鲜,生活了二十多年的城市,仿佛变成他乡,街道陌生了,建筑陌生了,人群陌生了,食物陌生了。冯婉觉得精力充沛,时间缓慢。今天周四,是为期四天的音乐节首日,她特地调休了两天年假。对她来说,这就是过年啊。明城的公交车每周四免费,鼓励人们绿色出行。冯婉猛地想到,很久都没有坐过公交车了,平时上下班都是乘坐地铁,于是心血来潮,踏上一辆公交车,也不看是几路,到哪里,她只是想好好看看这座城市。清晨,公交车上的乘客不多,有几个打盹儿的上班族,更多是神采奕奕的老年人,仿佛退休之后,他们的精彩人生才真正开启,前面六十年的忍辱负重都是为了现在的松弛。但人生松弛了,皮肤也松弛了,他们会不会后悔年轻时没有好好享受呢?扪心自问,冯婉觉得这个问题实在无解,人总是在某个阶段羡慕另一个阶段,却从不想想办法,改变现状。她自己也做得不好,或者说,没有想过那么多大道理,活得比较随性。就像是谈恋爱,总有人觉得她很漂亮,应该不缺男朋友,但事实上,冯婉从大学毕业后就一直单身,朋友们都觉得不可思议,可就是没有男性向她表达爱慕之情。冯婉也不急于推销自己,幸而父母开明,觉得她的人生应该由自己做主,一个人可以,两个人也行,都是她的选择和自由,他们不会干涉,甚至连参考都不提供。仔细想一想,可能正是父母的人生观潜移默化地塑造了冯婉的性情。对于爱情,她不拒绝,也不乞讨。公交车上的人越来越多,冯婉戴上耳机,听着音乐,看着窗外逐渐醒来的城市,有种莫名的幸福。公交车到达终点站,冯婉就下车,随即跳上另外一辆,继续在城市中巡游。由于早饭吃得太早,十一点多她就饿了,在下一个站台跳下来,就近找了一家面馆,却出乎意料地美味,吃饱喝足,冯婉继续搭乘公交车,这次是有目的地选择了通往西山的摆渡车。考虑到会有很多乐迷拥入西山,主办方在几个人流量较大的路段组织了摆渡车,免费将乐迷从城里载到音乐节现场。冯婉以为自己是最早那批,到达现场才发现已经人头攒动,可能是明城第一次举办如此大规模的户外音乐节,人们按捺不住心中喜悦,早早到现场释放热情。第一组正式演出的乐队要到下午三点登场,舞台前方差不多已经排了几百号人。冯婉检票进去后,找摊位往脸上盖章,又买了一块印有乐队名字的方巾系在手腕上,一切准备就绪,冯婉站在人群后面,像雨水落入海中,瞬间被疯狂的乐迷吸收。大家像多年未见的老友,高兴地又蹦又跳。有乐迷自告奋勇唱起一首老歌,瞬间引发合唱:"你未曾见过我,我未曾见过你,年轻的朋友一见面啦,情投意又合。你不用介绍你,我不用介绍我,年轻的朋友在一起呀,比什么都快乐!"听到这首歌,在人群中的冯婉反而觉得有些孤单,她想起前几个月见面的网友。

下午三点钟,乐队登场了,是一支不知名的本土乐队,但因为天时地利,观众反应很热烈,主唱也非常兴奋,还演唱了一首明城方言的歌曲。明城是一座典型的北方工业城市,方言接近北京话,没有什么特色,更不像东北话一样出圈,能听到明城方言的歌曲,冯婉觉得非常亲切,默默记下乐队的名字,准备回去后好好补课。其实也不用费心去记,演出宣传单上印有所有乐队的信息。

天色越来越暗,演出氛围越来越好,越往后面出场的乐队越知名,越能引起欢呼和掌声。冯婉喜欢的乐队马上就要登场,她今天的期待值就要拉满,大脑突然一片空白,就像打闪一样。冯婉还没反应过来怎么回事,大脑中出现一个双头蛇的画面。与此同时,冯婉恢复了意识,却控制不了身体,类似灵魂出窍,她的精神与肉体剥离了。冯婉看着自己一步步走出演出场地,又惊慌又伤心。西山本来就偏僻,冯婉离开音乐节的场地,立马陷入一团乌黑的荒野,脚步仍然不停,去哪里她却不清楚,也无法做主。终于,冯婉停下脚步,她发现自己来到西山水库,远处的人声和乐音依旧清晰响亮。冯婉努力尝试几次,想要夺回身体的控制权,结果无功而返。这时她仍然不知道要发生什么。借着灯光,她看见不远处有个人影慢慢朝自己走来,冯婉的心一下子抽紧了,想要逃离而不能。人影走到她面前,冯婉定睛一看是个女人,冯婉的内心稍稍放松,她却开始脱冯婉的衣服。一瞬间,冯婉想起最近一段时间发生的两起案子,她怎么也想不到凶手竟然是女性,更没有想到自己会成为被害者。很快,女人剥光冯婉的衣服,掏出一根擀面杖似的物件,戳进冯婉的下体,疼痛的感觉、撕裂的感觉遍布全身。冯婉就像砧板上的鱼肉,任人宰割。万幸,女人的侵犯没有持续太久,冯婉体内的异物感刚刚消失,就见女人拿出一根黄色胶条,紧紧勒住冯婉的脖子。不远处,她最喜欢的乐队登台了,金依依[①]的声音传来:

把春色抛在背后,深夜让酒经过喉咙,那年轻的心脏醒来,送自己去战场。啊,生活多美好。啊,生活多美好。

---

① 蛙池乐队主唱,文中歌词出自歌曲《生活多美好》。

7.3 林迈的一天

2020年,林迈二十四岁,是他一生当中的黄金年代。

无须鼓舞和吹风,每天都有使不完的劲,他甚至痛恨睡眠,发出"人为什么要睡觉"这种幼稚而疯狂的诘问。那一年,他分配到明城市公安局江祜区分局,第一次见到陈斌。当时陈斌刚刚升任刑警中队副队长,意气风发。

林迈昨晚在沙发上对付了一夜,把熨得平整挺括的警服铺在床上。他刚刚搬了新家,还没有置办衣柜。林迈穿上运动装,去小区附近的体育公园跑步。买这个房子,就是冲体育公园的配套,他没有那么多存款,是父母付的首付。父母给他买房,一方面是为他上下班方便,另外一方面,也是未雨绸缪,方便他谈恋爱和结婚。林迈中等个头,身材匀称,五官坚毅,一脸正气凛然,加上刑警这份值得尊敬的工作,父母很看好林迈在婚恋市场的表现,就算不是抢手货,也是拿得出手的优质资源。彼时,他们并不知道,未来十几年,林迈都将精力毫无保留地奉献给了明城市的安保事业,父母也从期待到督促到愤懑到无奈,再到心如死灰。

跑步回来,林迈冲了个热水澡,换上崭新的警服,开车去江祜区分局,找陈斌入队。到办公室,门开着,林迈远远看见一派繁忙景象,有人在打电话,有人抱了一堆档案,有人跟同事大声吵嚷,分不清是争论,还是骂街。林迈浅浅敲了两下门,没人搭理他。林迈抬头寻找陈斌的身影——在此之前,他们已经打过照面,事实上,正是陈斌极力主张,将林迈招入麾下。林迈刚看见陈斌,正准备过去打招呼,陈斌突然站起来,大声喊道:"所有人,放下手中的工作,跟我出去一趟。"

如同一组庞大的膝跳反射,人们收拾东西、检查装备,动作整齐划一,整个办公室换了一种背景声,这是经年累月培养出的默契与迅捷。

陈斌走到办公室门口,经过林迈,没有丝毫停留,显然没认出他,或者干脆没注意到。林迈上前喊了一声"陈队长",陈斌这才瞥了他一眼:"那个谁,你来了啊,我们马上要出任务,你跟过去,就当见习了。"

"收到!"林迈立马敬了个礼,朗声回复。

"随意一点。"陈斌被他吓了一跳。

一行人风风火火到了楼下,人们纷纷钻进警车,林迈站在原地,不知该去哪辆。陈斌落下车窗,喊他:"喂,你叫什么来着?"

"林迈。"

"我想起来了,你来我车上。"

"收到。"林迈小跑过来,拉开后车门,看见几位同事正在往另一侧使劲挪屁股,后排已经有三位,再加上他就要超载,"陈队,人够了,我换一辆吧。"

"挤挤。"陈斌说。

林迈只好上车,艰难关上车门。

其他人对这种情况见怪不怪,继续激烈讨论案情。通过他们的对话,林迈听出事情的大概,他们要去抓一个人贩子。林迈心里突然紧张、害怕,即使跟一群刑警挤在一起,即使他现在是名刑警。林迈小时候,父母工作忙,经常把他一个人锁在家里,为防止林迈偷跑出来,跟他说外面好多人贩子,拍下你的后脑勺或者拿手绢在你面前挥舞一下就能迷晕。人贩子自此成为林迈心中最恐怖、最痛恨的恶魔。随着年龄增长,林迈以为自己早就战胜儿时的梦魇,结果听到这三个字,内心仍不由得一凛。

抓捕现场位于北二环附近一个家具制造市场,其实谈不上市场,就是以加工家具为主要营生的城中村,有的摊子比较大,盖了工厂,引入生产线,有的小打小闹,只是家庭手工作坊。犯罪分子隐藏在村中。村子的体量在明城本身就不小,加上有不少外来务工人口,藏人容易,找人困难。目前的线索只知道人贩子在家具村落脚。警车到达村口,与当地派出所会合,首先封锁住家具村的出入口,再一家家排查。林迈紧跟陈斌,一家一户找人,从上午忙到下午,午饭都没顾上扒拉一口。

"还能顶住吧?"陈斌回头问林迈。

"没问题。"

"不知道要忙到几点呢,你要是饿了,找家超市买点面包啥的垫补一嘴。"

"不饿。"林迈没有撒谎,眼下他的注意力都被案子占据,无暇他顾。

陈斌不再说什么,转身投入工作。陈斌分析,嫌疑人要拐孩子,肯定不会在一个地方常住,重点排查日租房、月租房。村里面多是二层小楼,一楼自住,将二楼做成几个隔间向外出租。有的住户讲究,在厢房外面打了一副楼梯,专供租户进出;有的住户比较随意,楼梯安装在院内,与租户同用。

傍晚时分,林迈跟着陈斌进入一家民居,听房东讲,他们听见过小孩哭声,但几个租户都是年轻情侣或者单身。跟房东沟通,二楼一共有五间房,其中三对是刚毕业的大学生,另有一个独身女性,一个独身男性,女性在家具厂上班,男性是跑出租的。他们分析认为,出租车司机嫌疑最大。这户人家的楼梯打在外面,陈斌带头,将犯罪嫌疑人堵在房间,对方挟持着人质——一个看上去三四岁的小女孩。

"你们都给我出去,谁敢上来,我就烧死她!"犯罪嫌疑人一只手勒着女孩纤细的脖子,另一只手擎着打火机。

林迈闻见一股刺鼻味道,结合女孩被浸湿的头发和衣物,判断出她被丧心病狂的犯罪嫌疑人淋了汽油。小女孩吓坏了,哭得歇斯底里。

"你别冲动。"陈斌示意同事向后退,对犯罪嫌疑人说,"拐卖儿童和杀人的判刑大不相同。"

"你们走!"犯罪嫌疑人吼道。

"你想怎么着总得跟我们沟通,这样,我让他们下去,我留下,你有什么条件可以跟我谈。"陈斌试图稳定犯罪嫌疑人的情绪。

"你也走!他留下。"犯罪嫌疑人瞅了人群一眼,选中林迈。

"不瞒您老兄说,这个生瓜蛋子第一天上班,没有经验,你还是跟我谈。再说了,你跟他谈,他也做不了主,还得跟我汇报,不如直接跟我聊。"

"我就跟他谈。"犯罪嫌疑人认准林迈,高高举起打火机,作势要点火。

"行行行,我交代他两句总成吧?"陈斌和其他人一起撤下,在楼梯上对林迈说,"犯罪嫌疑人情绪激动,尽量顺着他说话,千万别激怒他,他说什么都满足,在保证人质安全的前提下,伺机制服。"

"陈队,我第一天报到,怕是不行。"

"行也得行,不行也得行,我相信你,没问题的。"陈斌为林迈鼓气。

"陈队,我、我有点发虚。"

"你看到那个女孩吧,她应该刚上幼儿园,应该幸福快乐、无忧无虑地跟小朋友们一起做游戏。如果,我是说如果,犯罪嫌疑人真的点着火,女孩一辈子就毁了,整个家庭都毁了,甚至,她的一辈子可能就定格在今天。想想这个,你就不虚了。"陈斌跟林迈说完,转身交代其他队员,让他们兵分两路,一部分联系消防部门,一部分搜集家用灭火器。

林迈硬着头皮上去。他要面对的不仅是眼前这个犯罪嫌疑人,还有从童年困扰他至今的噩梦。

"他们都走了,你有什么条件,现在可以跟我谈。"林迈做了几个深呼吸,但单独面对犯罪嫌疑人时,还是紧张地直吞口水。

"你去开一辆车,把我送上高速公路。"

"没问题,你把孩子放了,我们什么都答应你。"林迈脱口而出。

"你当我是傻子吗?"

"我的意思是,你把孩子放了,把我当成人质。"林迈大脑飞速运转,闪回了许多警匪片的桥段。他爱看电影。

"你开车送我到高速公路入口,在那边给我再准备一辆车。"

"没问题。"林迈听从陈斌的教诲,不管对方说什么,先答应下来。歹徒一旦失去理智,同时也失去耐心,成为一颗随时可能引爆的炸弹,任何一点刺激都可能是一星火花。

"你让他们撤走。"犯罪嫌疑人望向窗口,外面来了一辆消防车。

"这些是消防人员,他们只是以防万一。"

"我不管,你让他们撤走,不然我现在就点火,谁也别想活。"

"没问题。"林迈说,"你把窗户打开,我跟他们喊一声。"

可能是林迈看上去太年轻了,也可能是犯罪嫌疑人一时疏忽,竟同意林迈开窗。林迈通过窗玻璃的反光,看到犯罪嫌疑人拿着打火机的手垂下来,于是林迈假装窗户年久失修,不好打开,弄出很大的动静,趁机扑倒他。打火机在情急之下打着了,房间顿时被火舌吞没。林迈将小女孩搂到怀里,用身体当成防火被,踹开门,把她送到外面的楼梯。林迈有机会全身而退,但他转身投入火海。犯罪嫌疑人烧着了,痛苦地扭曲着身子,发出撕心裂肺的狂叫。林迈四下看了看,没有找到灭火设备,想着打开窗户,让消防车往里灌水。他刚走到窗口,那个满身是火的人却朝他扑来,要和他同归于尽。林迈下意识把他踹飞,后者脑袋着地,不再动弹。确定他死后,林迈才离开房间,去医院做了紧急处理,出来时,陈斌在门口等他。

"怎么样?"陈斌开车拉上林迈,由于背部烧伤,林迈只能趴在后座,样子有些滑稽。

"什么怎么样?"林迈不解道。

"当刑警的感觉怎么样,跟你想的不一样吧?"陈斌说,"我现在送你回家,路上正好聊一聊。"

"麻烦您了。"

"客气啥啊,你都负伤了,我不得表示一下。"陈斌说,"你比我想象中勇敢,但有件事我不太明白,你救出小女孩后,又回去干什么?"

"我要救那个嫌犯。"

"为什么要冒着生命危险去救一个人贩子?"

"我们是警察,救人是我们的天职,大家都是人,自有法律制裁他。"

"说得很好,但你有没有想过一个问题。"陈斌突然意味深长,"你觉得他们——这些犯下令人发指罪行的犯罪分子,强奸犯、杀人犯、纵火犯、抢劫犯、拐卖儿童妇女的人贩子,你觉得这些人会真正改过自新吗?"

"我、我不知道。"

"那我换个问法,你觉得人之初,性本善,还是性本恶?"

"报告陈队,我没想过这个问题。"

"那你现在想想呢?"

"我想,人刚生下来应该都是一张白纸,这个世界教给他什么,他就会变成什么样,所以,性本善或者性本恶,不能概论。"

"我再换个问法,你觉得一只狼是善的,还是恶的?"陈斌循循善诱。

"怎么判断狼是善还是恶?它是一只野兽,善恶是针对人来说的吧。"

"那么人呢,人难道不是野兽吗?或者说,人难道没有兽性吗?你今天的表现非常勇敢,不仅仅拯救了一个人质,而且拯救了一个家庭,试想一下,假如小女孩被卖走,或者遇害,她父母这辈子都别想睡个好觉。你回到火海中的行为很伟大,但就我个人来说,不是非常支持,假如你今天没能出来,你父母下半辈子怎么办?当然,干我们这行本身就有一定的危险系数,别人我管不着,也不想管,我希望我的兄弟都能活得自在,死得其所。我们呢,都是普通人,面对的犯罪嫌疑人也是普通人,不要神化自己的职业,也不要神化犯罪分子。生活不是拍电影,日子长着呢。

"你有没有想过,你今天救的这个人,如果他出狱后仍然为非作歹,还会有家庭受到伤害,反过来说,他死了,你拯救的就不止一条无辜的生命。"

林迈低头不语,他的确没想到这一层,他很想跟陈斌解释当时的心理变化,又觉得多此一举。他很庆幸,他们是同一类人。

"话已至此,我再给你上一课,你第一天上班,就破获一个大案,但现实中,多的是十年、二十年没有破获的案子。这些案子的凶手都是高智商犯罪吗?未必。技术手段落后不是主要原因,破案本身就是一个需要全身心投入,并且需要星辰之外的运气的过程。

"我之前破过一起案子,千禧年左右,一个男人报案,他儿子被绑架了,绑匪脱下小孩的鞋子,在里面放了一张字条,写着让男人交钱,不要报警之类的话,字迹整洁、漂亮,一看就是有文化的人写的。我们暗中埋伏在约定交钱的地点,绑匪却没有出现,只是拿到第二张纸条,说是因为他报警,所以撕票。两天后,我们在涵洞发现男孩尸体,上面还有一张纸条,说警察害了孩子,否则他会信守承诺,拿钱放人。我们当时气坏了,纷纷表示一定要抓住绑匪,不,杀人凶手。我们根据字条,认定凶手是知识分子,但把机关和学校的档案几乎核对了个遍,没有发现字迹相同的嫌疑人。我们就这样大海捞针地查了三年,毫无头绪。你猜最后是怎么破的案?那个凶手参加书法比赛,评委恰好是我们当年请的字迹检测专家。你说,他要是不去参赛,这个案子还能破吗?跟你说这些并不是要打击你的积极性,而是想告诉你,作为一名刑警,必须脚踏实地。

"你将来会遇见各种各样的犯罪分子,时刻谨记,你当初为什么要干刑警!"

7.4 方岩的一天

方岩下意识举起腕机,没有未接来电。他觉得自己走火入魔了,干什么都不得清净,有时睡着也会猛地惊醒。他心系案情发展,等待或者期待警方联系。

上次这么频繁地掏出和观看一样事物要追溯到孩提时代,那是二十世纪七十年代,令方岩爱不释手的东西是一把手枪。他清楚地记得,那年七岁,刚上小学。开学前几天,当兵的哥哥方延突然回家探亲。说突然,是因为没有提前告知,或许,哥哥跟父母通过信,只是向他隐瞒了此事。哥哥的降临让沉闷的家庭变得生机勃勃。他的绿色军装、军帽、军帽上的五角星、皮带、皮带扣、绿色袜子、胶皮鞋,每样穿戴都神气十足,充满神圣的使命感与伟岸的价值观。方岩像截尾巴似的牢牢缀在哥哥身后,颇有些狐假虎威的况味,遇见玩伴就让哥哥停下来,郑重其事地介绍给朋友,主要是向朋友推荐他哥哥,好像后者不是一个活人,而是他通过某种比赛赢得的奖章。

哥哥带回许多新鲜玩意儿,令方岩感到最新鲜的是那把乌黑油亮的枪。

"这是真的吗?"

"当然。"

"我能玩吗?"

"当然不能。"

"就摸一下。"

"一下也不行,擦枪走火,不是闹着玩的。"

方岩跟连日来充作自己奖章的哥哥怄气,说:"小气。"

过了一会儿,方岩又说:"不就一把破枪,谁稀罕!"

哥哥身为长辈和军人,自然不会跟刚刚脱离学龄前儿童称号的弟弟一般见识。哥哥搂着方岩的肩膀,理亏似的说:"这样吧,我给你做一把怎么样?"

方岩眼里放光,说:"真的吗?"

"我向你保证,真的。"

哥哥没有欺骗和糊弄,当下找来一块木头,又从邻家借来锯、锉,说干就干。他用自己的手枪作为参考,在木头上画下粗略的轮廓,再一点点锯掉多余的部分,最后用锉锉去棘手的毛刺,一把崭新的木制手枪在日落之前诞生了。

哥哥把木枪交到方岩手中,像传达一份沉重而庄严的使命,像他就要倒下了鼓舞方岩扛着他的旗帜继续冲击敌军的高地。方岩小心翼翼地抚摸着枪身,几次都是指尖将将碰到又飞快跳开,好像枪管刚刚发射完一梭子弹,有些烫手一般。

那是方岩黑白的生活中色彩斑斓的一天,从那天开始,方岩睡觉时把木枪压在枕头下面,睡醒就伸手去摸,摸到坚硬方觉心安。一晃多年过去,方岩的哥哥早已过世,那把木枪不知所踪,他很怀念从前,从前那个他坚定地认为"人之初,性本善"的年代。

·创作谈·

人之初？

王元

我是一个土生土长的石家庄人。提及我的家乡，文艺作品多有出圈，比如本土乐队"万能青年旅店"的歌曲和电视剧《征服》，《征服》取景地是石家庄。作为石家庄人，切入《征服》的视角不仅仅是作为电视观众，同时代入了一种爱深责切的情愫。许是这种情愫使然，我一直对犯罪题材的电影、电视剧、小说情有独钟，以前的中国香港电影，现今的韩国电影，是此类题材的佼佼者，大多数犯罪题材会融入警匪元素，这种天然的对立形成了犯罪题材最主要的矛盾。犯罪题材与悬疑和推理还不同，不像悬疑吊人胃口，不如推理细腻缜密，有些粗粝，有些生猛，像一记直拳！

很多写作者都是从读者过渡而来，我也不例外，看多了，自然手痒，想要创作自己的故事。一直以来，我以科幻小说写作为主，把科幻与犯罪结合的想法萌生已久，苦于找不到契合的故事，或者说，没有生发出一套融洽的设定，单单将两种类型捆绑在一起，我觉得远远不够，而所谓的大荧幕上常见的高科技犯罪电影又不是我的特长与追求，我更希望这是一个有着像二十世纪八九十年代"港片"那种冲击力和生命力的现实题材：能落地、能有底层的肌理，是普通大众能够触碰到的有温度有态度的故事。

回想我看过的犯罪电影,基本上都有一个正气凛然的正面角色,敢于和任何黑恶势力斗争,刀枪不入,视死如归——这一点和《征服》略微背道而驰,后者最出彩的人物无疑是孙红雷扮演的反面角色刘华强——当罪恶像洪水一样暴发的时候,他们是逆流而上的抢险员。我在写《人之初》的时候,最先跳出来的是"林迈"这个人物,当他成立了,这个故事才能成立。可以说,其他人物都是围绕着"林迈"旋转,或者说,是他的外延与补充。

"林迈"出现之后,接下来要做的就是主题。说起来似乎有些模式化,很多创作者可能不太考虑这个问题,直接构思故事,故事带出来什么思考就是反映什么主题,只有学生应考的作文才会围绕主题铺陈字句,但我觉得,中短篇文章,尤其是短篇可以弱化主题,但长篇小说最好有个明确的指向,这样也有利于情节的安排和人物的塑造。犯罪小说的主题其实说到底就是邪不压正,在这层底色上,我想进一步探讨人性本善还是人性本恶。这个争论由来已久,我自己也经历过几个阶段,从最开始笃定性本善,后来见识了一些人性丑恶,慢慢转变为性本恶,再到现在,我觉得不能单纯以善恶两个位面去界定,人性是复杂的、黏稠的、多维的,同样的环境不同的人会有不同选择,同样的人不同的环境也会有不同选择,很难一概而论,所以,在故事最后我也没有给出定论,而是把这个思考传达给诸位,希望你们结合自己的经历与感悟,填上你认为正确的答案。

最后,聊两句小说中的情节。我写完初稿,拿给一位朋友阅读,朋友在警务系统任职,从专业的角度提供了一些建议和提醒,他觉得有些描写过于大胆。我觉得就像反战需要描写战争的残酷,呼吁美好往往不得不展示猥獗。小说情节是虚构的,但有现实的影子,而且我认为所有能够以文学的形式描述出来的罪愆都不及现实中的邪恶锋利,更加沉重、残忍的现实我们都能接受,还担心加载了文学滤镜的故事吗?

·评论·

当自由灵魂冲破躯壳的束缚

游者

　　王元是一名以勤奋而著称的青年作家。尽管了解他的巧思与多产,这本《人之初》还是带给笔者一种清新脱俗的惊艳之感。

　　《人之初》是一部将科学幻想与悬疑推理有机结合的作品。与常人的刻板印象不同,这部科幻小说并没有星辰大海的场景,没有飞天遁地的超级英雄,没有酷炫夺目的超级武器,而是从普通都市环境中看似平淡的案件展开,随着一个一个人物的登场,一步一步揭开迷局背后的真相。原来,科技的进步已经渗透到我们每个人的生活,不必寻找所谓的迷局,我们早已是局中人。

　　故事的序章引用了几桩近年来较为知名的案例,并以文学化的手段加以描述,使得故事与现实愈加贴近。笔者还想起一个更加人神共愤的案件,一个日本人在巴黎留学时杀掉了一名荷兰籍的女同学哈特维尔,并将其放入冰箱中保鲜,在他进入法庭的时候,这名可怜的女生已经被吃掉了大半。这个人回国后不仅得以出狱,还编撰小说,一跃成为畅销书作家。杀人魔的名字叫佐川一政,写的小说名为《在雾中》,他在 2022 年因肺炎去世,去世时已七十三岁。这些血淋淋的案例,无时无刻不在告诉我们,人的内心猛兽,其实比大多数人想象的要复杂得多。

《人之初》所表达的内容可谓十分深刻。一个分量的恶需要无数分量的善去填补,追凶警察用的是自己的命,无论对外还是对内。正义会有的,但是正义的光是透过血液的光。就像书中主人公林迈说的"怕死就别当警察"这话。但是这个世道并不是非黑即白的简单道理。大脑是和宇宙同样深邃的存在,要想探究其中的奥妙,谈何容易?故事通篇围绕脑科学展开,从虚拟实境游戏的"脑贴"到"种脑",不断揭示处在未来的某些可能性。看似简单的凶杀案牵引出一系列围绕大脑的烧脑故事。作者满怀忧虑地指出,技术本身就是双刃剑,在便民的同时往往也可能会引出更多新型的犯罪。

整个故事,其实最终并没有出现标准的结局,这是笔者觉得较为遗憾的。虽然一往无前的警官孤身冒险,抓住了罪魁祸首,然而"副脑"转移意识的事件其实仍然没有解决。意识的迁移技术和定点删除技术未来将走向何方,我们不得而知。书中未表明凶手(不止一人)的最终结局以及连环事件的全部细节。互相缠绕、错综复杂的局面在最后几章得到了有力的收束和简化。即便如此,笔者不知道林迈的结局,无论是他的事业还是爱情,但给人的感觉是不会圆满落幕。

值得一提的是《人之初》的篇章结构。作者为了全面而翔实地还原整个事件的来龙去脉,可谓是煞费苦心。每个章节,都以一个完全独立的线索人物展开,不禁让人想起时下最流行的沉浸式社交游戏——剧本杀。在剧本杀中,每个玩家各有各的人物本,通过自己的所见所闻，结合其他玩家透露出的信息，才能还原出整个案件的幕后真相。整个故事大量使用了"外聚焦"的叙事视角。在叙事学的角度，外聚焦的叙述者往往以一种"非人格化"的冷漠态度叙述其所见所闻，仅限于描写可见的行为而不加任何解释，不介入到故事中任何人物的内心活动中去。通过这样独具匠心的设计，读者们可以全面而公平地了解到所有事件的来龙去脉。作者（除了序言部分）隐去了自己对剧中人和剧中事的所有看法，引导读者自己去思考，自己去发现。

　　回到标题，故事的名字为《人之初》。孟子说人性本善，荀子说人性本恶。林迈虽然说人并非善恶一面之词，但是他会冲入火海救人，那么他理应是坚信人性本善的。他刚正不阿地坚守自己的真理，并且始终践行，直到遇见穆梁。穆梁的前身作为国宝级科学家，按照刻板印象是"善"，而且是一辈子的"善"。但是他到了王周童的身体中，却变成了杀人魔。也许是文中王周童所说的话激发了他本身的恶，又或许是王周童作为外在的因素改变了他本身的善恶行为观。由此可见，无论是人性本恶还是人性本善，重要的仍旧是外在的因素如何去影响人的行为。内因发乎自我，外在的因素就需要林迈这样的正义使者维护，如此形成逻辑闭环。林迈是警察，他不是战神。他是人，也有牵挂，也有困惑，也有苦恼，当然也是血肉之躯。但为什么他所代表的形象受人尊敬，正是因为他所做的是常人一辈子做不到的事——与牺牲擦肩，与恐惧战斗，与黑暗博弈。

恶人在对自己有利的环境下作恶,善人在对自己不利的条件下行善。明知山有虎,偏向虎山行。即便躯体的枷锁被冲破,也依然无法逾越人间律法的准绳。也许这些,才是作者最终想要表达的。

(作者系第十九届百花文学奖·科幻文学奖获奖者)

· 评论 ·

大道

齐然

虚构文学或小说，在中国似乎陷入了一个死胡同——外有蓬勃的新媒体娱乐的冲击，内有千篇一律毫无新意的重复命题，这样的情形越多，能捧起书的人越少。我们的书籍真的没有生命力了吗？

《人之初》是一本非典型的传统小说，这个题目显然取自千年之前的孟荀之辩；在抛出那个经典的"人之初"的疑问后，关于这个问题它似乎从科幻角度提供了一个夯实的生物物理领域的最终解答。

而这本小说，也许同样提供了一个如何让小说生命力未曾断绝的小小解答……

我不知道在王元之前是否有人这样幻想过一个发生在十年后（《人之初》故事发生于公元 2034 年）的带着些许黑色幽默的虚拟凶杀案。在那时，阿根廷的加纳乔成了曼联队传奇，人们还在听"痛仰"、"蛙池"、莫文蔚，会去音乐节团建，还在看"追光"的《哪吒》大电影，仍然在追一本叫《全职猎人》的漫画，2034 年了，那时的富坚义博（《全职猎人》的作者）老贼是否还在拖稿、沉迷麻将？这些小小的现实中的梗让我会心一笑，但一想到故事里库洛洛最终还是没能等到她的救世主，还有那个让她决定相处试试的男孩，这一切又让我心生悲伤……

简而言之，你可以把《人之初》理解成一个放在东方背景的赛博朋克故事，这个世界甚至淘汰了手机，但装着腕机、佩戴着"脑贴"的警察会和你我一样中年危机，为了房价涨跌发愁；故事里打工人最操心的不是星辰大海，而是下班后有没有空来一场开心的《草原》游戏；在明城、与其对应的墨城，每个角色都有自己的生活，虽然不完美，但足够真实。

幻想中的真实最难能可贵。

但在小人物生活着的同时——2034年，2024年后的十年，光暗依旧交错，正邪勉力争锋，生活里我们都是蝼蚁，可蝼蚁都站在那张巨大的伞下躲避尘世的暴雨，我们支撑这柄伞，只因为伞的倾覆会是灭顶之灾……但伞的巨大存在本身对于蝼蚁又好似巨物……再继续，作者适可而止，把一部小说要挖掘的东西安排在可视范围内。

比如：

身为主角的英勇又悲伤的刑警林迈，代替我们所有人发出了一个虚构故事里关于现实的终极叩问：当法律不能保护普通人，当罪不容诛的加害者却无法"天诛"相惩，可否像《浪客剑心》里的雪代缘一样施以"人诛"？如不能，那时，朴素的迟到的正义又在哪里？

身为小说中的警察，林迈这样的法律践行者、正义执行者，或许给予了我们借他之口吻说出的一种作者的解答。

林迈最终走出了火人的梦魇,他恪守了所心所行皆为正义,也从自己的老大哥陈斌那里找回了铲除人之恶的信念。

小说之外的你我呢?

《人之初》归根结底还是个出彩的科幻悬疑故事。小说从刚开始的明城女尸案便疑窦丛生,故事波澜起伏,让人欲罢不能,作者王元还饶有新意地以现实中的凶残案件为引,是的,开头的福田孝行真有其人,让人心寒的不是虚构,而是虚构背后的冰冷真实。我想,让人认识到这点,这也是小说这一古老事物仍存于世上的莫大之用之一。

小城出现连环杀人案,英明果决的刑警长途追凶,外加一点赛博朋克的点缀,这一切元素好像好戏登场前的爆米花,终于,当权贵们"种脑"的庞大计划和案件的可怕真相呈现在你的面前,爆米花成了在天空破碎的夺目的烟花。

相比网络文学的臃肿,作为传统小说阵营里的一部类型小说,王元的用笔承袭前人,描写丰腴而故事曲折,俗称耐咂摸。不堪琢磨的那些作品好像强塞入人嘴的腐木老竹;但无论是回甘抑回苦,那种阅后数十分钟内乃至数月,颅腔仍有余味,才是小说老饕的真正追求。

无论你在《人之初》里体会到了什么,希望你能享受它。

初次相识王元老师大概在两年前,在第九届光年奖的颁奖典礼上,他是初审评委,我是获奖选手。随典礼的进行,坐于台下,可我旁边的一个穿着连帽衫的清瘦男人始终在小小手机屏上进行着反复书写，屏幕闪光照亮了他认真的黑色眼睛；我也看清了他是王元。从某种意义上讲，王元是我在写作之路上的引路人和榜样。从那时开始，我就始终思索这些问题：什么是专业的写作；怎样才能成为专业的小说家（同样，我也能从这本小说流露的各种痕迹看出作家这两年生活轨迹的变化：生下孩子、版税的计算、让人头疼的房价及学区房，陈斌是个隐藏的科幻作家。可以说，作家把自身的一部分融入了这部作品，构成了一种元叙事意义上的概念指涉）。

希望我们都能在余生找到这些问题的答案。

对于这本书，为了服务那个深刻凝重的主题，以及最后宏大而科学的点子，也许是作家心力所限，它未免有些牺牲了人物的刻画，以及额外加了一些闲笔，比如王越和韩晶的部分，这些人物大部分时间只是在负责推动情节，也辜负了一些值得深挖的情感潜力，不过瑕不掩瑜，《人之初》这本小说仍是我这些年读到的让人惊喜的华语作品。"五四"以来的中国文脉未曾断绝，但始终在西风东渐的模仿和乡土时代的桎梏里苦熬，可王元用他的小说寻找另一种可能的路径。如果这还只是一条无人踪迹的小径，或仍后来者渺渺，尚不能宣告作家尝试的失败；小径虽小，代表突围的可能，只怕金光大道已壅蔽无人踏足，而分叉的小径可能通往花园——一座更美的文学百花园。

希望在上下求索的时候能够遇见彼此。

看到最后的读者,我未免要多加夸耀王元几句。读过这本书的读者们有福了,也许道生万物要七天,可遍历作者的那个玄妙世界只要几小时。而同为足球、科幻、悬疑的由衷爱好者,我也衷心希望王元能够找到他的大道。

(作者系第二届和第三届读客科幻文学奖金奖得主)

备忘录

MAN
AT BIRTH